缚爱

嵇振颉 著

中国工人出版社

图书在版编目（CIP）数据

缚爱 / 嵇振颉著. -- 北京：中国工人出版社，2020.12
ISBN 978-7-5008-7532-1

Ⅰ.①缚… Ⅱ.①嵇… Ⅲ.①长篇小说—中国—当代
Ⅳ.①I247.5

中国版本图书馆CIP数据核字（2020）第249016号

缚爱

出版人	王娇萍
责任编辑	严 春
责任印制	黄 丽
出版发行	中国工人出版社
地 址	北京市东城区鼓楼外大街45号 邮编：100120
网 址	http://www.wp-china.com
电 话	（010）62005043（总编室）
	（010）62005039（印制管理中心）
	（010）62379038（社科文艺分社）
发行热线	（010）62005996 82029051
经 销	各地书店
印 刷	北京市密东印刷有限公司
开 本	880毫米×1230毫米 1/32
印 张	8.375
字 数	193千字
版 次	2021年1月第1版 2021年1月第1次印刷
定 价	48.00元

本书如有破损、缺页、装订错误，请与本社印制管理中心联系更换

目录

楔　子

起风了，远处的天空从湛蓝色变成深灰色，海面也不再平静得像一面镜子。

她惊恐地望了一眼身旁的母亲，这个30多岁的女人，在惊涛骇浪面前同样无法淡定。在大自然发怒的一刻，人类永远显露出弱小的一面。

刚才还热闹无比的海滩，此刻逃得剩不下几个人。母亲拽着她，顾不上穿鞋，赤脚奔跑在松软的沙滩上。她突然感觉到脚下一阵疼痛，右脚踩到一个尖锐物，鲜血沾红了一小片沙滩。没走几步，她疼得摔倒在地上。

视野最远端出现一个白点，随后这个白点变成一团剧烈翻滚的波浪，肆无忌惮地扑向岸边。母亲吃力地背起她，这个瘦弱的身躯承载着上百斤的重量，显然超过了正常负荷。她们逃跑的速度，远远低于身后这个恶魔的追击速度。

终于，暴虐的海水触及这对无辜的母女。她们被一股巨大的能量，卷入深不可测的海洋深处。

嘴里一股咸咸的味道，她感觉自己从母亲的背上滑落。母亲伸出手，试图抓住她。即便是死，母女也应该死在一起。

但是母亲的手，抓到的只有冰冷的海水。她和母亲的距离，被海水冲得越来越远。

不知不觉中，她进入一个海底山洞。海水开始不断灌入身体，她在一片冰冷中慢慢失去知觉。

……

她被冻醒了。醒来时，大半个身子裸露在被子外。她从小就有踢被子的习惯，在这个隆冬时节，身体长时间暴露在外，不着凉才怪。

果然，她应景地打了一个喷嚏。

“救命啊！”一声尖厉的呼救刺破夜半的宁静。声音是从隔壁传来的，应该是那户新搬来的年轻女人。原来的那户邻居，几年前在其他地方买了房。记得他们搬走时，特地送了一份厚礼作为纪念。此后，这套两室一厅的住宅，便开始等候下一位主人。

地板、窗台积了厚厚一层灰尘，终于等来这个单身的女人。女人打扮得非常入时，初看和大学刚毕业没两年的学生并无二致，实则人家已经快四十岁了。一张漂亮的脸蛋、魔鬼的身材、性感的穿着，尽管她没有结婚，但身边不乏异性。每天，这个屋子进出不同的男人，他们带着精致的礼物，赔着笑脸。墙壁的隔音效果不好，她可以清楚地听到女人和这些男人的交流。他们说着不堪的、挑逗的词汇，厌烦得她恨不得闭上耳朵。

女人的呼救声越来越轻，终于被无边无际的寂静盖过。

她有一种不祥的预感，便悄悄潜到洗手间。洗手间就在邻居家的房门旁，可以近距离观察动静。一盏幽暗的长明灯，用来满足夜间上厕所时的照明需求。她屏息凝神，静候可怕之事的发生。

等了快半个小时，她哈欠连天。她开始怀疑刚才听到的呼救是不是梦中的景象，抑或是知觉系统发出的错误信号？就在此时，邻居家那扇门“吱呀”一声开了，借助微弱的光亮、透过玻璃窗，她模糊地看到一个瘦高个子的男人从屋子里出来。她赶紧把头埋下来，害怕这个人发现自己。那人戴着面罩，根本看不清楚长相。

鬼鬼祟祟的男人不会在是非之地过多逗留，他关好门，轻手轻脚地离开，整个过程不过几秒钟。他不曾想到：黑夜之中，有一双稚嫩的眼睛在注视着他。

刚才的噩梦，现实中的恐怖事件，让她再也睡不着，此时距离天亮还有五六个小时。在床上辗转反侧很长时间，她拿起了电话。

警笛声由远至近，全副武装的警察上楼，用强制手段打开门，发现一个年轻女子躺在地上一动不动。她嘴唇青紫、面孔像一张白纸，脖颈上有几个手指的印迹。“窒息性死亡”，警方初步勘验现场给出这个结论。门口被拉起了警戒线，作为唯一的目击证人，她被要求讲出嫌疑人的体貌特征。

即便对面的警察阿姨态度非常和蔼，但她还是非常害怕。她只是一个孩子，哪见过这样惊悚的画面。她说得非常含糊，不过也提供了一些有用的信息。

那个人剃光头，走路时左脚有点瘸……根据这个体貌特征，警方最终在一星期后，在本市一间群租房中找到了犯罪嫌疑人。

她又一次被传唤进刑警队，当面指认嫌疑人。从派出所出来，距离她和母亲去法国的航班出发，只剩下不到 24 小时了。

想起那个惊魂的晚上，即便已过去一个月，她仍有些惊魂未定。母亲带她去吃了一顿肯德基，才让她的小心脏跳得不那么快。

本来这次是一家三口的旅行。以前凑齐全家人出行，障碍都是母亲。作为一名医护工作者，她常年奋战在手术台边，救了一个个危重的病人。这次好不容易抽出时间，父亲却临时有事。很长时间没和母亲一起出去，她当然不肯错过这个机会。

上了飞机，十几个小时的航程。看完了带在身边的杂志，她干脆微闭眼睛。机舱内温度、湿度适宜，盖着柔软的毛毯，她很快进入美妙的梦乡。

冥冥中，她似乎感觉到身体在不停晃动，如同坐在游乐场的转盘上。她恍然睁开眼睛，发现机身正在剧烈颠簸。飞机上广播内传来提醒："遇到了强气流，请系好安全带。"但是这样的提醒，因为机身长时间的晃动，变得越来越不可信。人们流露出惊恐的表情，乘务员们不断安抚那些情绪失控的人。

飞机在很短的时间内恢复平稳，然而这种平稳，不过是下一次更大危机的前奏。第二次颠簸的幅度更大，机身整个倒了过来。估计驾驶室内的机长和机务人员，此刻正竭尽全力控制这架飞机。但飞机像是脱了缰绳的马，不肯接受人类发出的指令。随着一声报警声，机舱内的氧气罩脱离，也许没多久，机上乘客和机组人员将因缺氧而丧生。

不知过了多久，她睁开眼睛，感到一阵钻心的疼痛。能感受到疼痛，证明她还活着。就在不远处，一架飞机的残骸冒着黑烟，地上散落着零件和血渍。她是这架飞机唯一的幸存者，庆幸的同时，她悲痛地呼唤母亲。

没有回答！只有声音触碰到对面山谷传来的回声。

……

然后，她又在极度绝望中醒了过来。

原来，前面一连串依然是她做的梦，梦境套着梦境，真假莫辨、似幻似真。海边突发海啸，源自早上看到的一则新闻报道：某旅游度假胜地遭遇了一场百年未遇的海啸。来自世界各地度假的游客以及当地人，没有躲过大自然的淫威，成为死亡数字中的一分子。而隔壁发生的命案，则是这个小区内发生的真实事件。她并不是这起案件的目击证人，而不过是一个旁观者。那天下午她放学回家，看到隔壁门洞拉起的警戒线，警戒线旁是一群评头论足的吃瓜群众。

至于最后的飞机失事，源自她前两天阅读的法国作家米歇尔·普西的小说《直到那一天》。小说开头是一起空难，几乎和她的梦境如出一辙。她把自己当成了小说中唯一幸存的女婴，只可惜她的幸存，不可能引起两个家族的纷争。

她仔细回味这一连串离奇的梦境，意识到自身可能是缺乏安全感。即便父亲对她是无微不至地关怀，但依然无法抵消这种感觉。

问题并不是出在父亲身上，她的视线，落在墙壁上那张年轻的遗照上。她母亲的样子，永远定格在了这副美丽的面容。

她渴望母亲的回归，这种想法越发强烈，强烈到她不惜在梦境中硬生生造出一个。

但是不可能了！追悼会、遗体、遗照、死亡证明……一连串的事实提醒她，她的母亲早已不在人世。

但是，有个问题她搞不明白，也一直想搞明白。为此，她愿意花上全部精力，去得到一个合理的解释。

第一章　这个家，只有两个人

1

很久没来看海了。上一次与海的邂逅，要回溯到刚进大学的时候。

再次面对满眼的蓝色，不再像孩童般欣喜若狂。静静地沿着海岸线走着，身边不时有撒开脚丫子飞奔的孩子经过，有相互嬉闹的情侣经过，还有子女成家立业、无事一身轻的阿姨们大呼小叫……

赵诗婷像是一只离群的大雁，和同伴们的距离越来越远。细软的沙滩，洁白的浪花、远方海天交融于一线……大自然的鬼斧神工，独自一人才能细细品鉴。赵诗婷右手提着一双旅游鞋，感受到脚底轻微的疼痛，低下头，松软的白沙上，不知不觉多了一些小石子。

赵诗婷停下脚步，不远处有一片蓝色吸引了她的注意力。

那是从天上或海面上采撷下来的蓝色，在奶白色沙粒的衬托下，显得如此扎眼。靠近后才看清，那是一条离开水面在沙滩上挣扎的鱼。

一个浪花拍过来，水流到达距离这条鱼儿两三米远的地方。它不停地扑腾，并未改变与水流的距离。

也许它折腾累了，停止了与命运的抗争，看着赵诗婷，带着渴求的眼神……

一瞬间，赵诗婷的灵魂仿佛注入这条鱼儿的体内，体会到了一种无法呼吸的感觉。尽管处在空气包裹中，却无法获取生命所需的氧气。体内不充裕的水分，被天空中的那个火球不断蒸发掉。要不了多久，这条鱼儿将在绝望无助中死去。

回望那片海，那片冰冷无情的海。它曾天天被海水包裹，却完全没有感觉到海的存在。

水，禁锢了这条鱼儿的活动范围，它误以为这个世界不过如此。它渴望挣脱这个无形的枷锁，于是顺着水流的方向，拼命扭动身子，朝着梦想的方向游去。那里藏着它的梦，一个未知的梦。

海中黑暗无边的世界，渐渐被光线点亮。它有些不适应，努力调整怦怦乱跳的小心脏。终于，它来到了水的尽头。第一次触摸大地，非常坚硬，有一种踏实厚重的感觉。不过与此同时，体内的警报声响起。它不属于这里，命运安排它活在另一个世界中。它居然敢于挑战命运，那就只能接受命运的惩罚。

不过这样的惩罚，大到以生命为代价。

它流泪了，以前晶莹的泪珠曾从眼眶滑落。只因身边都是水，它不清楚自己会流泪。它用生命来祭奠这个梦想，如此悲壮、豪迈。

这个不屈从于命运的灵魂，不该就此消逝。赵诗婷带着怜惜，小心翼翼地捉住它的身子，把它放回到海水可以触及的范围。

它带着感激朝她的方向洄游，如此三番，重归往日家园的怀抱。

离开、归来，并不是简单地回到原点。它终于见过海水之外的世界，此生不会再有遗憾。

一条鱼儿尚且如此勇敢，自己呢？这个男人朝她走来，她又该如何去面对？

2

迎面走来的是赵诗婷的父亲，赵铭锋，一位在她的世界中“不依不饶”存在了20多年的男人。

都说“女儿是父亲的小棉袄、前世的情人”，也许这样的描述只适用于赵诗婷和赵铭锋之外的父女关系。表面看来，赵铭锋很疼爱她，她也一直表现出温顺的模样。然而在骨子里，她讨厌这个处处对自己的人生指手画脚的中年男人。

关于母亲的记忆，早就被岁月的沙尘掩埋。6岁，一个最需要母爱陪伴的时间点，赵诗婷的身边却只剩下一位至亲。

母亲的追悼会上，其他细节都已经模糊不清，只有一点赵诗婷记得异常清晰：她和父亲都没哭。赵诗婷没哭尚在情理中，那个不懂事的年纪，根本无法体会到生离死别的感觉。她还以为母亲睡着了，满不在乎地在一边玩耍。假如明白今后再也见不到母亲，她绝不会这么无情。这种无情，是年幼无知所致。

但是父亲为什么不哭？他的妻子死了，与这个给他家的感觉、为他留下亲生骨肉的女人诀别，难道不该表现出悲痛欲绝的模样？长大后猜测，也许父亲是在众人面前故作坚强，因为他的身边还有赵诗婷这个懵懂的孩子，他必须表现得坚强，也许这是他和母亲在最后时刻达成的共识。

不哭是不对的，这是欺骗别人，也是欺骗自己。表面上伪装出的坚强，压抑真实的感情，为了别人不伤感而刻意装出来的坚强，只会留下伤痕，经年累月，变成一颗毒瘤，终有一天会爆发。

女孩的神经天生就是敏感的。母亲不是睡着了，她再也看不到那个张开双臂欢迎自己的人，赵诗婷感觉整条脊柱被硬生生地抽走，整个人“软倒”在地上。特别是幼儿园放学时，其他小伙伴扑进母亲的怀抱中，肆意撒娇，毫无顾忌地提要求。一个没妈的孩子，这是赵诗婷和他们的区别。父亲终究是男人，不可能像母亲那样，无微不至地照顾她。从母亲的追悼会回来，她哭得昏天黑地。

那段时间赵铭锋“忙于工作”，也许“工作忙”只是借口。失去爱妻的痛苦，他不能在赵诗婷面前表露出来。他是男人，男人就该是坚强的。

整整三个月，赵铭锋和赵诗婷在一起的时间屈指可数。赵诗婷毕竟还小，身边不能缺少人照顾。于是他叫来了比较清闲的小姑姑，负责给她做饭、来回接送。小姑姑不比亲生母亲，赵诗婷不敢对她提出要求。她把自己关在房间中，暗自垂泪，不发出声音。她学着父亲的模样，不把软弱无助的一面表现出来。正因为如此，赵诗婷养成了相对独立的性格。如同一颗受伤的蚌，她把伤痛裹起来，凝结成一颗坚硬的珍珠。

直到有一天，赵铭锋在无意之间打开房门，目睹泪眼婆娑的赵诗婷。他愣住了，身体开始颤抖，像是一幢建造多年、风雨飘摇的危房，随时随地会轰然倒塌。他一把扑过来，紧紧抱住女儿。赵诗婷闻到他身上的香烟味和酒气，肠胃中一阵翻腾。想挣脱他，可是两人力量相差悬殊，只能任由他这么搂住自己。

“女儿，是爸爸不好，不该躲着你。”赵铭锋终于松开那双铁钳般的手。

“爸爸，我没事，真的没事。”赵诗婷擦了擦眼角处的泪痕，抬起头说。

“在爸爸面前就不要撒谎了。你是爸爸的乖孩子，更是我的心头肉。以后爸爸都围着你转，你就是爸爸心中最大的希望。”

赵诗婷成了赵铭锋的希望，成了他活在世界上最大的希望和安慰。就是这样无以复加的地位，成为她未来人生的梦魇。

赵铭锋说到做到。此后，他在赵诗婷身边的时间比起以前成倍增长。从眼睛睁开的那一刻，这个方脸男人迅速占据她的整个眼球。他一清早就开始忙活，甚至咨询了做营养师的朋友，配出有营养却不怎么可口的早餐。面对有些焦的荷包蛋，或者蛋黄还未完全熟透的白煮蛋，面对刚出烘箱、散发着一股怪异气味的面包片，赵诗婷除了大快朵颐，还能表现出怎样的反应？她硬生生被父亲调教成了一个“训练有素”的演员。

3

时间一天天过去，唯一不变的就是桌上的菜肴。菜品，呈现出 10 天为一个周期的变化规律。也许赵铭锋悄悄拟定了一份菜单，他做菜不只是为了可口美味，而是以满足身体所需的营养为标准。赵诗婷最不喜欢萝卜的味道，不过桌子上少不了这道家常菜。红烧萝卜、萝卜烧肉、腌制白萝卜、甜酸白萝卜、萝卜排骨汤……赵铭锋和萝卜杠上了，也和赵诗婷杠上了。“萝卜赛人参”，被赵铭锋当作人参的萝卜，每餐不落地出现在她的碗里，赵铭锋必须看着她吃下去。赵诗婷只能暂时“关闭”味觉，强迫自己忽略这股不舒服的味道，硬着头皮咽下去。

桌上毫无新意的餐食，让赵诗婷少了一份期待，以致她把吃饭当作任务去完成。

每天学校家里两点一线，即便调节能力再强，长此以往也会出现心理问题。周末，赵诗婷按捺不住内心的躁动，拉着父亲去了离家不远的少年宫。听到一间教室里传出“嘿嘿哈哈”的声音，她忍不住推开虚掩的房门，映入眼帘的是一片白色。那些比赵诗婷岁数小很多的孩子，穿着白色的道服。出拳、踢腿、滑步……在教练的指导下，他们有鼻子有眼地做着动作。赵诗婷在一旁比画着，眼神中露出心驰神往。一位腰间系着黑色腰带的教练走过来，问她对空手道感不感兴趣。

空手道，一个陌生的名词。赵诗婷根本不管这些，她喜欢穿上白色道服的样子，肯定能穿出平时那些衣服不一样的感觉。她拽了拽赵铭锋的衣角，说：“让我去试试吧。”

赵铭锋眉头皱了一下，勉为其难地点了点头。

赵诗婷脱下鞋子，光脚出现在白色的垫子上。她的协调性还可以，至少没有出现摔倒在地的熊样。至于那些动作，跟着做了几遍，很快就找到了感觉。

一小时的训练很快结束，白色的道服被赵诗婷的汗水浸湿。她的脸蛋红扑扑的，如同一只熟透的小苹果，蹦蹦跳跳地跑到赵铭锋身边：“爸，就让我学这个吧。”

那位教练也走过来，在赵铭锋面前称赞赵诗婷有学习空手道的天赋。少年宫和社会上的培训机构最大的区别，就体现在价格的公益性上。相比于其他空手道馆，这里收取的培训费还不到五分之一，价格绝对亲民。

赵诗婷又一次用力拽了拽赵铭锋的衣角，恳求他让自己继续学下去。赵铭锋则不动声色，让赵诗婷换下衣服，然后转过头对那位教练说：“我再考虑一下，下次过来答复你。”

出了少年宫，赵铭锋对赵诗婷说，空手道很暴力，女孩子就该有女孩子的样子，不该去学习这么暴力的东西。不过这话赵诗婷根本听不进去，还在回味刚才训练时的场景。

一周后，赵铭锋带着她，还有那套清洗干净的道服，又一次来到空手道训练教室。路上赵诗婷一阵窃喜，难道顽固不化的父亲彻底想通了？女孩子就不能学空手道？这是哪门子歪理！这些训练的孩子中，不就有很多长相清秀的女生？学这个不是为了去逞强斗狠，而是增加一项自我保护的技能。真要是遇到坏人，本来就处在身体劣势的女生，也不至于慌了手脚，成为歹人“刀俎上的鱼肉”。

那位教练看见赵诗婷和赵铭锋再次出现，脸上浮现出欣慰的笑容。他快步走过来，满怀期待地说：“我会好好教您的女儿，她这么有天赋，一定会在这个项目上出类拔萃的。”

“对不起，我今天只是来还道服的。”赵铭锋面无表情地说。

那位教练的喉结动了一下，又硬生生地咽了一口口水，好久没有言语。

“爸爸！爸爸！”赵诗婷使劲摇晃赵铭锋的胳膊。

“婷婷，你想学其他东西，爸爸都不反对，只是这个空手道，爸爸不会同意。”赵铭锋拽起她就往外走。

赵诗婷想当众发作，可是看看赵铭锋那张沧桑的老脸，这些难听的话都没有喷出口。回家路上，她走在前面，与父亲始终保持一段距离，不和他说一句话。一阵冷风吹来，赵诗婷不禁一个激灵。家到了，她站定脚步，冷眼望着父亲将钥匙插入锁扣。

“都是为你好。”赵铭锋摧毁一个梦想，还不忘在她的伤口贴上一张早已过期的创可贴。

4

坐在明亮宽敞的画室，画板上夹着一张白纸。相比于空手道的激烈对抗，绘画显得文静很多，符合赵铭锋心目中对女孩子该学的课程的认知。这次他不再反对，但是少年宫这边不收赵诗婷这个超龄学生。无奈之下，赵铭锋只好带她去社会培训机构。

送上门的学员，焉有不收的道理。于是赵诗婷开始和一群小好几岁的学员共处一室，在画纸上练习最基础的素描。好在她对绘画有点兴趣，熬过了那个最枯燥无聊的阶段。

有一天，培训开始前，教室里进来了一位高中生模样的男生。他头戴一顶有耐克标识的黑色帽子，上身穿一件印有头像的运动T恤，下身是紧身牛仔裤，高大挺拔的身材，给人阳光俊朗的感觉。

授课老师隆重介绍说，他叫陈博宇，在这家绘画培训机构学了整整六年，曾在无数国内外美术绘画比赛中获奖。就在几天前，他又远赴英伦三岛去领奖。老师的用意非常清楚，希望这位具有偶像明星气质的大男生，能激起台下小学员的学习热情。

那位男生环望着下面的学弟学妹们，目光从赵诗婷这里掠过时，突然硬生生停住，然后露出了足以让千年寒冰融化的笑容。赵诗婷只好回以笑容，羞涩地低下头。

男生在台上讲了自己去领奖的经历，赵诗婷一个字也没有听进去，只是在意他带有磁性的声音。那时候的她，正是会对异性产生朦胧好感的年龄。赵诗婷对他产生了难以言状的好感，却不敢轻易抬头看他。后来才知道：越是喜欢、在乎某个人，在他面前越会表现得拘谨、局促，生怕某个不恰当的举止或言行，影响到自己在他心目中的形象。年轻时的感情，往往就是这么纯粹，却又不善于表达。

他只讲了十几分钟就走了，一切又恢复了原样，老师继续上课。赵诗婷的心却被这个身影带走了，有些魂不守舍，一节课下来，不曾吸收到一点老师讲授的技巧，白纸上只留下一些杂乱无章的线条。

“老师说你整个人怪怪的，是不是身体不舒服？”赵铭锋下课后来接赵诗婷，不经意地问道。他的身上还是那件穿了很多年的深蓝色外套，由于洗过很多次，部分地方出现褪色的痕迹。

“没事，就是有点累。”赵诗婷揉了揉鼻梁，随后从父亲手中接过豆沙面包。

赵铭锋眼中满是怜惜地说：“爸爸不想勉强你，如果学业负担很重，绘画咱们就不学了。”

“我可不会半途而废。累嘛，休息一下就会好的。”赵诗婷扬起头说。

也许只有赵诗婷自己才知道，支撑她去学习的动力，也许是他。

培训休息的间歇，赵诗婷会想起这个只在眼前出现过十几分钟的身影。尽管此后他再未现身，但在赵诗婷的眼里，他仿佛依然站在三尺讲台旁，挥斥方遒，带着青春的豪迈和激情，同时又不失稳重。他在赵诗婷心中几乎是完美般的存在，带着她的主观烙印。

创作时，赵诗婷能感觉到身旁站立着他，耐心地指导她。这种精神上的力量，促使她画笔下的世界越来越丰富，人物肖像、自然风景，再到后来相对抽象的画作，赵诗婷从绘画中收获了不同于日常学习的乐趣。

一个想法在赵诗婷心中酝酿着，她不知道父亲会不会同意。

高考，人生的第一个十字路口，复习应考非常紧张，赵诗婷睡觉的时间越来越晚。赵铭锋从老中医那里学来一道营养汤：人参大补元气，枸杞清热明目，红枣滋阴补阳，黄芪增强免疫力，四味中药混在一起煮一锅汤。比起萝卜，中药的气味更让她反胃。赵铭锋笑吟吟地把汤端过来，还说配齐这味汤花了不少钱。多花点钱不算事，只要能让女儿身体强壮，有充沛的精力迎接残酷的考试。赵诗婷很快消灭了碗中的营养汤，表现出非常享受、感恩的模样。桌上只剩下枣核以及经过咀嚼的黄芪残渣。

赵铭锋满意地走了，赵诗婷真想快步冲进卫生间，点一下小舌头，将胃中还未消化的人参枸杞红枣黄芪汤尽数吐出来。不过父亲在客厅中，要去洗手间得经过客厅。呕吐这么高难度的“技术操作”，总会留下蛛丝马迹。父亲心思缜密，一定会发现她的异常。要是给他知道了，那会让他多么伤心啊。他一个人拉扯自己怪不容易，不能再给他添乱。懂事的赵诗婷，尽力压抑肠胃中的翻江倒海，也放弃了将这些营养品从胃里吐出来的疯狂想法。

赵诗婷一直在演戏，演到最后都不知道自己是某个剧本中的人物，还是真情实感的流露。现实与虚幻的界限，在她高超的演技中渐渐模糊。

那个重要的日子即将来临，放下手中的参考书和习题册，赵诗婷顶着那颗被数学题和英语单词折磨得痛苦不堪的脑袋，像只温顺的小猫走到父亲身边。

“爸，我想去美院。”赵诗婷想报考中央美术学院，因为早就对这所国内最顶尖的美术学府心驰神往。她把一些自认为不错的画作，一股脑摊在父亲面前的桌子上。那些画作就是她的盟友，带着她的梦想和指令，向父亲这位决策者表达意愿。

尽管说话声音不响，但是对赵铭锋来说，如同一颗烈性炸药在耳边爆炸。赵铭锋拿起一幅画作，又轻轻放下：“我知道你喜欢画画，但是学艺术的人很多，能最终熬出头的人很少。那些所谓的艺术家，生前过着穷困潦倒的生活，爸不想你去过苦日子。你一个女孩子，没必要挑选一条艰难的道路。爸只希望你平平安安、稳稳当当地过完一辈子。”

“人这一辈子，只能过得像死水一潭吗？”赵诗婷自己都惊愕了。从小到大，她从来没用过这种口吻对父亲说话。以前即便反对父亲的观点，也会用尽办法去平复内心的抱怨和不满，从口里说出的话，都变成了和风细雨。今天这是怎么了？居然敢这么顶撞父亲。

“婷婷，爸爸不想你去到这么远的地方。爸担心你照顾不好自己。”赵铭锋几乎是用哀求的口气说道。

“我都快十八岁了，还是处处需要照顾的小孩子吗？”赵诗婷干脆一不做二不休，既然对父亲“正式宣战”，就不能轻易结束这场捍卫自己梦想的“战役”。

“婷婷……你……让我很难过……”赵铭锋的眼泪流淌下来，赵诗婷的心一疼。

“爸，其他都听你的，这次不行，绝对不行。”赵诗婷从桌上抓起那些画，头也不回地离开房间。

赵诗婷用离家出走这么俗套的方式，表达不肯妥协的决心。

然而才过了几天，这次抗议就宣告失败。姑姑从同学家里找到赵诗婷，黑着脸告诉她：她的父亲在今天早上入院了。当时他晕倒在家中，要不是隔壁邻居警觉、热心，也许她连再见到父亲的机会都没有。

病房是一片带着死亡恐惧的白色。上次母亲生病住院，赵诗婷曾在这片连接生死的领地待过很长时间。由于身体素质很棒，此后她很少有机会踏进这片世界。

父亲从那个体壮如牛的男人，变成病床上那个软弱无力的病人。赵诗婷不敢再往后想象，失去母亲已是一个不能弥补的伤痛，要是再没有父亲……

只要父母都在世，不管是多大的年龄，你在父母眼中还是一个孩子。赵诗婷害怕“能被称作孩子”的年龄，定格在18岁这年。

姑姑忙前忙后，主治医师和护士们竭尽全力，赵铭锋终于从危险境地中被拉回来。

赵铭锋出院那天，姑姑当着他的面责怪赵诗婷不懂事。她苦口婆心地说，世界上哪有不为子女好的父母？你爸让你去读大学，就是希望你今后的日子有保障。你倒好，还和他闹情绪。要不是你这么不懂事，你爸也不会在鬼门关上走了一遭。

赵诗婷不敢反驳姑姑对她的斥责，倒是赵铭锋用胳膊肘捅了捅姑姑，刀子嘴豆腐心的姑姑，才停止对她的数落。

5

从那以后，因为怕背上不孝的骂名，赵诗婷对父亲言听计从。主动放弃艺考，哪怕那位绘画老师再三让她仔细考虑。

那位面容慈祥的中年人，这么多年教过不少学生。也许赵诗婷不是最勤奋的那个，却是最有天赋的学员。不然她也不会从15岁开始学画，几年内收获国内不少青少年绘画、美术比赛的奖杯。

一次培训结束，老师把赵诗婷留下来，一次次灌输坚守梦想的重要性。她的嘴唇一开一合，吐字清楚，字正腔圆。不过这个具有播音员典范的声音，不可能改变她的决定。这辈子不可能端上绘画这碗饭，这是父亲强加给她的意愿。她不得不服从，就像下属必须要服从上级那样自然而然。

太可惜了！

离开画室，赵诗婷回望这幢有些年份的商务楼。它足足有23层，在20世纪90年代初，在这片并非市中心商务区的地段，这样的高度足以让它鹤立鸡群。然而时光荏苒，原本周围的农田、城中村，纷纷踩着时代的鼓点悄然隐去。高楼拔地而起，它不再那样突兀，变成高楼群中的普通一员。它体内桀骜不驯的性格，也被周边的高楼消磨得差不多。

赵诗婷隐约感觉到，这幢楼在瑟瑟发抖，为时光流逝而伤感，为迷失自我而哀伤。

这幢商务楼，不就是赵诗婷的化身吗？

渴望活出自己想要的生活，然而身边有一幢比她高很多的大楼，遮住了梦想的阳光。她只能生活在他的阴影下，以孝顺的名义。

志愿书上，填写上清一色的一本院校。尤其是第一志愿，父亲留给了 985、211 高校中的“战斗机”——F 大。不仅希望她“走对大门”，就连“小门”——具体专业，他也不愿将就。F 大的新闻系，历来是热门中的热门，长期霸占全国新闻类专业的榜首。他这是把赵诗婷逼上绝路，“不成功便成仁”。一旦不能被这个专业录取，很有可能一落千丈，从一等一的高校沦落到那些说三遍名字也让人记不住的学校。

志愿书上是父亲工整的文字，每个字都如同一颗巨石，压得她喘不过气来。她怕失败，怕得要命。假如不能如愿，他会有多失望。自己是他活下去的希望，夺走了一个人的希望，是一件多么残酷的事情。

以前赵诗婷不会这么拼命，因为自恃有点小聪明，觉得读书不该搞得这么苦。可是父亲硬塞给她这么大的压力，那点小聪明不足以护送她得到那个最理想的结果。她只好加倍努力学习，就连课间休息的一分一秒也不愿放弃。同学们以为她精神受了刺激，或者家里遭遇变故，变着法子对她嘘寒问暖。赵诗婷一再声明自己没事，不需要把她当作国宝熊猫来照顾。当然，她不会告诉别人：自己如此大的转变是为了顺从父亲的意愿。在同龄人眼中，对父母百依百顺会被人瞧不起。她宁愿活在别人的好奇中，也不能成为他人的笑柄。

赵铭锋见她“立下军令状”，当然不能不有所表示。他特地向单位申请了弹性工作机制，每天早上十点半到单位，下午三点半就可以回家。他在这家电力公司的内部培训学校干了几十年，算是这里资历最老的师傅。他距离退休还有几年，本来就到了退居二线的年龄。领导原想找个其他理由让他不要再冲锋在第一线。这些年，这所培训学校进来不少重点高校的硕士生、博士生。除了能在他们面前卖弄资历，赵铭锋在其他方面完全处在下风。

只不过公司领导还算顾及赵铭锋的情面，一直让他单独负责一块内容。随着时代变化，培训不再是重复过去上课、请老师的模式。现场教学、案例教学、情境教学、专题讨论……形式多样的方式引入培训中。赵铭锋在接受新事物方面，肯定不如那些喝过很多年墨水的研究生。他越来越觉得控制不住那些手下，也意识到领导是给自己面子，他们希望自己主动提出退居二线的想法。

这次女儿参加高考，正是一个绝好的“找个梯子下”的借口。

此后的日子里，桌上的菜肴也不再一成不变，口感也大幅度提高。看来赵铭锋在饮食方面确实用了心思，不然厨艺不会在短时间内如此大涨。

……

一天，赵诗婷放学回家，发现书桌上有个塑料药瓶，说明书是用外语写成，看起来像是国外原装进口的药品。赵铭锋神采奕奕地告诉赵诗婷，这是朋友向他推荐的一款健脑类保健品，在市场上根本买不到。他担心女儿这段时间用脑过度，想让她用进补的方式让脑细胞时刻维持在兴奋状态。

药瓶的封口是打开的，赵诗婷指着封口问父亲，“封口开过的您也敢买？”

“封口是我撕的，”赵铭锋挠挠头，“亲兄弟也要明算账，即便是朋友帮我带的，也不能保证会少了几粒。我特地把所有胶囊都倒出来，一粒一粒地数，总共 200 粒，分毫不差，我这才放心地把五千块钱给他。”

这样透明的黄色胶囊，一粒售价居然要 25 元。赵铭锋一向节俭，从来没有这么阔绰的手笔。但是为了赵诗婷能顺利通过考试，他宁愿拿出将近一个月的薪水。

赵诗婷的眼角开始充盈晶莹的泪珠，这次，不再是刻意挤出来的。

6

赵诗婷没有从父亲期望的云端摔下来，而是稳稳地实现了他预想的目标。F 大新闻系，国内最知名的新闻学府，赵诗婷，一个其貌不扬、性格有些内向的女孩，与这个万众瞩目的名字联系在了一起。

查到总成绩的那一刻，赵铭锋的眼角处闪现出晶莹的光。他哭了，一个大男人，就这样毫无征兆地流下了眼泪。犹记得上次母亲去世时，父亲都没有流泪，可见赵诗婷在他心目中的位置，显然已超过死去的母亲。

赵铭锋在第一时间把这个喜讯告诉了赵诗婷的姑姑。这么多年来，这个世界上最关心赵诗婷的人，除了父亲，就是姑姑了。

当父亲在电话中说完成绩的事，赵诗婷听到话筒里传来另一个话题。

姑姑对父亲说：“已经过去这么多年，你还一直单身，独自拉扯一个孩子，又当爹又当妈，真是难为你了。现在孩子也大了，你已经完成了做父亲的责任。少年夫妻老来伴，你该找个伴儿了。等到年老体弱的时候，身边也好有个照应。”

赵铭锋的脸色有些尴尬，或许他觉得当着女儿的面说这些话不太合适，可是赵诗婷在旁边已经都听到了，于是他非常直接地说：“不要再说了，我不会考虑这件事的。”

姑姑叹了一口气，这种事强求不得，只能暂且作罢。

挂断电话，赵铭锋告诉赵诗婷，姑姑好几次劝他再结婚，尽管照顾赵诗婷很累，但是世上对孩子好的后妈很难找到，他担心女儿会受苦，因而始终不肯接受这个建议。

“婷婷，自从失去你妈妈，你就是我活下去的唯一希望。我不会考虑自己的幸福，凡事都以你的幸福为重。”

听到这番对话，赵诗婷的心里暖暖的。父亲宁愿为她牺牲一切，以前她还那么不听话，如此反差令她汗颜。她不再是孩子了，父亲后半辈子的幸福，她有责任去维护。她首先要做到的一点，就是顺从他的意愿。毕竟他是为自己好，她没有叛逆不羁的理由。

……

两天后，赵铭锋带着赵诗婷出现在一家酒店的包厢中。尽管这顿饭差不多要花去他大半个月的工资，但是女儿考上了 F 大的新闻系，他没有理由不在朋友面前炫耀一番。他低调惯了，这些年忍辱负重，终于迎来扬眉吐气的一天。

觥筹交错间，一个女人最后走进他们所在的包间。她打扮得极其妖艳，抹着浓重的口红，穿着露肩的上衣，下身的裙子非常短。即便是如此刻意装扮，颈纹还是暴露了她的年龄。都说到了这个年纪，不该是这样的打扮。赵诗婷的心里，对这个女人生出一丝不舒服的感觉。

看到她的出现，赵铭锋的脸部肌肉不自然地抽搐了一下。他记得自己没有邀请她，她怎么知道今天这个聚会？

众人皆露出了然的笑容。坐在赵诗婷父亲左手边的男人，还故意让出座位，留给这位不速之客。

晚来的女人不带一点客气，一屁股坐了下来，然后用略有些魅惑的眼神盯着赵铭锋看。在这种注视下才几秒钟，赵铭锋就有些坐立不安了。为了缓解尴尬，他指着红木封面的菜单，嗓门洪亮地说："大家别客气，随便点菜……点少了，点便宜了，就是看不起我……"

见赵铭锋这么说，众人自是欣然从命，一个个点起了生猛海鲜、山珍猛禽等价格昂贵的菜品。坐在一边的赵诗婷见此情形，心中不由地滴血，父亲平时省吃俭用，今天这么打肿脸充胖子，有这个必要吗？可父亲此时正在兴头上，又不忍心驳了他的面子。

赵诗婷一直在留意坐在父亲旁边的女人，从她的眼神中，可以猜测出这是一个非常精明又能勾住男人魂魄的主儿。

一道道佳肴陆续上桌，推杯换盏的过程中，席间都是对赵诗婷、对父亲的溢美之词。赵铭锋被这些漂亮话灌得晕晕乎乎，只要有人过来敬酒，都是一饮而尽。他的酒量不好，很快舌头就变得有些打结，面部红得像打翻了颜料瓶。赵诗婷赶紧劝道："爸，你有些喝多了，少喝点吧。"

"这才哪到哪呀！今天高兴，人逢喜事精神爽，大家务必不醉不归。"赵铭锋不顾赵诗婷的劝阻，又端起小酒杯，将杯中白酒悉数灌入肚中。

坐在赵铭锋右手边的长着小胡子的男人，挑着眉毛说："婷婷，不用担心你爸爸。我们这么多人不可能都会喝醉，总有人把你们父女送回家的。”

一个大腹便便穿着高档西装还打着领结的男人，用带着磁性的声音问道：“婷婷，你爸爸把你送进名牌大学太不容易了。他现在还是一个人吗？”

“是啊！我们也很关心这件事。”有人在一旁附和。

赵诗婷眼睛不经意瞟了瞟那个最晚进来的女人，发现她身子刻意往前靠了靠，似乎对这个问题非常在意。

不等赵诗婷回答，赵铭锋先接过话茬儿道：“我喜欢现在这种状态，自由自在，不受约束。而且我身边还有个这么贴心的女儿，还有必要再去找人吗？”

话落，那个女人的脸上立刻笼上一层阴影。也许赵铭锋的这个回答，断了她心中的一个念想。还没等到饭局结束，她就找了个借口离开了包房。

她走后，赵诗婷明显感觉到父亲的身子松弛了不少。

饭局渐渐进入尾声，看着桌上杯盘狼藉的样子，赵铭锋豪爽地道：“大家都吃饱了吗？要不要再加菜？都不用客气，今天不能让大家饿着肚子回去。”

这次，众人没有再狠狠地宰上一刀。大家向服务员要了打包盒，整理那些没吃完的菜肴。至于谁把这些菜带回家，桌上的人推让一番，最终全部留给了赵诗婷父女。

送走客人后，赵铭锋摇摇晃晃地走在路上，好像下一秒就会跌倒一样。他的体重远在赵诗婷之上，真要是摔倒，估计赵诗婷也扶不住他。这一路，赵铭锋显得非常难受，昏黄的灯光映照在他的脸上，反射出青紫的颜色。他示意赵诗婷把他扶到一棵小树边，一阵恶心之后，他的嘴里吐出花花绿绿的未能完全消化的食物。呕吐了很长时间，才终于恢复平静。

赵诗婷想带父亲去医院，赵铭锋摆摆手，只让赵诗婷扶他坐到路边的木椅子上。

一阵凉风吹过，赵铭锋清醒了一些，他深吸一口气，对赵诗婷讲起酒席上那个女人的情况。

20 年前，在朋友的介绍下，他与她相识，处过一段时间的对象。后来因为女方父母的反对，最终未能走到一起。

之前她曾参加了赵诗婷母亲的葬礼，并在葬礼结束后与赵铭锋单独聊过。当时她还有家庭。最近听朋友说，她刚和丈夫离婚，儿子被判给了前夫。

赵铭锋今天在酒席上故意说一个人挺好，就是想断了她的念想。此生，他不会再找女人，即便今后赵诗婷成家立业，他也想独自走完这一生。

一直以来，赵铭锋总是不断表露着他为赵诗婷做的牺牲，赵诗婷也的确万分感动，但是这次，她的心中却像被什么东西堵着。这份爱过于沉重，沉重到有些压抑，让她不知道如何去偿还、去报答。

可怕的是，这份爱，或许还要持续几十年。

第二章　重逢旧爱

1

这天晚上，赵诗婷做了很多自相矛盾的梦。

她梦见自己在大学毕业后，成了叱咤风云的“无冕之王”。铁肩担道义，妙笔著文章，心怀弱势群体，维护他们的正当权益。尽管中间遇到过危险，但都被机智聪颖的她一一化解，最后，她获得了全国新闻工作者的最高奖——韬奋新闻奖，不仅收获了无上的荣誉，也实现了个人的价值……

随后，美梦忽然变成噩梦。

她梦见自己在高考考场，考场外的天空中一轮烈日照射着，空气中带着一丝燥热，她整个人都浑浑噩噩的。待拿到试卷，发现考题几乎都带着一副狰狞的面容。紧张情绪在此刻如同气球一般开始不断地膨胀。经过一番紧张的做题，眼看临近交卷时间，卷面上却还有一大片空白，这片空白似乎在耻笑着她的无能。接着，一双铁钳般的手硬生生将试卷从她的手中夺走。她头脑一片空白，完了，这次考试恐怕会很惨……

考场外，父亲焦急地等待着。赵诗婷出来后。他不断问考得如何，赵诗婷心情低落地说出了结果，父亲喟然长叹，掏出一根烟，点燃，猛吸一口。曾经他为了赵诗婷而戒了烟，得知女儿考砸的消息，竟又恢复了这个不健康的习惯。

然后，赵诗婷走着走着，忽然一头栽倒在地，头磕在路边的石头上，血顺着额角流了出来……

赵诗婷醒了。

从虚幻的梦境中出来，赵诗婷感到头部一阵刺痛。幸好只是一个梦。赵诗婷顾不上穿衣服，双脚探到地上，光着脚走出自己的卧室。她轻轻拧开父亲的房门，听见里面传来一阵响亮的堪比发动机的鼾声，顿时松了一口气。她又掐了一下胳膊，有痛感。幸好现实中她没让父亲失望，也没让自己失望。

……

正式进入大学这座象牙塔前，赵铭锋带赵诗婷去了一次海边。接近大海的一刹那，赵诗婷倏然间感到了自己的渺小。远处，海天连成了一线，显现出自然的和谐。几只海鸥在海面上飞翔，矫健的身影彰显了生命的律动。海风夹杂着一丝咸咸的味道，温柔地抚摩着她的肌肤，像慈母的手安抚着熟睡的婴儿。望着这片广袤无边的生命之源，赵诗婷的灵魂渐渐融化在波涛声中。

甩下鞋袜，赵诗婷双脚踩在松软的泥沙上，无边的惬意顿时涌上心头。无论是谁，来到这个世界时，都是用稚嫩的纤足丈量着世界的距离。此刻亲临海边，赵诗婷仿佛回到了生命的初始，她卸下了一切世俗的负担和羁绊，在海滩上肆意展现着真实的自我，她欢笑着，大叫着，奔跑着，率真地抒发着自己的心情。而大海则像一位慈祥的老人，默默地看着她真情的表演，不时发出雷鸣般的“掌声”。在这里，听不到令人心烦的嘈杂声，只有她自己的心跳，还有自然的天籁。

这时，不远处的几个孩童引起了赵诗婷的注意。他们左手拿着铁锹，右手拿着红色的小桶，在沙滩上不断追逐着他们的猎物——螃蟹。螃蟹们“傻”得可爱，自以为打洞钻进了泥沙，就不会遭受天敌的骚扰，没想到它们藏身的洞口反倒成为别人抓捕它们的“路标”。孩子们循着沙滩上不太明显的洞口，用力挖开沙土，洞里的“主人”立刻仓皇出逃，但是没走几步，就成为“追捕者”的“俘虏”。然后，螃蟹们被关进了“囚室”，但依然用力挥舞着粗壮的前肢，表现出顽强的“抗争精神”。

目睹眼前的情景，赵诗婷会心一笑，小孩子的快乐如此简单，这种无忧无虑的情绪，她有多久没有感受到了呢。

走过长长的海滩，赵诗婷终于接触到了蔚蓝色的海水，感受着炎夏里难得的清凉。汹涌的波涛像一支训练有素的部队，一浪高过一浪，不断冲刷看海岸线。

“日月之行，若出其中。星汉灿烂，若出其里。幸甚至哉，歌以咏志”。曾在课本中学过的诗歌，在这一刻随着眼前的实景自然而然地自脑海中浮现。波浪冲击岩石，水花像晶莹的玻璃珠子一样向四方散开，发出哗哗的拍击声，赵诗婷沉醉在这声音中，不禁又想起苏轼的诗句，“乱石穿空，惊涛拍岸，卷起千堆雪”。

海边的景色实在太美，赵诗婷一心沉浸在其中，却没有注意到身后父亲的异样。

赵铭锋被赵诗婷落下了较远的距离，他的步履显得有些沉重，眉毛拧成了麻花。前些天，他因为赵诗婷考上F大而欣喜若狂，此刻却愁容满面。

赵诗婷在沙滩上走了好一段距离后发现赵铭锋没有跟上来，这才发现了他的不对劲，于是关切地问道："爸，身体不舒服吗？"

赵铭锋点点头，又摇摇头说："没什么，只是有些累，这里的风有点儿大。"

赵诗婷看了看天，接着狐疑地看了看父亲的脸，好一会儿，终于点点头说："时间也不早了，那我们回去吧。"

赵铭锋略有些歉意地说："好吧，那……就回去吧。"顿了顿又补了一句，"不好意思，爸让你扫兴了。"

回去的路上，赵铭锋没说什么。赵诗婷也没问什么，只是在心里默默地想：父亲是因为什么而忧心呢？是姑姑对他说了什么吗？

2

大学开学前的晚上，赵诗婷躺在床上，想着此后的四年，父亲与她在一起的时间将会锐减，心中就莫名堵得慌。

……

去大学报到的那天，赵铭锋在学校待到很晚才离开。他反复叮嘱赵诗婷：周末一定要回家，平时也要经常打电话给他。

赵诗婷把父亲送到校门口，看着他一步三回头，渐渐消失在几百米外拐角的一个路边小吃摊处。这个瞬间，仿佛有一种生离死别的错觉。

此后，赵诗婷便会常常光顾那家小吃摊，不是因为有多好吃，只因为父亲是从这里离开她的视线的，吃的不是味道，而是思念。

大学生活就这样开始了。

没几天，还没等赵诗婷熟悉周围，大学的第一道坎——军训，来临了。

训练的第二天，赵诗婷就因为受不了闷热的气候，而晕倒在了训练场上。这件事，她选择不告诉父亲。

接下来的时间，每到夜深人静的时候，赵诗婷就会格外地想家。曾经无数次渴望过离开父亲的“魔爪”，如今成了现实，但现在她没有任何逃离的兴奋，只感觉自己的精神支柱没了，整个人仿佛悬浮在空中……那时还没有微信，只有一根电话线作为连接的纽带。在电话里，父亲总是会叮嘱很长一通话。而赵诗婷每次都是耐着性子听完，继续扮演一个缺乏自理能力、永远长不大的孩子。

军训持续了大概二十天，之后零星上了一些课，甚至还来了一次摸底考试，然后便是“十一”长假了。

放假的前一天，有几节公共选修课。这类课程通常是很多个专业合并在一起上课，偌大的阶梯教室，常常会有百十号人，授课老师根本记不住每个学生的长相和名字。当然，这类课平时也往往是“翘课”的首选，只要叮嘱好室友在上课点名时帮着知会一声，就可以安然无恙。赵诗婷打算翘掉这几节课，就把代签到的重任交给了刚刚熟悉起来的同寝室友墨墨，而墨墨这个来自东北的女孩，十分豪爽地答应了赵诗婷的请求。这个假期赵诗婷不准备回家，打算用一半时间做家教挣钱，一半时间用来游览魔都的各大景点，假期的前一天，自是要用来做一些准备的。

收拾东西花了很长时间，赵诗婷想把寝室中属于自己的“杂物”统统带走，却苦于没有力气搬动。这个时候，赵诗婷就特别羡慕同寝室友倩倩，她最近交了一个十分帅气的男朋友，是附近一所以理工科专业见长的T大土木工程专业的。对方不仅经常骑车带着倩倩在校园内外游玩，还一手包下了倩倩生活中遇到的力气活，有时连赵诗婷这个室友也能跟着沾光。

至于来自本地的女孩珊珊也有个男朋友，是她以前的高中同学。两人一同考进的F大，学习、恋爱两不误，在图书馆内一起看书，看累了抬头，彼此相视一笑。作为学霸型情侣，他们还被人取了个外号——“雌雄大侠”，因为他们不光在学业成绩上无比厉害，还都是空手道黑带，曾在青少年空手道比赛中拿过冠军。

犹记得刚认识时得知珊珊练过空手道，赵诗婷的心情还曾阴郁过一阵：如果当初不是父亲强行阻拦，也许一条黑带已经系在了自己的腰际吧。空手道白色的道服，配上黑色的腰带，这样的装扮，在赵诗婷看来，比那些粉色系、少女系的装束更具魅力。

后来，在珊珊的怂恿下，赵诗婷稀里糊涂地加入了学校空手道社。只不过，她已经不复“当年之勇”了，由于长时间扑在学习上，身体缺乏锻炼，如今的她根本无法适应社团里高强度的训练。每次活动，仅仅训练一会儿，赵诗婷就会累得像死狗一样，大口喘着粗气。与此同时，在训练馆的另一头，珊珊则身形矫健，健步如飞，出拳干净利落，白色的空手道服发出铿锵有力的声音。对此，赵诗婷只有站在一边羡慕嫉妒的份儿。

不谈赵诗婷在空手道这件事上的失落。每天晚上的卧谈会，对于赵诗婷这样的“单身人士”又是另一种“打击”。在这种睡前闲聊中，同寝的珊珊和倩倩总是兴致盎然，卧谈会的议题也经常由她们操控。她们会说起她们各自的男朋友，说他们如何照顾自己、体贴自己的细节。而赵诗婷和墨墨只能充当听众，至多只能在某些精彩的讲述告一段落后，及时送上点赞和认同。

对此，和赵诗婷同为“单身人士”的墨墨表现得十分淡然，她出生在贫寒人家，来这里一开始就抱着要认真学习的目的，兼外出打工挣学费和生活费。而赵诗婷却不一样，前面十几年她为了不辜负父亲的期望，一度压抑自己的天性，一心沉浸于学习中，现在，她不打算再压抑了，她只想享受大学里的美妙时光。

来到大学后，除了一开始父亲不在身边颇让她有些伤感和不适应，但是过了这段适应期后，她终于真正体会到了“自由”是什么滋味。那种什么都由自己说了算的感觉，以前和父亲在一起时根本体会不到。

这些日子，男朋友，谈恋爱，出双入对……一个个引人心动的字眼，不断挑动着她的神经。进入大学后，她听到很多人说，“谈一场轰轰烈烈的恋爱，是大学里必做的事情之一”。赵诗婷接受了这个观点，十七八岁正是少女情怀恣意飞扬的年龄，挣脱了以往的束缚后，她顺理成章地憧憬起了自己将来爱情的样子。

我的另一半啊，你究竟在什么地方？能否告诉我你将在何时、何地现身？我该做哪些准备，把最完美的一面留给你？

……

军训后的十天里，倩倩曾想带赵诗婷去一个地方，暗示她会在那里邂逅 Mr. Right（真命天子）。赵诗婷以为她这么说只是故弄玄虚，或者说觉察出自己对于爱情的渴望，而编织出的一个美好故事，所以只是笑笑，并没有当一回事。

3

假期。

离家越来越近，赵诗婷不由忐忑起来。记得上次电话接通时，父亲莫名沉默了许久。还有到学校报到前，父亲在海边表现出的异样神情。很显然，父亲心中有秘密。

但愿这个秘密，不会打破她和父亲平静的生活。赵诗婷暗暗想道。

……

到家后，在楼道里，赵诗婷遇到了一个大腹便便的男人，稍稍打量了对方几眼，感觉这个人看起来有点眼熟，随即便想起来，就是那次聚会中，问父亲是否单身的那个人。只见他冲赵诗婷笑了笑，然后迈着笨拙的步伐从她身旁走过。赵诗婷心中略有些疑窦，甩了甩头，便不再多想，继续拖着行李箱上楼。

敲响了家门，赵铭锋开门迎了出来，帮赵诗婷把行李箱拿进屋。虽然他脸上是带着笑的，但是赵诗婷分明从中看出了一些忧虑。赵诗婷心道，一定和刚才那个胖男人有关。

看着父亲拖着行李箱的背影，赵诗婷问道："爸，刚才那位叔叔，他来，是有什么事吧？"

赵铭锋身形忽地顿了一下，犹豫了一会儿，喃喃地说："他来告诉我，莉静病了，很严重的病，据说医院已经不肯收治，只能在家等死。"声音低得只有他自己才能听见。

赵诗婷一愣，莉静？哪个莉静？随后立刻反应了过来，是聚会上那个和父亲有过一段过去的女人！她得了绝症？赵诗婷有些难以置信，距离上次聚会仅仅只过去几个月而已。当时看那位阿姨的样子，完全看不出是病入膏肓的患者。难不成一回去就查出了绝症？人生竟无常至此？！

看着父亲业已显出苍老迹象的脸庞，赵诗婷的心里多了一份不安。父亲难道？赵诗婷不敢往下想……

赵铭锋继续说着，他说那次在海边时，其实就已经得知她生病住院了。起初他将信将疑，毕竟上次见面时还好好的，而且对方还保持着健身习惯，怎么会说病就病了？不过他又觉得这个消息绝非空穴来风。

“刚才那位叔叔把她的地址和联系方式给了我。”赵铭锋语气坦诚，将手中的纸条给赵诗婷看。

赵诗婷想了想：“那就问问情况吧。”

随后赵铭锋就给莉静打了一个电话。话筒中的声音听起来有气无力，足以昭示着什么。对方则表示感谢赵铭锋的垂怜，随即是一阵剧烈的咳嗽。

聊了几句挂断电话后，赵铭锋沉默了。

“我打算去看看她。”

……

赵诗婷跟着父亲一起踏上了探望之路。

他们来到了一幢20世纪90年代建造的高层大楼前。里面的电梯有些破旧，上升时会发出“咯吱咯吱”的声响，每到一个楼层，电梯还会震一下。赵诗婷十分不安，不由自主地抓紧了父亲的胳膊。

按照目前的速度，估计要1分多钟才能到达24楼。赵诗婷的思绪，不由飘到了那位命运悲惨的阿姨身上。

根据后来了解的情况，这位阿姨婚姻很不幸，离婚了不说，孩子还被判给了丈夫，不得不和亲生骨肉分离。现在得了重病，她的前夫会来照顾她吗？她的儿子呢？

时间仿佛过去了很久，电梯忽然重重地摇晃了一下，头顶上的读数，赫然显示着22。电梯门自顾自地打开了，任凭赵诗婷怎么按关门键都关不上。“这破电梯。”她忍不住骂了一声，只好和赵铭锋一起走向旁边的楼梯，用双脚走完最后的两层楼。

来到24层后，赵铭锋按响了门铃。

开门的是一位中年女性，面相看上去相对较年轻。赵铭锋微愣了一下，然后用不确定的口气问道：“你是莉静的妹妹吧，她情况怎么样了？”

“你搞错了，我是她的家庭医生，今天上门给她做检查。”那个身穿便服的医生连忙摆手纠正称呼。

“不好意思，我是她……”赵铭锋忽然不知该如何介绍自己，“初恋男友”这个词，似乎在陌生人面前有些说不出口。

“是朋友吗？那请进吧。”这位家庭医生将赵诗婷和父亲领进朝南的卧室。

这是一套两室一厅的住房，一进门的左侧就是厨房，旁边是一个面积不大的洗手间，里面堆放着各类瓶瓶罐罐。一条走道直通客厅，客厅的面积足足有20多平方米，摆放着一张红木八仙桌，玻璃橱窗中有一些手工艺品，应该是那种价格便宜的仿制品，其中没有一件古董。客厅中间是一张咖啡色的皮质沙发，对面放着一台52寸液晶电视。不过电视屏幕被紫色丝绒罩子盖着，罩子上沾满了灰尘，看样子很长时间没有打开过。再里面就是南北两个卧室，北侧的卧室房门紧闭，南侧的门虚掩。

家庭医生上前推开了虚掩的那扇门，里面一张柚木双人床上躺着的，正是莉静。

对方见到赵铭锋和赵诗婷进来，显得有些惊讶，想挣扎着坐起来。赵铭锋则摆摆手，示意她这样躺着就可以。

这间屋子里有着一股非常浓烈的中药味道。床边的柜子上，有一只小砂锅，里面残留着一些药渣，应该是她刚才服用过的药剂。

赵诗婷站在父亲背后，静静地打量着这个名叫“莉静”的女人，此时的她，戴着医用口罩，眼帘下垂，脸色白得像张纸，再不复上次聚会时的凌厉。身上的那件睡衣也仿佛很多天没洗过，散发出一股难闻的味道。

这个可怜的女人缓缓地摘下口罩，说话带着一点喘气：“你们……来了……谢谢你们来看我……”

“为什么不早说？是不是上次我说了那句话？”赵铭锋拖了一把椅子让赵诗婷坐，他自己则坐在床头边。

“你都说到那个份上了，我再打扰你，未免显得太不知廉耻。”莉静的眼眶里闪着泪光，明明很在乎眼前这个男人，却把话说得如此云淡风轻。

“虽然我们之间不可能了，不过认识这么多年，来探望一下总归是可以的。”

“这样吗？”莉静苦笑了一下，“那么你也看到了，我现在的惨样。”

赵铭锋不知道该怎么接这句话。

莉静直勾勾地看着天花板，忽然转头对赵铭锋说：“一直以来都有个问题想问你，可以问吗？”

赵铭锋轻轻点了点头。

莉静用力撑起身子，脸贴到离赵铭锋非常近的地方："你在乎过我吗？"

赵铭锋愣住了。

"不是现在，是以前。"莉静补充道。

赵诗婷在一旁心里"咯噔"了一下，然而看着这位阿姨几近枯萎的样子，心中不由一软，接过话说："我爸应该是在乎过你的，不然也不会来看你……"

莉静略有些意外地看了看赵诗婷，随后笑了笑，身体也松弛了下来，说："那就好！就算我活不到明天，也足够了。"

"她身体很虚弱，需要静养，我们还是让她休息吧。"一旁的家庭医生发话了。

在专业人士面前，赵铭锋只好克制住内心的情感，虽然他不善于表达这种情感。

4

据家庭医生说，莉静是乳腺癌晚期，医生建议她切除右半边乳房，然后放疗化疗防止癌细胞扩散到其他组织。但是莉静死活不肯，她说，失去乳房还算一个完整的女人吗？至于手术后的放疗化疗，会让她变成一个非常丑陋的人。她极为看重外表，甚至看得比生命还要重。因此她坚持要求保守疗法，即便医生再三让她重新考虑。然而采用中药治疗疗效并不明显，无法阻止体内癌细胞的分裂，所以现在有些难办。

离开莉静的家后，赵铭锋神情显得有些凄然，即便家里最困难的时候，比如母亲刚去世的那会儿，赵诗婷也没见到过他这副表情。

……

回到寝室，赵诗婷用省下来的零花钱买了五彩斑斓的纸条，在不上课的时候叠起了幸运星。同寝的三位室友见状，问她是不是遇到了心上人，纷纷让她介绍那个男生的情况，赵诗婷否定了她们的猜测，室友们对她的“隐瞒”表示了不满，但也没有办法，只能作罢。

这些幸运星是打算送给莉静阿姨的。通过她，赵诗婷发现了父亲的另一面。对于父亲下半辈子的幸福，赵诗婷想得很清楚，母亲走了那么久，父亲为了自己忍受了这么多年的孤独，承受了一个男人所不该承受的压力和劳累，现在自己长大了，父亲应该去寻找他自己的幸福，那位莉静阿姨，也许就是一个非常合适的人选。现在医学水平这么发达，乳腺癌绝非不治之症，只要有人劝说她接受手术，一切就都会好起来的。有些明星患过乳腺癌，经过治疗，不也是很快就重回大众视线了吗？

所以赵诗婷希望莉静阿姨好起来，然后成为陪伴父亲走完余生的那个人。相信母亲在天之灵，一定会理解的。

此后，日子平淡地过着，父亲给赵诗婷打电话的频率少了一些，像是在忙着什么事情。

赵诗婷也遇到了几个向自己表白的男生，不过都不是她喜欢的类型。赵诗婷婉拒了他们，自信以后会有更优秀的男生等着她。

……

大学的第一年很快结束了，总结这一年的学习经历，赵诗婷越来越觉得自己似乎是进错了专业。

新闻学是一门实践性很强的课程。那些专业基础课，比如新闻学基础、传播学基础、写作基础、中外新闻史等理论类课程，靠死记硬背还能应付。但是随着摄影、影视制作、采访实务等一大波“实践类课程”来袭，性格就成为她的最大短板。

老师和同学经常鼓励她，帮助她，她勉强“赶鸭子上架”，带着应付的心态完成了课程教学计划要求的任务和考试。不过等到外出采访，还有出去实习时，赵诗婷就深切地体会到了“当背景板”的感受。

还有开选题会时，赵诗婷时常担心自己说错话，为了不在他人面前出丑，只要不被强制发言，她基本上都会保持沉默。但是做沉默者并未给她带来想要的安全感，因为别人不知道她的想法，在分配任务时便不会考虑她的感受。而她在执行时，又带着抗拒的心态。一来一去，赵诗婷陷入了“不敢说—不愿说—更不敢说”的恶性循环。

糟糕的处境让赵诗婷一度动了转专业的念头。赵诗婷旁敲侧击地对赵铭锋说起在学校不愉快的经历，又虚构出了一个通过转专业实现逆袭的案例作为佐证，希望能够得到父亲的支持。然而赵铭锋根本不接受她的理由，只是用一句“转专业可以，你得保证能拿到奖学金”，就打消了赵诗婷转专业的念头。

另外，赵诗婷也顺带问了莉静阿姨的情况，却得到一个令人意外的回答：莉静阿姨在不久前失踪了。

那些做好的幸运星，终究没有送出去。

5

前段时间，赵铭锋经常去看望莉静阿姨，鉴于他们曾经有一段过去，这次莉静阿姨不见了，难保他的心情不受到影响。

赵诗婷记得上周末自己回家时，见到锅灶开着小火，上面是一只红土陶色的汽锅，外观似钵而有盖，中央有突起圆腔通底的汽嘴，形状像火锅的上半部分。高考前，父亲经常用这只汽锅给她炖鸡吃。从散发的香味判断，这只锅里正炖着一只营养丰富的老母鸡。

“爸，今天晚饭有老母鸡汤？”赵诗婷看了看正坐在沙发上看报纸的父亲，随意地问道。

“嗯，我看你莉静阿姨身子虚，炖这个给她补一补。”父亲的这句话让她的心凉了半截。赵诗婷一瞬间明白了，这只老母鸡是给莉静阿姨补营养的。

“你该不会是，看上了人家莉静阿姨？”赵诗婷揶揄着说道。

赵铭锋不接话，放下报纸，走到冒着香气的汽锅旁，凭经验判断着锅内老母鸡的情况，然后摇摇头，慢悠悠地躺倒在沙发上。

“爸，别不好意思啊，这其实很正常，毕竟你们以前就是恋人。”赵诗婷歪着头，笑道。

赵铭锋老脸微红：“你别乱想，这阵子她病了，我不过是临时照看一下她。她身边没人照顾，一个人怪可怜的。”

“不在乎一个人，为什么要这么关心她？爸，您就别骗自己啦。再说您下半辈子有个人陪也挺好的，不是吗？”

赵铭锋被说得有些恍惚，忽然反应过来什么，眼睛一瞪，说道：“你这丫头，居然开始管起爸爸的事了。对了，你自己的感情问题呢？大学期间没谈恋爱吧？”赵铭锋使出了转移话题大法。

当矛头转到自己的头上，赵诗婷霎时间失去了刚才的伶牙俐齿，低下头，搓着手说：“哪有啊！我很乖的，我心里只有学习，每天寝室—教室—图书馆三点一线，从来不去那些容易引发是非的场所，也不和乱七八糟的男生搭讪。”

“要真像你说的这样，爸爸就放心了。你的年纪还小，感情上的事情非常复杂，我就担心你被某个小子的花招给骗了。我也是从那个年龄过来的，知道那些小子为了得到女孩子的心，什么把戏都能使出来。画龙画虎难画骨，知人知面不知心，你不能被他们一点点小恩小惠就骗了……”赵铭锋喋喋不休着，仿佛可以讲一整天。

“我的智商像你说的那样低吗？”

“又和我贫嘴！”

“别再说我了，谈谈你和莉静阿姨进展到哪一步了吧。”赵诗婷以其人之道还治其人之身，又把皮球踢还给了赵铭锋。

“不说了，鸡炖好了，我要走了。”赵铭锋直接抽身离开，扔下赵诗婷一个人在原地撇嘴。

……

赵诗婷乘上了开往本部校区的专线车，这是一趟往返于本部校区和郊区新校区的专线车，途中经过一段高速路，与另一端的终点站之间只停靠三个站点。

由于不是周末，缺少了成群结队返回家里的本地学生，坐这辆车的乘客屈指可数。

公交卡在 POS 机上“嘀”地响了一下，司机这才从昏昏欲睡的状态中清醒过来，他瞥了一眼车辆右侧的 LED 屏幕，上面显示的发车时间只剩下不到三分钟。接着，他问赵诗婷是否在中间车站下车，赵诗婷摇摇头表示不，于是司机伸了一个懒腰说：

“那就直达终点站，中间不停靠站点了。”

车上除赵诗婷外，只有一个小个子女生，也是返回本部校区的。

随着发车铃声刺耳地响起，司机猛然发动汽车，旋即加速到非常快的速度。这个工作日的下午，路面非常空旷，即便车开快一点也不碍事。大约十分钟后，这辆公交车开上了通往市中心的高速公路。

车窗外，一块块荒地急速滑过，好比一个个曾经的梦想，过去曾经存在，又被现实无情地抛弃。偶尔路边会有几块巨大的广告牌，上面印着的应该是当红的年轻女明星，长着一张好看的瓜子脸，皮肤白皙，身材修长，但是长时间风吹雨淋，缺乏养护，只剩下非常模糊的轮廓。赵诗婷摇摇头，为广告牌默哀：它曾经风光过，此时如此落魄。

整个车程在一个半小时左右，由于高速路上的 Wi-Fi 信号不太好，手机上网受到影响，打开一个页面要等上许多时间，因此时间显得非常缓慢。赵诗婷烦躁地将无法看视频的手机扔进书包，渴盼车子能开得更快些。

车上的另一个女孩也没有看手机，而是眯着眼睛打起了瞌睡。

赵诗婷长吐了一口气，按捺住自己的心情，干脆也闭上了眼睛。

……

6

一段带有中国风的音乐在公交车上响起。赵诗婷睁开眼睛，发现是来自车上另外那个女生的手机。那位女生迫不及待地按下了接听键，仿佛害怕错过什么一样。看她的脸上还残留着泪痕，似乎是在刚才哭过。

因为隔着不远，加上那个女生的手机音量开得比较大，赵诗婷隐约能听见通话声。

“对不起……不适合……我给不了你幸福……”手机里断断续续传来这样的话。

“你怎么就这么肯定给不了我幸福？”女生对着手机哭道。

“你跟着我只会受苦……”

“穷怕什么！没钱可以去奋斗，我愿意陪你一起去奋斗。”女生明显提高了嗓门。

“可是他对你这么好，你完全不需要跟着我再奋斗十年……”

“我不要这种寄人篱下、天上掉馅饼的生活。和他在一起，我觉得是接受了富人的施舍，损害了我的自尊。只有跟着你，我才觉得自在、不闹心，也不会忐忑。通过奋斗换来的幸福，才是真正的幸福。”

手机那端顿了一下，终于图穷匕见：“其实我们并没有相处多久吧……是你一直在黏着我，是你一厢情愿。要知道，感情的事不是付出越多，收获就越多的。”

女生拿手机的手开始颤抖，嘴唇紧抿，重重地吐了一口气，说：“你就是不肯接受我吗？假如你抛弃了我，你知道会是什么结果吗？”

男生不应答。

“你会为你的决定后悔的。下次见到我，恐怕就是没有生命气息的我了！”

面对这句带着绝望的威胁，男生只能用同样绝情的方式回击：“生命是你自己的，不要拿来做筹码。即便你说这些，还是不会改变结果。再见！”

接着手机发出“嘟嘟”声，通话结束了。

女生瞬间变得气急败坏，对着已经挂断电话的手机屏幕，骂了很多难听的话。

赵诗婷看着女生状似疯癫地发泄着，心里不以为然：有必要这样吗？为什么不在刚才通话时，对着那个渣男骂出来？现在挂了电话，对方根本听不到这些谩骂，女生却反而陷入难以自制的自我伤害中。这样不过是用男生的错误，来惩罚这场单恋中无辜的自己罢了。

眼泪，是女生在男生面前最强大的武器，一般男生见到女生落泪，都会选择妥协。当然，这一切是建立在男生还爱着你、在乎你的前提下。为了一个不爱自己的人落泪，值得吗？

呵！为何要如此在乎这个“渣男”？何必呢？

作为旁观者，赵诗婷看得非常清楚，但是当局者迷，那位正沉浸在失恋情绪中的女生就不一定能够想明白了。

终点站很快就到了，相比平日里周五晚高峰回家的那班车，这趟行程节约了将近半个小时。司机熄掉发动机，招呼车上仅有的两名乘客下车。

女生的眼睛肿得像个桃子，带着浓重的哭腔说：“师傅，我想再乘回去。”

司机摇头，斩钉截铁地回绝道：“不行！这辆车今天不开回去了，我也要下班了。你快下车，不要耽误我下班。”

赵诗婷瞄了那个女生一眼，想着：难道她要追到那个“渣男”

面前，恳求他不要离开自己？赵诗婷一瞬间替她的这个决定感到不值。

女生艰难地从公交车上下来，准备走向另一辆停靠在终点站的专线车。

赵诗婷鬼使神差地走上前，劝起了那个女生：“你这样卑微，只会让对方瞧不起的。即便能暂时挽回他，但是能留得住他的心吗？他会认为你的爱非常廉价，廉价到可以随时丢弃，不必有任何顾虑。他会产生‘我接受你是给你面子’的想法，以后你在他面前别想抬起头说话……”

“你吃饱了撑的吧。我就是现在去死，轮得到你管吗？”女生情绪不稳，态度也十分不好。

赵诗婷撇撇嘴，心想我何必管闲事。于是转身离开，边走边小声嘀咕：“为了一个不爱自己的人要死要活，是傻子吗？”

“谁是傻子？你才是傻子！”不料那个女生耳朵很尖，居然听到了赵诗婷的嘀咕，在后面大声回道。

……

7

又一个假期，赵诗婷像以前一样坐着公交车回家。

到家后，一股怪异的气息，随着房门打开扑鼻而来。客厅的地板上蒙着一层灰尘，还有几个不规则的鞋印。厨房垃圾桶中，堆放着吃过的肉骨头以及食物残渣。天气闷热，难闻气味的源头就在这里。水斗的搪瓷脸盆里，浸满了叶子有些泛黄的青菜。

赵铭锋闻声从卧室里走出来，样子比上次回家见到时显得苍老了许多。下巴上的胡子很长，应该是有一阵没刮过了。赵诗婷知道父亲是一个比较爱干净的人，她从未见过他如此不修边幅的样子。看来，莉静阿姨的失踪，确实给父亲造成了很大的影响。

看不惯屋子凌乱的样子，赵诗婷拿起一把扫帚，从卧室到客厅再到厨房完整地打扫了一遍。随后提起正在发酵的垃圾，掩着鼻子拎到楼下的垃圾桶。回来后打开窗户，一股凉爽的风吹进来，赶走了那股让人有些作呕的怪味。

赵铭锋没说什么，也不上来帮忙，让赵诗婷一个人忙前忙后。以前他见到赵诗婷做家务，一定会夺下她手中的家什，让她回屋子做作业，并强调学业才是赵诗婷的分内之事。即便进入大学后，学业压力不像高中时那样沉重，他依旧不让赵诗婷做家务。

不过，赵诗婷不想当一个“五谷不分、四体不勤”的废人，所以在父亲忙活家务时，她都会在一旁悄悄地学。特别是做菜，她觉得这是一个人要具备的基本自理能力，至于以后成家了，如果能做的一手好菜，也是一个维持家庭和谐的技能。

做完家务，赵诗婷顺手也就烧起了菜。很快，青菜香菇、麻婆豆腐、番茄炒蛋等几道家常菜就端上了桌。

吃饭时，赵铭锋也一言不发，不像往常那样对赵诗婷问这问那。

父女俩闷着头吃了一段时间，赵诗婷忍不住问父亲：“还没找到吗？”

“嗯。”赵铭锋点点头又摇摇头，“她的手机一直打不通，我去过她家几次，房门都是紧锁着的。另外，听隔壁那个老太太说，几天前她跟几个陌生人走了……”

跟陌生人走了？赵诗婷脑海里不禁浮现出警匪片中的场景。

绑架？她一个癌症晚期的病人，又不是达官显贵，歹徒能从她身上榨到油水吗？按照老太太的说法，莉静阿姨是跟着人走的，也就是说在主观上非常配合对方，这也不符合绑架案的特征啊。

还有一种可能就是熟人作案，只不过老太太不认识这些人，把他们误认为是陌生人。然后他们把莉静阿姨从家里骗出来，拘禁了起来。

当然，就这么胡思乱想显然无济于事。

“爸，不如报案吧。”

“报过案了，但是警察让我不要掺和这件事。”赵铭锋眼中透出无奈，莉静的失踪，瞬间又蒙上了一层神秘色彩。

为什么警方不让父亲掺和？难道莉静阿姨在警方手中？那几个陌生人是便衣警察？可如果他们是警察，抓捕时完全可以亮明身份啊。为什么他们选择隐瞒真实身份？这种做法不合逻辑。

情况变得扑朔迷离起来。

第三章　TA，也许就在灯火阑珊处

1

赵诗婷有些担心父亲，便在家多待了几日，至于学校的课，只好让室友们替她打个掩护。长时间翘课的风险非常大，由于她们专业的老师异常的严厉，偶尔翘一次课，尚有蒙混过关的可能性。超过两次缺席，就有可能会连累到室友。替人点名，同样会记作一次缺课。赵诗婷和室友都吃过一次缺课记录，只剩下一次机会。因为有“案底”在身，老师在上课时一定会特别留意她，所以这次翘课风险很大，但看到父亲低落的样子，她实在无法安心踏出家门。

这样的情况，直到姑姑出现才稍有好转。

这天下午，过了中午的饭点。赵铭锋一个人在客厅自斟自饮着，完全没注意到身边多了一个人。

“几天不见，怎么头上多了这么多白发？发生了什么事？”姑姑问赵铭锋，赵铭锋不语。

赵诗婷把姑姑拉到卧室，道出了这些天发生的种种意外。“你让他一个人静静吧。莉静阿姨先是患上癌症，又突然失踪，换作任何人，都没法释怀。”

姑姑不理会赵诗婷的劝说，又一次来到赵铭锋身边，说：“今儿天气不错，出去散散步吧。情绪不好，太阳晒晒就没事了。”姑姑拽了拽赵铭锋的胳膊。

赵铭锋穿着一件蓝色上衣，有点像工厂流水线工人的制服。他无力地抬了抬眼皮，声音轻得像蚊子叫：“不想去！”

“这样喝下去算什么？你喜欢她，以前为什么不勇敢一点？跟你说了很多次再找一个人，你不听我的话，现在借酒浇愁算什么男人？听姐一句话，天下这么大，我就不信我的弟弟会单身过一辈子。”姑姑一用力，居然把赵铭锋这么一个大男人给拉起来了。

泪水毫无征兆地从赵铭锋的眼眶中流出。姑姑叹了口气，摇摇头，拍了拍赵铭锋的背。

这个景象赵诗婷从未见过，就连母亲的葬礼上，父亲也没这么伤心过，这么说，相比起母亲，父亲真正爱的人是莉静阿姨吗？

阳光，透过玻璃窗户洒进房间。

……

几天后，姑姑强行要带着父亲出去散心，目的地是郊区某农家乐庄园。

去郊区需要乘坐定时定点的大巴车，起点是一个早已废弃的剧院。姑姑拉着父亲早早就去了那边等车，赵诗婷则作为送行人陪同。

剧院门口是一个临时停车场，停放着驶往各个方向的长途客车。赵诗婷记得自己曾进去看过一场演出。当时，中心剧场的舞台上，十几位演艺明星在此演出，即使是相对简陋的演出条件，也挡不住观众们从四面八方会聚过来。

人生，和这剧院还真是有些相像，演出终有散场之时，一切都会归于平静。现在，这座剧院到了谢幕的时候，失去了资金支持，它只剩下一个空壳，无奈地在这个交通便利的地方“苟延残喘”。因为风吹日晒，门口大幅牌匾上的烫金字体的边缘出现了明显的剥落，更显出往日喧嚣如今落寞的巨大落差。

无论快乐、忧愁、喜悦、悲伤，一切都会过去的，正如父亲经历的这场情殇，也会过去的。赵诗婷站在车外望着坐在大巴车中的父亲，如此想着。

车子很快开走了，赵诗婷转身离开车站。父亲被姑姑带走了，自己也得赶紧回学校，不知道这几天的缺课有没有被发现。

2

赵诗婷几乎是在最后一秒赶上回学校的公交车。眼见车门即将关闭，她不顾危险往上冲，差点被夹住。

司机还是上次那位打着哈欠的中年师傅，他看了风风火火的赵诗婷一眼，轻声嘀咕一句：“慢一点，夹伤了我可担待不起。”

赵诗婷不好意思地对他点点头，心说：“被车门夹住也就疼一会儿，但是被学校老师抓住，可比被车门夹伤的性质严重多了。”

找了个座位坐下，赵诗婷平复了一下呼吸，等到心跳终于恢复到正常的速率，便靠着车窗，一边望着窗外，一边开始在脑海中梳理这些天发生的种种。

前几天父亲无声痛哭的样子给了赵诗婷很大的震动，和母亲葬礼上的平静表现比起来，简直判若两人。此前，她曾以为父亲是为了不在她面前表现出伤心，这才装出平静的样子。然而现在想想，母亲去世这么大的事，怎么可能一点伤心都不表现出来？所以，唯一合理的解释是，父亲对母亲的感情其实非常淡薄。而就是这么淡薄的感情，居然让父亲这么多年保持单身状态，并且多次拒绝姑姑的建议，这是否说明，尽管他和母亲的感情很淡，但对自己这个女儿的感情却非常的深？只不过，最近莉静阿姨的出现，让事情出现了变化。显然，父亲非常在意她，在意到情绪会随着她而波动……

或者还有另一种可能，父亲其实对母亲是有感情的，只不过母亲走后，父亲作为男人必须在女儿面前表现出坚强，所以对外表现出平静。接下来的日子，则把对母亲的爱，全都转移到了赵诗婷的身上！而现在父亲对于莉静阿姨的在乎，则是为了补偿当年留下的遗憾？

人心太过复杂，光靠理性分析实在无法给出特别合理的解释。

……

公交车在路上飞驰着。

所谓天有不测风云，按说在这个秋高气爽的季节，极少会出现降雨，更别说是暴雨了。只见天空原本还是风平浪静的，转眼就从西边飘过来一大团墨汁般的乌云。接着就起风了，吹得高速路边的行道树左右摇摆。

没多久，粗大的雨点砸在车窗玻璃上，碎成一片水花。

雨天路滑，车子不得不减速，到后来开开停停，彻底停在路上。不用猜，一定是前方出了诸如车辆碰擦之类的交通事故。

赵诗婷的心里有些焦急，不时从书包中掏出手机，点开屏幕，注视上面的时间一分一秒往前走。

按照这样的速度，估计下课了也赶不到教室。要不要给室友发个信息，让她再帮忙扛一回？

就在这种患得患失当中，时间逐渐地过去。

直到司机喊道："终点站到了，快下车吧。"赵诗婷这才醒觉过来，飞快地起身下车。原本算好了时间可以赶上今天的课，现在耽误了这么久，她不确定自己还能不能赶上了。

一路小跑着，好不容易到了教室门口。赵诗婷急匆匆地推开门，却发现教室中已经人去楼空。她的心瞬间沉了下去，没赶上！自己恐怕又被记了一次缺课。

赵诗婷只能拖起沉重的步伐，浑浑噩噩地向寝室走去。

经过一个人工湖时，她看到了一个熟悉的身影。是上次公交车上遇见的女生。她穿着淡紫色的上衣，深蓝色的牛仔裤，整个人看上去精神不少。

因为心情糟糕，赵诗婷低下头想从她身边经过。然而对方却忽然将她叫住："哟，这不是上次叫我傻子的人？这是怎么了，也被人甩了？"

"你才被甩了！"赵诗婷皱着眉头回击道。

不想那女生忽然扑哧一声笑出来："那你为什么这么垂头丧气？"

"我喜欢低头走路，小时候养成的习惯。"

"好吧！我不挖苦你了，相反要谢谢你。"女生再次笑道。

"谢谢我？我可是'傻子'，哪有谢谢傻子的道理？"

"你要这么说，那我走了。本来还有个消息想告诉你的。"

"慢着。"赵诗婷喊道。消息？什么消息？和自己有关？这个女生，别是在“消遣”自己！

“怎么？”

“什么消息？”赵诗婷问道。

那个名叫菲菲的女生露出“果然如此”的神情，笑道：“站在这里也说不清楚，不如去校门口新开的咖啡厅坐坐？放心，我请！”

……

校外美食街的历史由来已久，东西南北各种流派兼容并包，既有体面优雅的高档餐厅，又有接地气的大排档和路边烧烤摊。此前赵诗婷只光顾过大排档和烧烤摊，倒还真没进过咖啡厅这样档次高一些的地方。

两人走到咖啡厅的门口，正碰上一个街头艺人在献唱，他架着一把吉他，唱着一首关于忘怀和释然的情歌。

菲菲听了几句，对赵诗婷说：“这首歌唱出了我的想法。”

赵诗婷惦记着对方会对自己说出什么样的消息，有些心不在焉地附和道：“嗯，听着还不错。”

3

两杯咖啡上来了很长时间，咖啡勺在杯中也搅拌得她心浮气躁，对面这个名叫菲菲的女生却依旧什么也不说。

“你不会就打算让我过来喝杯咖啡，听听高雅的轻音乐，体验一把小资情调吧。”赵诗婷拉长了脸道。

菲菲放松身体，往座位后背上一靠，说：“看来你是个急性子的人。不过这世上往往等待才会有好结果。一个不懂得等待的人，是吃不到最熟最甜的果子的。”说完，她又叫了一份抹茶蛋糕，低头吃起来。

赵诗婷只好颔首，勉强将一口苦得差点流泪的清咖啡咽进肚子。之前为了不在对面这个女生面前落于下风，当对方提出要一杯美式清咖，赵诗婷毫不犹豫地选择跟进。现在，嘴里苦涩的味道，让她略有些后悔。

好不容易喝完半杯咖啡，菲菲的抹茶蛋糕也吃得差不多了。她用餐巾纸优雅地抹了抹嘴唇，开口说道：“首先要谢谢你在那天骂我傻子。就是这句话，把我给骂醒了。那个渣男，确实不值得我把整颗心都掏给他。我以前就是一个傻子，居然把他当作生命的全部。他凭什么？笑话！离开他，我照样活得很潇洒。后来，我没有傻乎乎地乘车回学校，而是去市区里的一家西餐馆海吃了一顿。你别说，美食的确是治疗失恋的最好手段，当我感觉肚子里的牛排快要从喉咙口喷出来时，忽然发现，我对他不再有任何依恋了，一点也没有了。”

赵诗婷判断着菲菲话里的意思，感觉不像是假话，于是点头道：“放下就好！不光是美食，其实治疗失恋最好的办法，是开始一段崭新的感情。”

菲菲“哈哈”一笑：“暂时没有兴趣再找谁了。通过他，我似乎有种看破红尘的感觉，一瞬间就觉得天底下所有男人都不值得去爱，去付出。”

“你太消极了，恋爱就是做排除法，排除到一定阶段，总会遇到适合自己的。”

“有道理，不过我想有一段空窗期。现在不是非常流行‘毕业间隔年’吗？我也需要一个‘恋爱间隔年’。”

别人的恋爱问题，轮不到赵诗婷这个非亲非故的人操心，更何况她连自己的恋爱问题还未落实。另外，她也没忘记自己跟着对方来咖啡馆的主要目的，是想听听菲菲所说的那个和她有关的消息。

菲菲不再卖关子，说出了一个地址。赵诗婷听后眼神微变，这个地址不是别的地方，正是莉静阿姨的住处。

她怎么知道莉静阿姨的地址？

菲菲提示她："想想几个小时前，你和父亲在哪里？"

几个小时前？赵诗婷低头思考。当时自己不是在大剧院门口送父亲上长途客车吗？

"我这个人其他记性不行，记人的本事还是有的。我不喜欢住校，不自在，也不能随心所欲。我父母工作很忙，平时家里只剩下我和奶奶。我们家有个习惯，喜欢开着防盗门，只在外面的铁丝门上一把铁锁，铁丝门上罩一层尼龙窗纱。这是奶奶的习惯，她不习惯空调的冷风，觉得南北通风比较凉快。那天下午，你父亲敲了我们家对门的那户人家的门，我清楚地看到有个脸色苍白的女人给他开了门。"

她先是看见了赵诗婷的父亲探望莉静阿姨的过程，然后目睹了赵诗婷和她父亲出现在大剧院前的空地上，判断出了赵铭锋和赵诗婷的父女关系，继而联想到了之前的情况。

这就是她想让赵诗婷知晓的消息？这个消息毫无价值，不过是将已知的情况复述一遍而已。

"你父亲既然经常光顾那户人家，证明他对这个脸色苍白的女人特别在乎。然后嘛，那个女人被人带走了，带走她的人我当时看着，不太像是坏人。所以我猜测，大概是配合警方的行动吧。"

这个猜测倒与赵诗婷不谋而合。不过，这也仅仅只是一个猜测。

“那个女人的下落，我猜你和你的父亲一定很关心。我有个堂兄在公安刑警队工作，也许他能打探到确切的消息。”

原来这才是对方要说的重点！赵诗婷略有些激动，想着，或许父亲从农家乐回来，就能清楚莉静阿姨身在何处了。

4

回到宿舍，赵诗婷一边想着刚才的事一边走到了寝室门口。隔着一道门，能听到里面隐约传出一些聊天的声音，听不太清楚内容。赵诗婷没多想，敲了敲门。谈话声戛然而止，仿佛刚才的交流话题与她有关。

室友很快打开了门。正值午休时间，墨墨穿着印花睡衣，在书桌旁嗑着瓜子；珊珊对着笔记本电脑屏幕，屏幕上是一段暂停的空手道套路——“拔塞大”的分解动作；倩倩抱着一只毛茸茸的玩具熊，惬意地躺在床上。阳台上，一件白色的空手道服迎风飘扬。

看了看寝室内的情况，赵诗婷走进来，一屁股在自己的床边上坐下来。

随后，赵诗婷忽然想起，自己今天没有赶上点名的事，皱了皱眉，用沮丧的声音说道：“姐妹们，今天的课是不是点名了？我好像没赶上，老师怎么说的？还有救吗？”

倩倩扔下手中的玩具熊，用她那双纤细白皙的手抚摩赵诗婷的脸庞说：“婷婷，哎，你‘死’得好冤啊！不过你放心，我们会化悲痛为力量，让那个黄老朽付出代价。什么霸王条款，缺两次课就不让考试，简直岂有此理！”

珊珊关了手头的视频，用力拍了赵诗婷一下肩膀，差点没让她直接坐到地上。这厮手劲极大，以前在社团表演防身术时，曾经因为没有掌握好力度，直接把两个男学员的手给掰脱臼了。

“什么叫为朋友两肋插刀？嘴上说得好听，不如用行动来证明。既然婷婷已经‘挂’了，我们就不能苟且偷生，继续听那个姓陈的摆布。姐妹们，哪里有压迫哪里就有反抗，是时候为我们的生存而战了。

“我们要动员更多同学，抵制那个姓陈的新闻写作课。法不责众，他总不能取消所有人的考试资格吧。一旦闹出点动静，那个姓陈的就不敢如此放肆。定出这么变态的规定，都是以前的学生们过于懦弱。我们不只是为自己的生存而战，更是为后面的学弟学妹们争取‘生存空间’。”

珊珊的身上充满“领袖”风范，一番话说得是大义凛然。

赵诗婷赶紧对这个准备揭竿而起的女汉子做了一个“stop”的手势：“别这样，不过多交几百块的重修费，不至于搞得满城风雨。”

为人实诚的墨墨实在看不下去了，嚷嚷道：“你们演得都是哪出啊！明明今天陈老师没来上课，有必要这么开涮婷婷吗？”

寝室里仿佛吹过一阵风，赵诗婷闻言愣了。

陈老师没来上课？这可是“百年一遇”的情况啊。

不过事实就是如此，墨墨继续说道，其实今天陈老师家里遇到一点情况，所以由一位在读博士生充当了代课老师。代课老师就是好说话，什么缺课、迟到，统统都不计入考勤情况。或许这位博士生美女在本科阶段也吃过陈老师的苦头吧，能真切地体会到学弟学妹的苦衷。

既然没有点名，那自己等于是虚惊一场了！赵诗婷松了一口气的同时，狠狠地瞪了倩倩和珊珊一眼。

珊珊把那双让人胆寒的魔爪伸过来，搭在赵诗婷的肩膀上，嘻嘻笑道：“刚才只是开个玩笑了，别介意。对了，今天下午没课，刚才我们因为去向问题产生了一点分歧。我呢，在下午安排了一次社团加训，毕竟距离全国大学生空手道锦标赛只剩下一个月，参赛队员只有强化训练，才能在比赛中取得理想成绩。你我都是参赛学员，得利用好这个下午，再磨合一下团体型的分解动作，你说对吧。但是呢，这两个人却不知道想什么，非坚持要带你去见什么真命天子，你说离谱吧！”

倩倩立刻反驳道：“嘿，你是有了明确的着落了，再剽悍也不会被你的那个功夫小子嫌弃。但是婷婷至今单身一人，你还拖着她去练空手道，等她修炼到‘拳打西山猛虎，脚踢四海游龙’的身手，只怕今后找男朋友就更困难了。我这是为婷婷的未来着想，这不比你的那个什么比赛重要多了？”

“等等！为我的未来着想，什么乱七八糟的？”赵诗婷不禁感到心累。

“放心好了，只要跟着我走，也许今天就能让你脱单！”

赵诗婷想了想，下午的训练，珊珊是空手道社的总教练，高中时就拿过全国青少年空手道锦标赛的冠军，这次参加团体型比赛，所有动作都由她来设计。作为社团里的大姐大，自然在动作拆解中扮演“强者”的角色。演练完基本动作，两分多钟的拆解，自己和另外一位队员每次都会被她用各种技法摔倒或踢倒在地。

而每次强化训练又都要倒上千百次，这种非人的待遇，自然是能躲一次是一次。想到这，赵诗婷连忙对倩倩说道：“我跟你走！”

“哈哈。”倩倩跳起来，对着珊珊比了个 V 字手势。

随后，墨墨和倩倩开始换外出的衣服，与此同时，珊珊的手腕关节发出“嘎巴嘎巴”的声音。赵诗婷吓得赶紧闪出了寝室，生怕慢一步会挨到她的一个背摔。

5

郊区新城的商业街上人来人往，路边伫立着一只布满各种古怪图案的正方体盒子，显得颇为突兀而显眼。

盒子比普通成年男子要高一些，盒子的一面有一块玻璃，其他面则是封闭的。玻璃旁有一个按键，玻璃上方有四个大字——怪相盒子。

从盒子外面，根本看不清里面是什么情况。一开始，很多路人还以为这是行为艺术，纷纷驻足打量，好奇地指指点点，有人还站在盒子旁拍照留念。

赵诗婷三人此时正走在这条商业街上，边走，赵诗婷边忍不住内心的好奇问倩倩：“你怎么肯定，这条路上有我的真命天子？”

倩倩神秘一笑，然后掏出手机，指着一款 App 说：“在这个高科技时代，就连算命也可以由大数据来代劳。这是一款桃花运 App，只要输入你的生辰八字、性格爱好等个人信息，就能算出你的心上人身处何处。我就是根据它的指示，带你来到这条路上的。”

赵诗婷十分无语，扁了扁嘴，指了指街边的怪相盒子说：“我以为是什么呢，结果你弄个这么离谱的回答，那你还不如说我的心上人就在那玩意儿里面呢！”

倩倩一摊手：“这个……App只能算出大致方向，至于是否如你所说，恐怕只有上天才清楚。”

墨墨拍了拍赵诗婷的肩膀：“你可真是‘狗咬吕洞宾，不识好人心’。要不是我们把你拽出来，今天下午是什么情况，你心里非常清楚。上次我们躲在训练室的门外，看你和另一个女生那个惨呀！哎！用什么词来形容呢？对了！惨绝人寰！”

赵诗婷翻了翻白眼，果然是这样，不过倒也正合她意，所以心情也好了起来，然后跟墨墨贫嘴道：“人生自古谁无死，怕什么？二十年后，咱又是一条女汉子。为了空手道社的荣誉，也为了我们学校的荣誉，牺牲我一个黄毛丫头算什么。”

“嗬，嘴还挺硬的。好呀，墨墨，我们现在就把她送到珊珊身边，再叮嘱珊珊好好关照她。相信铁石心肠的珊珊一定不会手下留情的。”倩倩一边说，一边将赵诗婷往回拖。

赵诗婷连忙挣脱倩倩的双手，脸上堆出笑容说道：“好啦！谢谢两位姐妹出手相救，我不闹了还不成嘛！”

三人笑闹了一阵，待平复下来后，赵诗婷忽然指了指街边的怪相盒子说：“这个盒子看着挺奇怪的，和周围格格不入，我们去看看它到底是个什么玩意儿吧。”

倩倩和墨墨点头同意了，三人一起来到盒子旁边。

围着盒子转了几圈，发现了玻璃上的按键，赵诗婷按下按键，想知道会发生什么。结果过了好一会儿，什么都没有发生。

赵诗婷一脸失望地嘟哝：“原来是故弄玄虚，哪有什么怪相？”

正当三人准备离开的时候，按键上方的口子里忽然吐出一张纸。赵诗婷先是愣了一下，然后取下纸张。

纸上似乎是一幅人物的速写。仔细一看，上面画的人不就是自己吗？

赵诗婷看着眼前这个奇怪的盒子，用手敲敲盒子，问道：“里面有人？”

问这句话的时候，赵诗婷的心脏莫名其妙地快速跳动起来，隐约感觉，一个非常重要的时刻即将到来。

盒子起先没什么动静，过了一会儿，一个身材高大、面容俊朗的男生从里面走了出来。

赵诗婷看着从盒子里走出来的男孩，惊异地脱口而出：“是你？”

记忆一瞬间涌上了赵诗婷的心头，一个名字穿越时间的隧道，就这样出现在了她的嘴边：“陈博宇？！”

时间几乎没怎么在对方的面容上留下印记。当然，比起以前，显得更加成熟了。

赵诗婷有些不可思议：世界竟然如此之小，或者说，命运居然如此奇妙，自己小时候曾经有过好感的男生，在消失那么久之后，又重新出现在了自己面前。

再次相逢，对方显然也认出了赵诗婷，并对她友好地笑了笑。

赵诗婷想说点什么，拉近一下关系，但又不知道该怎么说。问他怎么会想到怪相盒子这个创意吗？

于是赵诗婷便这么问了。

陈博宇十分坦然地回答说，他喜欢观察人、画人，作品大部分都和人的面部有关。有一次在国外旅行的途中，他看到一个国外艺术家自行设计制作了一个“头像贩卖机”，机器将他和被画的人用一块隔板挡住，不过透过玻璃能互相看清脸部。

回国后，受到这台机器的启发，陈博宇花了一周时间制作出了“怪相盒子”。他坐在封闭的盒子里，参与者在外面，这样，既能给人免费画肖像画，也能让盒子里的他有创作上的安全感，同时还能引起参与者的好奇心。

之后，他就带着“怪相盒子”在一些商圈留下足迹。

聊了几句之后，两人就不知道该接着聊什么了。

赵诗婷毕竟还记得自己两位室友的存在，知道自己得走了，只是心中隐隐有种不舍，同时还想问问对方今后的打算，然而却有些说不出口。

室友倩倩看着赵诗婷的样子，心里似乎明白了什么，于是大大咧咧地问陈博宇：“喂，帅哥，明天你还在这里吗？”

“在的，这段时间估计都在这里扎营。”

倩倩冲赵诗婷会心一笑，赵诗婷脸色微微红了红。

陈博宇指了指不远处的奶茶店说：“不如，我请你们去那边喝杯奶茶吧。”

“不用了，我们刚喝过，谢谢你的好意，既然你这阵子都在这里，那我们可是会经常光顾的哦。”

说完，倩倩拉着赵诗婷和墨墨离开了。

……

逛了几个小时商业街后，三人组回到了寝室。

赵诗婷在逛街的时候就有些心不在焉的迹象，回来后，呆呆坐了一会儿，便开始从行李箱底翻出自己一些昔日的作品。即便不能全身心追逐绘画，这些作品还是被她带在了身边。

这些作品大部分纸张泛黄，上面的一些线条也变得有些模糊。赵诗婷的青春，就记录在了这些画作中。

遇到陈博宇，让她有了一种回到过去的感觉，现在，她想试试，把青春找回来。

凭着对过去的记忆，赵诗婷拾起久违的画笔，开始在一张空白的画纸上画起了画。

一开始，还略有些生疏感，但是几笔之后，感觉就回来了，那些绘画的技巧，仿佛一直在她的身体中沉睡，等待着有一天，受到赵诗婷的召唤而苏醒。

随着画纸上的线条逐渐清晰，一个年轻男生的轮廓显现了出来，正是刚才遇见的陈博宇。

看着画纸上越来越明朗的人脸，赵诗婷抿着嘴独自笑着。

第二天，赵诗婷带着自己的画作，又一次来到商业街。

沿着街道，发现陈博宇的“怪相盒子”果然还在那里。

赵诗婷来到盒子边，沿着上面的口子把自己的画作塞了进去，然后歪着头问：“像吗？”

里面过了一小会儿，传出来一个回答：“像。”

得到了想要的回答，赵诗婷的心情一下子变得很好。

简单闲聊了几句后，便起身告辞了。

虽然和昨天一样没有说多少话，但是赵诗婷很满足。

6

赵铭锋虽然跟着姑姑出去旅游散心了，但每天都会给赵诗婷发一大堆照片。

到了他们这个年龄，似乎非常热衷于在不是风景的景点中留下照片。

明明这些照片拍摄技巧拙劣，构图也存在问题，赵诗婷只能毫无原则地给父亲点赞，并违心地称赞父亲穿某件衣服，比实际年龄年轻了很多岁。

一周时间很快过去，父亲每天超量的照片，还有和陈博宇在怪相盒子旁的相会，给平淡的日子增加了不少色彩。

“明天早上我和你姑姑去漂流，据说那里的溪流很急，希望天公作美。”这天，发完照片，赵铭锋预报了第二天的行程。

赵诗婷回了一个“哦”表示知道了，手上则继续着她的画作。

书桌前，赵诗婷小心翼翼地铺好白纸。没有画架，只好在书桌上创作作品。原以为，绘画会彻底远离她的生命，没想到激情却被重新点燃。一同被点燃的，还有那份不期而遇的情感。

十一点，带着对于未完画作的不舍，赵诗婷揉了揉有些酸痛的胳膊和肩周，以一个“大”字形仰卧在床上，边听着室友的八卦边休息。

这天下午有新闻写作课。享用了一顿丰盛的午餐后，寝室中的四姐妹因为饱胀有些昏沉，却不敢有任何怠慢，在闹铃的催促下离开柔软的床垫，飞速地踩动自行车，从学校西北角的学生宿舍区，一直骑行至东南角的第一教学楼，赶去上课。

这栋外墙刚被翻修过的教学楼，里面的教室还是木制门，推开时会发出“吱呀呀”的声音，显然年头不短了。

赵诗婷四人本以为早到一刻钟能抢占到“有利地势”，结果推开教室门后发现，里面只剩下第一排的几个座位“虚位以待”。无奈之下，赵诗婷和三位室友只好在距离讲台最近的地方坐下。

新闻写作课的陈老师依着他的习惯，提早十分钟来到教室。

这位年近六旬的陈教授梳了一个非常精神的中分发型，比实际年龄看上去年轻将近十岁。单从外表来看，算是一个非常谦和、儒雅的长者了，只是……

上课时间到了，陈老师没有马上进入正题，而是说起了上次没来上课的原因。原来他年过九旬的老母亲过世了，为了母亲的后事，所以不得不让人代课。说到这里，他对上次没来上课向全体学生表示了歉意。

听了陈老师的话，赵诗婷的喉咙感觉像是被什么东西堵住了，同时开始反思自己以前对老师私底下的咒骂是否正确。

接着，陈老师打开笔记本电脑中的一个文件，那是一段从学校 BBS 论坛上的帖子截屏。发帖者名叫“黑暗中行走的猫”，时间就是一周前的晚上，他在帖子中说了很多恶心陈老师的话语，诅咒这个“四大名捕”之一不得好死，期望他以后不要再出现在课堂中，还校园一片纯洁的净土。

陈老师脸上的笑容非常尴尬，说：“我不止一次在学校 BBS 论坛上看到关于我的负面评价，没想到啊，我在大家的心里是这般形象。也许这个发帖者就在诸位中间，还在咒骂我怎么又现身于课堂。”

讲台下一阵骚动，众人纷纷现出猜测、疑惑的表情，旋即恢复平静。大家都怕被陈老师看出端倪，尤其是那个发帖者，此刻一定慌得不行。

教室中维持了将近半分钟的寂静，陈老师关闭了那个文档，用平缓的口气说：“不怨大家，也许我过去的教学方式存在问题，这才激起了这么大的‘民愤’。以后我不会采取这么简单粗暴的方式了，既然在座的都是有自主管理能力的大学生，那应该能对自身的行为负责。我不该用对待中小学生的方式，逼着你们来听我的课。如果我讲得不好，大家可以随时离开，我不会为难大家，更不会因为缺课剥夺你们期末考试的资格。”

话音刚落，下面的学生纷纷鼓起了掌。

陈老师推了推眼镜，接着说道：“不过，我希望大家能珍惜眼前的学习机会。大家都是通过竞争激烈的高考才进入F大，这里有丰富的学习资源，还能和业内的专家学者亲密接触。也许你们现在很厌烦这些专业课，觉得学习它们作用不大，但是，接受大学教育不只是学习一些知识，更要学习一种思考方式，还有对于学术研究精益求精的精神。这种思考方式和精益求精的精神，即便今后不从事研究工作，在其他领域也能发挥作用。我今天说过的话，一定会在你们今后的人生中得到印证。”

陈老师一席语重心长的话，再次引发学生们的热烈掌声。

第四章　成功脱险

1

离开第一教学楼，倩倩、墨墨和珊珊还在聊着陈老师的变化。而赵诗婷却不知不觉退到了一边。

转移她注意力的是手机上跳出来的一条新闻，是一则事故消息。

事故发生地点在一条溪流上，这条溪流曾经是用作灌溉农田的，平时该溪流只在每天上午 11 点水库放水时，水位才会上涨。因为水库的放水量不确定，所以导致水深和水流量每天都在变化。

出事前几天一直下雨，水库蓄水量明显增加，不得不增加往这条溪流里的放水量。由于短时间内放水过多，在下游交汇处形成两个小漩涡。当时恰好有只载满游客的竹筏来到，碰到了这两个漩涡，竹筏上孩子和女性游客比较多，漩涡导致竹筏剧烈晃动，有人没控制好重心，不幸落水。随后两侧的重量变得不均匀，竹筏摇晃之后出现了侧翻，游客和船夫全部落水。由于水流湍急，有人被卷到了很远的地方。

救援队接报后迅速赶到现场，救起了六名游客，一名女性成年游客和一个孩子溺水身亡，还有两名中老年游客失踪。

这个事故新闻之所以会让赵诗婷心惊不已，是因为她想起父亲在昨天晚上给她发的信息，说要和姑姑去漂流。而新闻中的事发地点，正在父亲和姑姑住宿的农家乐附近。

父亲和姑姑去漂流的地方恐怕正是那里，至于他们乘坐的是不是出事的竹筏，尚需要确认。

希望父亲和姑姑不在上面吧！赵诗婷心情沉重地双手合十，对着阴沉的天空默默祈祷。

路上，赵诗婷不停地刷新信息，同时反复拨打父亲和姑姑的手机。可惜父亲和姑姑的手机始终无法接通。

不祥的预感不断地开始侵蚀赵诗婷的内心。不可能的！世上哪有这么巧合的事情！赵诗婷继续疯狂地拨打着手机，哪怕贴在耳朵边的手机变得微微发烫。

就这么一路走着，不知道第几次拨打，赵诗婷忽然听到背后有人大喊:“停下来！”

这一声断喝把赵诗婷吓得不轻，一个踉跄没站稳，差点儿摔倒。再定睛一看，顿时惊出一身冷汗，原来，前方是校园内最大的人工湖，再往前迈一步，势必会落入湖中，而她恰恰不会游泳。

好在没出什么事。

回到寝室后，赵诗婷便处于焦虑中，然而从下午等到晚上，父亲和姑姑那边还是没有一丁点消息。

等待一个未知结果，甚至比知道结果更让人煎熬。

深夜，寝室熄灯后，赵诗婷再次给父亲和姑姑各发了一条信息，让他们第一时间给她回复。

随后，赵诗婷呆坐在一片黑暗中，茫然地眺望远处那栋闪着光亮的摩天大厦。这栋楼是这个地区最高的一栋楼，楼顶不停闪烁的光点，让她坐立不安。

不行，不能待在校园内等着了，这样只会越来越焦虑。必须赶过去，看看究竟是什么情况！

父亲口中所说的农家乐，距离这座城市不过一百多公里，赵诗婷用手机订了第二天一早的大巴票。

……

一夜无话。

第二日清晨，赵诗婷登上了开往事发地点的大巴车。

由于不是双休日或节假日，这趟大巴车上只有稀稀拉拉的几位老年乘客。估计他们也看到了相关的新闻。此时正叽叽喳喳地议论。

“现在的人都钻到钱眼里，哪里还考虑别人的生命安全？如果加强管理，也不会酿成这种惨剧。这不是天灾，而是人祸。”

“以后别去漂流了，多危险呀，被这么急的水流卷走，哪还有活命的可能？”

“要想安全，那就待在家里。飞机会坠毁，火车会脱轨，汽车嘛，不是经常听到追尾事故？至于轮船，风浪急一点就会翻船。天底下哪有绝对的安全？！”

“说得对！遇不遇到灾祸，全凭一个人的造化。我就听说过一个人在飞机起飞前，突然身体不舒服无法登机，后来飞机从天上摔下来，所有乘客和航班机组人员无一人生还。只有这位临时无法登机的乘客幸运地躲过一劫。这就是命！人犟不过命！”

几个老太太七嘴八舌聊得热火朝天，她们不是当事人，这次事故不过是让她们多了一份闲暇时光的谈资，她们哪里能体会到当事人家属的心情！

正如现在的赵诗婷，别人口中的事故，时时刻刻牵动着她的神经。哪怕只是一些零散的信息，都能在她的内心深处引发一场地震。

经过几个小时的颠簸，终于到了目的地。

走过一片有些泥泞的泥土路，凹陷处存有一些积水，又穿过一座石头桥，青石板上有一层青苔，脚底不时地打滑。赵诗婷顾不上这些，不曾放慢脚步。又过了一片小树林，景区的大门赫然在眼前。

相比于前两日人流如织，此时的景区入口处大门紧闭，上面是一张封条。旁边的墙壁上还贴着一张通知，告知前来的游客：由于发生意外事故，景区临时被封闭，敬请谅解。

这时，赵诗婷的手机忽然响了一下，她连忙拿起来，发现是菲菲发来的信息：今天上午去你那边，室友告诉我你外出了。等你回来，我们当面聊。

尽管父亲非常牵挂莉静阿姨，但是父亲现在生死未卜，赵诗婷实在没心情去了解关于她的情况。简单地回了一个“哦”字，赵诗婷就在大门口转悠起来。

好不容易从学校赶过来，总不能就这么被锁在外面，再一无所获地返回。

怎么办呢？毫无主意时，旁边的一扇小门“吱呀”一声开了，出来一个头戴安全帽、身穿橘黄色救援制服的年轻男人。

2

见有人出来，赵诗婷一头便冲了上去。

年轻男人差点被撞翻，非常不满地喊道：“干什么？”

“我爸爸和姑姑有消息了吗？”赵诗婷语无伦次地问道。因为太过着急，她连父亲的名字都没说出来，让对方一头雾水：“你爸爸是谁？也是昨天来这里漂流的？”

赵诗婷连忙报出了父亲和姑姑的名字，并描绘了他们的体貌特征。

年轻男人仔细想了一会儿，说：“好像没有这两个人。也许还没找到他们吧。”

事故过去快 24 小时，居然还没有找到人！难道……是遭遇了不测！赵诗婷的心一沉，望了一眼紧闭的大门，仿佛心中也有一扇铁门，因为这句话晃晃悠悠地关上了。

“也许我记错了吧，光顾着救人，脑子里乱七八糟的。要不你去附近的安置点看看，也许要找的人就在里面呢。”年轻男人看到赵诗婷情绪不对，连忙安慰道。

不管怎么样，年轻男人的建议好歹还有些希望，赵诗婷点点头，决定去看看，碰碰运气。

根据年轻男人的指路，赵诗婷快速小跑着，行走在潮湿的山路间。不同于平地上的路，山路要难走很多。赵诗婷穿着一双帆布鞋，鞋面很快就沾上了不少泥点子。再走到后面，水渗透到鞋子内，感觉双脚像踩在水里。鞋子湿透的感觉不好受，但是她不敢在满是小石子的路上光脚行走。

一公里多的路程，走了将近半个小时，终于见到一排具有浓郁江南特色的民居。这里是另外一处农家乐庄园，救上来的游客暂时被安置在这里。这次意外，难免让他们产生一些心理创伤，当地政府选派了几位心理咨询师，专门对他们进行心理疏导。

起初这里的人不允许赵诗婷进入，后来在软磨硬泡下，才获得同意。

幸存者被安置在不同的房间，在工作人员的陪同下，赵诗婷逐一敲响了房门，可惜每次开门的都是陌生面孔。

等到最后一扇房门也被敲开，赵诗婷几乎绝望了。她的父亲和姑姑，并不在这些被救出的人员之列。

此时，赵诗婷心中只剩下一根稻草可以抓了，那就是：他们当时也许不在出事的竹筏上……

赵诗婷很想相信这个可能，然而，之前赵铭锋每晚都会发照片给她，可从昨晚到现在，这种习惯断了。这种巧合让她不安到极点。

越想，就越是恐慌，伴随着一阵阵的无助和虚弱……

她是在6岁时失去母亲的，难道又将在14年后送走父亲，从此彻底沦为孤儿吗？

即便以前她反感过父亲在她的世界里横冲直撞，剥夺她的自由选择权，但至少从精神世界上看，她还算是有依靠的。尽管不那么喜欢父亲，她的潜意识还是将之视为精神支柱的。

忍耐多时的泪水，不期然地喷薄而出，重重地砸在地板上。

在酒店大堂的厕所里哭了整整一个多小时，赵诗婷强迫自己振作了起来，她还不想放弃。

接下来，赵诗婷又收到消息，说救援人员找到两位新的失踪者。于是她再次马不停蹄地往两位失踪者所在的医院赶。

到了医院门口，赵诗婷打听找回来的失踪者的名字，可惜依然不是父亲和姑姑。

怎么办？

赵诗婷浑浑噩噩地走出医院，眼神空洞。

这时，手机不期然地响起，上面显示的是一个陌生号码，赵诗婷木然地接起手机。

“婷婷，我是爸爸……”赵铭锋的声音，十分突兀地在手机的另一头响起，此时听来，却仿如天籁之音。

赵诗婷有些不敢置信，张了张嘴，然后像是绷紧的弦忽然松了下来一样，带着哭腔大声对着手机喊道：

“爸，你没事吧！”

“啊？没事，我很好啊。”赵铭锋似乎没意识到问题的严重性。

赵诗婷的情绪经历大起大落，有些不太稳定，语无伦次地问清了父亲和姑姑的情况，确认他们都无大碍，这才将一颗心放回了肚子里。随后，又带着埋怨的语气说道：

“爸，这么长时间联系不上你们，你知道我有多焦急吗？你看到新闻了吗？就在你们要去的那个竹筏漂流景区，昨天发生了一起意外事故，死了好几个人，还有人失踪。我当时急得不行，生怕你们就在那个竹筏上，特地从学校赶到出事地点。”

“哦哦，竟然出了这样的事？”赵铭锋这才意识到出了什么事，想到女儿为此担惊受怕，感到有些抱歉，“不好意思让你为我们担心了。其实昨天我和你姑姑没去竹筏漂流。我也没留意新闻，假如知道有这事，我肯定马上与你联系的。”

原来，那天父亲和姑姑打算去漂流前，农家乐服务员建议他们换个时间，因为这段时间经常下雨，溪流的水流量很大，可能在弯道处产生一些漩涡，有些危险。父亲和姑姑都是旱鸭子，听了服务员的建议，觉得有道理，便临时取消了漂流计划。

他们在农家乐庄园待了一个上午，那段时间雨下得比较大。等到下午天色稍有好转，他们就去了另外一个4A级景点——有着几百年历史的古镇。

至于为什么连续两天都无法联系上，完全是出于巧合。

姑姑的手机在出发前一天坏了，为了不耽误行程，没及时去手机维修店修理，所以前几天都是用父亲的手机拍照。

那天天上飘着绵绵细雨，父亲和姑姑不得不在一家风味小吃店躲雨，顺便品尝一些当地的风味小吃。

当姑姑想在古镇入口处留下合影时，父亲习惯性地一掏口袋，没有摸到手机，便以为是落在了农家乐庄园。从农家乐庄园到古镇，单程需要将近40分钟。为了拍照特地回去取手机，显得有些不合适，索性便算了。

在外面用了晚餐，又领略了别具风采的水乡夜景，这才回到农家乐庄园。

父亲在房间里搜寻手机的踪迹，找了一个多小时都没有找到。

回忆下午外出时的场景，父亲依稀记得，口袋里有个鼓鼓囊囊的物品，这说明出门时手机可能还在身上。据此推断，从出门到古镇，再到下午想在景区门口拍照这段时间，就是遗失手机的时间段。这样有几种可能：一是手机遗留在了开往景区的客车上；二是在进入景区时遗失；三是手机被人盗窃。

不管是哪种可能，总之父亲报了挂失。

……

详细解释了情况后，赵铭锋特地强调，本来那天晚上他是想给赵诗婷打一个电话的，但是考虑到时间晚了，可能会影响到她的睡眠，就作罢了，没想到却造成了误解。

到此，整个事情算是有惊无险地过去了。

赵诗婷反复确认了父亲和姑姑没有什么大事后，便在农家乐庄园等待着他们回来。

而赵铭锋这边，原以为这趟旅程就此结束之时，却又遇到一个插曲。

在准备回去的时候，房间内的内线电话响个不停。赵铭锋拎起话筒，对方一句话让他精神一振："手机找到了，请到前台来认领！"

手机果然是掉在农家乐庄园里，赵铭锋想道，但是为什么要隔一天晚上才交还自己？

带着疑惑从三楼下来，前台小姐先问了手机的颜色、型号，同时让赵铭锋拨打这个号码，确认无误后才将手机归还给他。

赵铭锋正要离开，前台却叫住他说："等等，有张便条要交给您。"

赵铭锋接过来一看，是一张不到A4纸一半大小的纸张，边缘撕扯得非常粗糙，上面是不算工整的字迹。

这张纸上，竟赫然写着一个小偷幡然悔悟的过程。

原来，赵铭锋两人走向古镇景区门口时，纸张的主人就盯上了他们。赵铭锋鼓鼓的口袋，被认为里面肯定有大鱼。

趁人流比较多，纸张的主人慢慢靠近赵铭锋，接着，装作不经意地蹭了他一下，也就在这一蹭之下，赵铭锋放在口袋中的手机被摸走了。不仅赵铭锋自己没有意识到，走在旁边的赵诗婷姑姑也没有发现这次盗窃行动。

得逞后，这位窃贼没有第一时间去销赃变现，而是打算等过一段时间再将手机拿到镇上的小商品市场出手掉，那里鱼龙混杂，商铺众多，小贩子们只顾赚钱，不会管手机出自何方。至于被盗者，他凭经验判断赵铭锋是外地来这里旅游的，断然不会为了一部手机大动干戈。反正现在人都有几个钱，旧手机被偷，大不了再买一部新的。

窃贼刚偷到手机时曾直接将手机关机，回到老窝后，自忖没什么暴露的危险，便将手机重新开机。开机后，手机上立刻出现一连串的短信提示，还有几十个未接来电，这些短信和未接来电都是来自同一个号码，手机上的备注是“女儿”。深夜时分，这个号码又发来一条透露着焦急的信息。

窃贼看着这条急切想要知道父亲下落的信息，内心生出了一股莫名的触动。他也曾是一个父亲，也曾有过一个女儿。偷来的这部手机中来自“女儿”的信息，勾起了他的幽思。

他的女儿原本是一个活泼阳光的小姑娘，后来不幸遇到车祸，高位截瘫，就此只能终日躺在阴暗潮湿的床上。他的妻子受不了打击，跳湖自尽。剩下他一个人硬撑着内心的伤痛，尽力照顾女儿。再后来，女儿的情绪一天天越来越低落，终于在某一天，趁他不注意，用一把剪刀割破了手腕。

撕心裂肺的痛苦之后，他把自己灌醉了，醉了三天三夜。

清醒过来后，他的生活节奏彻底被打乱。曾经幸福美满的生活，因为女儿的离去变得支离破碎。他没有心思再每天上班下班，便辞掉了稳定的工作，缺钱时，就去干这种没本钱的买卖。

在丧女的悲痛和空虚中，这位窃贼浑浑噩噩地过了几年见不得人的日子。

然而现在这部手机中，来自赵诗婷的一个个电话，还有那条饱含着感情的短信，让他一下子清醒了过来。假如自己的女儿还活着，大概也有这么大了吧，她一定不希望自己的父亲变成这样！

窃贼狠狠抽了自己一个耳光，然后做了一个决定：把手机还给被窃者，让手机的主人能和女儿联系上，让那位女儿不再担惊受怕。

第二天，窃贼就把手机交到了前台小姐的手中。此外，还附上了张便条，交代了他行窃以及决定归还手机的原因。

他在便条最后说，他准备去自首，重新开始。

……

返程的大巴车上，其他乘客都在打盹休息，一阵阵鼾声飘荡在车厢内。赵铭锋一点儿没有旅途的疲惫，唏嘘地说："你说如果那天我和你姑姑不听别人的劝告，会不会碰巧上了那只竹筏，然后……"

"呸呸呸！别胡说！"赵诗婷生气地连呸几声。

赵铭锋知道自己说错了话，赶紧不再继续，转而说起了其他："你最近在学校过得怎么样？还好吗？"

赵诗婷见话题转到了自己身上，想了想自己这些天在学校的事情，不期然地就想到了陈博宇，不过她没有透露的想法，只是平平淡淡地回答说："挺好的，学校不就是学习、生活嘛，也没别的。"

赵铭锋点点头，没有继续问下去。

一路无话。

中途车子在一个服务区内停下来，车上的乘客打着哈欠下车，走进服务区休息。赵诗婷跟着父亲一起下车活动，这时，她的手机忽然响了一下，拿起来一看，发现是陈博宇发来的一条消息：“怎么昨天没见到你。”

赵铭锋见了随口问道：“谁呀？你的同学吗？”

“一个普通朋友。”赵诗婷尽量用平静的语气回道，不过，她的脸颊却微红了一下。

赵铭锋观察力很强，注意到了这点，不过并没有说破。

几个小时后，大巴终于回到了市区，赵诗婷跟父亲和姑姑道别后便回了学校。

漂流事件就此有惊无险地结束。

3

回到寝室，几个室友都在。

赵诗婷斜靠在床边，细细捋着这些天发生的事。父亲出去旅游散心的目的算是达到了，应该能转移他的部分注意力。自己去找父亲之前曾经收到菲菲的消息，估计是有什么事情要和自己说，这个有时间要找她问问清楚。还有回来时候陈博宇发来的询问，里面有一丝丝关心的意味，赵诗婷很敏锐地感觉到了，所以，他是对自己有点意思吗？

想了一会儿，无果，便打算问道于几位室友。这种问题她不好和父亲探讨，但是和室友说说却是没有问题的。

倩倩、墨墨和珊珊听了赵诗婷的“求助”，八卦之心顿时熊熊燃起，七嘴八舌地开始给赵诗婷支招。

“遇到喜欢的男人，直接和他说不就得了。现在不比以前，女孩子完全可以在恋爱中主动一些，没必要死守那些规矩。”“御姐”珊珊一开口就是直来直去的建议。当年她就是在空手道训练馆遇见男朋友的，那时候她一眼就看上了那个男生，直接向对方挑明了心意，一点也不拐弯抹角。她的处事风格，就像练习空手道一样，直接、快速、凌厉，没有任何拖泥带水。

“这哪成呀！主动的一方，注定是恋爱中付出更多的人。即便你喜欢他，也要让他先说出口。女生也只有在恋爱阶段才能占据主动权，不能连这点主动权都轻易放弃。”倩倩表示了不同看法。她的经历和珊珊不同，她的男朋友当初为了追她，可是费了不少心思。

墨墨则是一个中间派，她说：“这个要具体情况具体分析，是否主动要看场合和机缘。”

这三种观点都有道理，无法分出孰是孰非，赵诗婷只好作罢。

自己的事情暂时找不到头绪，那么关于莉静阿姨的事呢？菲菲之前不是发来消息想要和自己见一面吗？

赵诗婷抽空给菲菲发了不少信息，可惜全部石沉大海。为什么突然不回自己消息了？是遇到了什么事？赵诗婷摇摇头，不想深究下去，想着，船到桥头自然直吧。

……

又是一个阳光明媚的日子，赵诗婷在没有课的情况下，再一次来到了商业街陈博宇的“怪相盒子”处。

这回赵诗婷带上了一块刚从淘宝网上拍到的画板。她不能影响陈博宇给路人作画，然而也不能像个傻子一样在一边傻站着，想了很久，索性也做个路边画者，将所见所闻都画在手中的白纸上。

因为赵诗婷经常来，与盒子里的陈博宇已经有了一丝默契，于是，一个人沉默地在盒子里面画，一个人安静地在盒子外面画，若是有心人看来，也算是一个有趣的场景吧。

就这样，时间不知不觉地过去，赵诗婷的画纸上已经填充上了不少内容，她抬起头，甩了甩手，悄悄瞥了一眼身旁的“怪相盒子”，尤其是盒子上的那块透明玻璃，想着，里面的他是否会在休息的间歇，偷偷瞄上自己一眼？

“那天，为什么给我发那条信息？”赵诗婷状似不经意地问道。

“这些天你都来我这里，突然没看见难免会担心，担心你遇到麻烦。没有别的意思。”陈博宇在他自己营造的“怪相盒子”中回答道。

这个“怪相盒子”，此时有点像是陈博宇营造的“结界”，横亘在两人之间。

赵诗婷对这个回答并不满意，原本不再有瓜葛的两个人能够在这茫茫人世间重逢，冲着概率这么小的缘分，怎么也不能就此归于平淡，如果这样的话，也许很快，这奇迹般的水花就会消失在命运的长河中，再也看不见踪迹。

然而，赵诗婷想要的是，能够有朝一日牵着他的手，走过大街小巷，走过熙熙攘攘的人群，走向更远的将来。

为了这个虚幻的梦想能够实现，每次来商业街见陈博宇之前，赵诗婷都会在寝室中反复对着镜子，笨拙地化着她不熟悉的妆容，只为多让他的视线在自己身上停留。

而除此之外，赵诗婷完全不知道该如何更进一步。

也许赵诗婷对陈博宇的了解太少，即便见了他这么多次，于她而言，记忆最深的还是多年前那个下午，那个讲台上神采奕奕的他。

他的家庭环境，他的成长故事，对她来说，完全笼罩在薄雾之中。他像一条河，她在中途才踏进来，不清楚他在上游流淌过哪些土地。赵诗婷不敢轻易靠近。因为很在乎他，所以赵诗婷显得患得患失，踌躇不前。

此时，珊珊曾经的建议浮上了赵诗婷的心头。也许对于自己而言，珊珊的建议更具有可操作性。既然已经动了心，何必在意谁主动、谁被动，何必纠结谁在这段感情付出更多？

傍晚来临，作画该结束了。赵诗婷将画满速写的画纸收入自己的随身画夹，陈博宇也从怪相盒子中走了出来，开始收拾起来。赵诗婷放好自己的东西，便主动上前帮忙。

“不必麻烦你了，我一个人可以的。”陈博宇对赵诗婷表示感谢。

赵诗婷笑了笑，没有停下来。

等到全部收拾完毕，陈博宇想了想，觉得得表示点儿什么，于是对赵诗婷发出邀请：“不如，去那边的小店吃点什么吧？”

陈博宇指了指美食一条街里的一家小吃店。

赵诗婷歪了歪头，其实这不是陈博宇第一次邀请她了，前几次，听了室友倩倩关于女孩子要矜持的建议，所以都拒绝了，而这次，她打算接受邀请。

“嗯，那一起过去吧。”

……

第五章　也许再也无法相见

1

这家麻辣烫小店内，几乎可以说是学生党的天下。学校食堂的糟糕味道，让很多学生都跑到外面来改善伙食了。

赵诗婷和陈博宇面对面坐着，这是他们第一次一起吃饭，双方心中不免都略有些紧张。

陈博宇将菜单交给赵诗婷，让她决定吃什么。赵诗婷也没有客气，照着上面随意点了一些素的串，然后陈博宇接过菜单又加上了不少，荤的、素的都有。

作为路边店，上菜的速度倒是比较快，没几分钟，就有部分烤好放上了桌。由于午饭吃得早，赵诗婷的肚子其实早就饿得不行了。对着油亮金黄的食物，此时她很想撸起袖子，拿起来大快朵颐一番。

可是不行，对面坐着陈博宇，如果这么做了，他一定会惊诧，一个外表文静的女孩子，吃相怎么会如此难看！

于是，赵诗婷照着自己记忆中所谓的比较淑女的样子，小口小口，将自己的举止尽量控制在优雅的范围内。

只吃了几串，赵诗婷就用餐巾纸抹了抹嘴角，表示自己已经吃好了。而事实上，距离吃饱还差十万八千里，只不过为了保住形象，只好委屈自己的肚子了。

陈博宇略有些惊奇地说：“饭量这么小啊！看来你的好身材不是没有来由的。”

赵诗婷能听出对方话语中小小的恭维，心中多少有些小得意，伴随着一些小开心。

接着，两人自然而然地聊起了各自过去的一些故事。

陈博宇先讲了他的经历。

他比赵诗婷大三岁，是去年七月从一所美术院校毕业的。他从三岁开始学画画，至今已近20个寒暑。他将绘画视作生命，甚至可以一天不吃饭睡觉。他曾立下宏愿：将绘画作为终身追求的事业。

后来毕业后，他拒绝了母亲为他安排的美术老师的工作。那是一所重点高中，据说新进教师的学历至少得在研究生以上，而他只是个专科生，对方校长看在他母亲的面子上，才答应收他的，可惜，他违背了母亲的意愿。

陈博宇的行为自然让他的母亲既生气，又不解。记得当时，他和母亲为这件事情争吵了一番。

“我不想当老师！”那时候陈博宇直接用这样一句话回答了母亲的质问。

他的母亲尝试用软化的口吻劝他：“阿宇，别耍小孩子脾气了。你知道，为了你的工作，我求了多少人吗？上次陪你去参加招聘会，你应该见识到就业有多艰难了吧。”

“我的性格适合做老师吗？我讨厌与人交流，做老师不可能不面对学生。”陈博宇话语中透着无奈。

“谁都有一个适应的过程。你的性格内向，不能一辈子不去面对人。我相信你，只要能迈出第一步，今后会越来越好。校长和我是老朋友，会在暗中关照你的。”

“人的性格不可能改变。我就是不想做面对人的工作，不管时间有多长，这个想法都不会改变。”陈博宇依然拒绝。

母亲深吸一口气，强行按压住愤怒：“那你想做什么？”

“我只想画画。”陈博宇指了指画板。

“画画能养活你吗？”

“你怎么知道画画不能养活自己？”

母亲被陈博宇的这句话噎得半晌不语。在他们那代人心目中，稳定的工作是一个人安身立命的根本。至于自由职业者，他们向来不屑一顾。自由职业者没有固定的单位，收入不稳定，根本不是好选择！

母亲拿出手机，摁了一串号码，对陈博宇说：“人家已经答应我，你就给我留点面子。上班也不影响你作画，白天在学校上班，晚上回家搞艺术创作。这样总可以了吧。”

母亲退了一步，陈博宇却依旧不同意。

母亲气得摔门而出。

这个家庭，从小到大就是“女主外，男主内”，陈博宇的母亲在外叱咤风云，他的父亲只能将更多精力用在家庭和孩子身上。他的工作清闲，收入也只有妻子的零头。始终作为背景板的父亲，在母子对话中根本插不上嘴。此刻家中的老大离场，他终于有了说话机会。

“她也是为你好，天底下哪有坑孩子的母亲？听你妈的话，不要任性。”

“爸，你可以当一个温顺的丈夫，但我有我的意愿。我的人生，应该由我自己做主。如果她强行干涉，我就当没她这个妈。”

后面这句话，刺激到了客厅中的母亲。她夺门而入，眼神狠厉地说：“你再说一遍！”

“说十遍也没关系。如果你强行干涉，我就当没你这个妈。”

第二天，陈博宇就离开了家。那个家给他的感觉就是一个没有枷锁的囚笼，他早就期盼离开的这一天。

陈博宇在离开时带走了刚完成的一幅作品——一只仰天长啸的猛虎，昂起它桀骜不驯的头颅。陈博宇自比这只猛虎，他不愿对母亲妥协，也不愿对世俗妥协。

2

陈博宇的故事，让赵诗婷这个听众内心升起不少共鸣，同时还有着一些羡慕：面对和自己类似的困境，陈博宇勇敢地对母亲说出了“不”，而她却选择了妥协。

“我佩服你的勇气，至少活出了自己想活的样子。”赵诗婷由衷地感慨道。

“说‘不’比较容易，但是后面过得很难。”陈博宇深邃的眼眸中逸散出些许无可奈何。

就在他的背后，一对小情侣依偎在一起，旁若无人地拥抱、接吻。他们这样公然“秀着恩爱”，简直是对赵诗婷和陈博宇这样的单身狗的公然挑衅。

赵诗婷只能选择视而不见，让陈博宇继续讲下去。

虽说艺术不能明码标价，不该受到铜臭的亵渎，但是人的基本需求，比如生存，还是先要得到满足。不谈钱，只谈情怀，只有喝西北风的份儿。出走后，陈博宇和他的两位哥们儿决定一起创办绘画工作室，不过，一开始就遇到了场地还有注册资金等问题。

陈博宇不是实用主义者，他已经用最蛮不讲理的态度拒绝了母亲，现在遇到了困难，自然不可能去求她。

他先是想到了申请大学生创业贷款，入驻创业孵化园区。那几年国家对大学生创业的扶持力度很大，陈博宇在一番争取后，也确实享受到了租金减免、社保业务扶持等优惠政策，算是免除了不少后顾之忧。可即便如此，陈博宇在业务和融资上的进展始终有些缓慢。

后来，他试着去找天使投资人。然而在见到对方后，只听他讲了几分钟，那位大腹便便的投资人便打起了哈欠，双手不停按揉眼睛。陈博宇明白，自己的方案没有打动他。

再后来，他又跑了几家风投公司，可惜收获甚微。

总算他的两位朋友有点家底，各自拿出 50 万元，这才勉强撑起了门面。

工作室的设计方案由陈博宇亲自操刀，努力将前期成本控制在了较低的水平。三个月过去后，充满后现代风格的工作室闪亮登场。

为此，陈博宇付出的代价是足足瘦了 20 多斤。

下一步，就是要让工作室的业务步入正轨。除了创作作品，陈博宇的时间都花在了宣传推广上。宣传说到底就是烧钱，不停地烧，即使不一定在短时期内见到效果。他联系了不少公众号大 V、微博大 V，还购买了门户网站首页醒目的广告位，当然也少不了传统的宣传方式，比如利用熟人之间的人际传播，在人流密集白领聚集的商务楼内散发宣传单。所有手段都使了一遍，两个月过去，工作室仅仅收到两笔数额非常小的订单，赚到的钱只够支付水电费及场地租金。

就在陈博宇准备启动新的宣传计划时，两位朋友家里出了状况，不得不暂时离开工作室。陈博宇只好一人承担工作室所有的事务。需要操心的事情太多，难免顾此失彼。等到前期筹集到的资金全都花完，而后续资金却仍不知下落，连房租水电费都交不上了，无奈之下，工作室只能宣布破产。

所谓祸不单行，创业失败的同时，陈博宇又失去了相恋三年的女友。

由于之前一心忙着工作室的事，陈博宇很难陪在女友身边，现在输得灰头土脸，更坚定了对方分手的决心。

告别那天，陈博宇抱住女友，最后一次嗅着她身上芬芳的气味，泪流满面。

他给不了她舒适的生活，女友跟着他只会受苦。既然爱着她，不如就此放手，放手让她去追求幸福。

陈博宇的泪，滚落到女朋友的脸上，又顺着她光滑的脸颊，落到他送给她的心形挂饰上。

这以后，陈博宇的生活再次陷入兵荒马乱，“怪相盒子”的创意不错，但收益并不丰厚。他也不可能回家与父母同住，只能在外面租了一间房子。通过画画赚到的钱，仅够维持日常开销。

……

“我就是个失败者。”陈博宇略有些萧索地总结道。

“不，不是的！”赵诗婷眼中满是心疼。

陈博宇看了赵诗婷一眼，很快将头侧向一边。

“不用安慰我。”

“不，我没有安慰你。或许你觉得自己很失败，可是你知道吗，在我眼里，你是一个勇敢追寻自己梦想的人。记得小时候吗？那时老师把你介绍给我们的时候，我在下面看着台上光彩夺目的你，是多么的羡慕和崇拜，你不仅有着强大的绘画天赋，还能坚持在这条路上走下去，纵然一时有些挫折，我相信你一定能走出来，在我心中，你注定会是一个闪耀无比的人！”

“我没有你想的那么好的，天赋什么的，其实也就那样，在现实面前，完全不值一提。”陈博宇被赵诗婷说得有些赧然，苦笑着说道。

“我以蛟龙视之，你又何必自比浅物。”赵诗婷略有些生气。

“你……”陈博宇似乎从她的话语中感受到了什么。

赵诗婷眼眉微垂，勇敢地说道：“你没有感觉错，我……对你有好感，一直以来都是。”

陈博宇感到心脏重重跳了一下：“不值得的。”

“值不值得我自己清楚，而且，这也不是值不值得的问题。”赵诗婷语气变得温柔，“还是说回你吧。其实，你就是太悲观了，悲观只会让你一次次陷入绝望和黑暗中。失败了，爬起来就是了，还有，我觉得你的前女友是给过你机会的，她不过是想等你的一句话，只是非常简单的一句话，就能挽回她的心。我是女生，我能体会到她的心思。”

“没用的，我连养活自己都困难，她跟着我只会吃苦。”陈博宇叹气。

“你还是不懂，对于女生来说，跟喜欢的人一起吃苦，再苦也是幸福。”

“再说什么也已经晚了，她已经结婚了。”陈博宇情绪变得颓丧。

“你还有我呀！”赵诗婷握住了陈博宇的手，坚定地说。

3

从小吃店出来，赵诗婷和陈博宇散步一样走到了街心公园，在一张木质椅子上坐了下来。

就在几米开外，一对残疾人夫妇在石凳上坐下来休息。两人的岁数和赵诗婷的父亲差不多，男人少了左手，女人的右腿下半截装着假肢。他们的身旁摆放着一只不到 30 厘米高的音响，音响上躺着两只话筒和两条连接线。面前的搪瓷碗里有一些硬币，碗上的字迹模糊不清。

这对夫妇带着音响走街串巷，唱着属于父辈的歌曲，在年轻一代人听起来，这些歌曲讲述着一段段非常遥远的故事。不过歌声出自两个生理残缺者的口中，赵诗婷还是对他们肃然起敬。

男人从食品袋中取出一只茶叶蛋，冒着热气，用那只右手剥掉蛋壳。女人也从口袋里掏出餐巾纸，擦掉男人手中残留的酱汁。男人将茶叶蛋送到女人嘴边，她轻轻咬了一大口，给他一个眼神，随后男人也吃了一口，这只蛋就这样被两人分享完毕。

看着这普通而又温馨的一幕，赵诗婷对身旁有些愣神的陈博宇说：“你说，他们幸福吗？”

陈博宇点点头，又摇摇头。

“不要从你的角度去看待别人。那个女人不会因为男人少了一只手，就减少了嫁给他的决心。你刚才说不值得，不试一试，为什么就直接下这个结论？别找什么不想让女生受苦的说辞，那些只是你逃避的借口。你一直在逃避，像一只浑身长刺的刺猬，让接近你的异性望而却步。”

“既然我是刺猬，始终用刺来吓退别人，你为什么不选择离开？”

“我不怕疼，因为我和你有类似的经历，能体会到你的感受。我们都有一个强势的长辈，他们帮我们规划好了人生。这样的安排看似完美，实则伤害到了我们作为一个完整个体的独立性。你反抗你的母亲，甚至不惜采用断绝关系这样极端的方式，然而在潜意识中，你的独立性仍然是在你母亲的权威之下的。你的离家出走，不过是一种躲避方式，因为你不敢直面她，只好逃得远远的。”

陈博宇抬起头，眼神中带着佩服：“你正在辅修心理学专业吗？怎么我这点心思被你看得这么清楚？”

“我对心理学一直很感兴趣，看了很多这方面的书籍。所以……”赵诗婷用俏皮的口吻说，“以后要是有什么心理问题，不妨找我倾诉。顺便说一句，不收费哦。”

陈博宇会心一笑：“谢谢你让我看清了自身的怯懦。”

“我还有更多精彩的地方等待你发掘。”赵诗婷微笑道。

两人继续天南海北地聊着，话题不知不觉说到了一周后即将开始的全国大学生空手道锦标赛。

这场比赛就在离 F 大不远的体育馆举行。全国各地几千名武林高手，按照专业组、非专业组两个类别，角逐个人组手、个人型、团体组手、团体型等项目的十几枚金牌。

赵诗婷说，为了这次比赛，珊珊特地给她安排了魔鬼训练，和陈博宇见面时，她的小腿还在酸痛，胳膊也有些不舒服。这个珊珊，根本不念寝室姐妹情谊，演练团体型分解动作时仿佛把她当作不共戴天的仇敌。过程中，珊珊还一再对她强调："分解动作要演练得逼真一点，不使出全力，会给人花架子的感觉，不可能在比赛中取胜。"赵诗婷和另外一位女生，只好忍着伤痛被她"摧残"。

"你说的这个空手道比赛，会不会就是我兄弟要参加的那个比赛？他也邀请我下周去现场观摩。我这个哥们儿就是空手道黑带，不会功夫的小蟊贼，就是手里拿着短刀匕首，也会被他迅速制服。"陈博宇忽然想到什么，问道。

这么巧？赵诗婷连忙问了几个问题，陈博宇一一回答，赵诗婷确定了，陈博宇的哥们儿要参加的比赛和自己的一样。

而且，在陈博宇形容了几句他的兄弟的特征后，赵诗婷竟生出了一点儿熟悉感，想了想，试着说出了珊珊男友的名字。

陈博宇顿时瞪大了眼睛，问她是不是认识他的兄弟？赵诗婷嘿嘿笑道："这可真是麦芒掉进针眼——巧到家了，你那哥们儿，很可能是我室友的男朋友。"

陈博宇听了这个答案，感慨地说："这个世界真小啊！想不到他的女友竟然是你的室友。记得当初他找女朋友的时候，本以为他会找一个身材娇小、手无缚鸡之力的女孩子。结果最后居然找了一个和他一样练空手道的。我们几个朋友都说他以后有的受了，两个强人在一起，恐怕会碰撞出不小的火花。"

赵诗婷连忙为自己的室友辩护："那你可是看错了我的室友。她外表看着很'强悍'，不过内心却很温柔，尤其是在心爱之人面前，定会将江南女子温婉贤淑的一面呈现出来。所以，他们平常相处时，应该不会像你们想象的那样天雷对地火啦。”

……

两人就这样一直随意地聊着，坐在公园长椅上，随着夕阳的照射，他们的影子拉得很长很长，慢慢地重叠起来。

4

那之后的某一天，菲菲忽然又联系了赵诗婷，给她发了一条短信，里面简短地告诉了她关于莉静阿姨的消息。

赵诗婷当天恰好没课，便赶紧回了一趟家，将消息告诉了自己的父亲。

听到赵诗婷带回来的消息，赵铭锋立刻毫不犹豫地动身出门。这么些天以来，他内心积攒的焦虑已经溢于言表了。

赵诗婷拿上父亲的外套，连忙跟了上去。

路上，赵诗婷在考虑：现在莉静阿姨也有了消息，那么要不要把下周参加空手道比赛的消息告诉父亲呢。从小父亲就反对她学习空手道，认为这项运动过于暴力，女孩子学习不合适。现在，自己上了大学，还是和这项运动结了缘，在她内心深处，是很希望父亲能去现场为她助阵的，这个男人陪伴她 20 年，是她学习、生活中的精神支柱。背后有他炯炯有神的目光，赵诗婷觉得自己在比赛时会更有底气。

路过一座公园的门口，迎面走来一群穿着白色空手道服的孩子，年龄从七八岁到十三四岁。两个系着黑带的男教练，一前一后维持着秩序。也许在室内的道馆训练久了，这群孩子渴望沐浴在阳光下，如同一只只脱离了囚笼的小鸟儿，相互之间叽叽喳喳。

看到这一景象，赵铭锋怔了一下，对赵诗婷说："小时候你也喜欢过这个。"

"是啊！只可惜这项爱好，被扼杀在了摇篮中。"

赵铭锋停住脚步，脸上露出无奈的神情："也许我的观念有些陈旧了。你看，这里面女孩子还不少呢。这段时间，女孩子单独出行遇害的报道时不时见诸报端。社会中难免会有歹人，爸爸不能一直陪在你身边。假如你独自出行，遭遇歹徒，身边又无人求救，那可怎么办？早知道应该让你去学习这项防身术，这样危险发生时也能自如应对。"

"爸，你后悔了？"

"是啊！不过我也是为你好，别怪我，好吗！"

赵铭锋话都说到这个份上，还有必要藏着掖着吗？于是赵诗婷将自己进入大学后加入学校空手道社的事说了出来，说自己练习空手道已经一年有余。不仅如此，她还在女社长的怂恿下参加了全国大学生空手道锦标赛，就在下周。

听到这，赵铭锋的脸色微变，他上下打量了一下赵诗婷，似乎身旁站着的不是他养育了 20 年的女儿。他怎么也无法把她和穿上空手道服的样子联系在一起。确认赵诗婷不是在开玩笑，他问道："比赛在什么时候？到时候我要去看看！"

……

与菲菲约定的地点很快就到了，是一家奶茶店。

菲菲穿着一件紫色无缝开襟长袖外套，看到赵诗婷和她的父亲后，她露出了惊愕的表情。

"没想到你爸会来，早知道就不选在奶茶铺这种场所了。"菲菲侧过头，视线躲避着赵诗婷的父亲。

赵铭锋抢着说:“不碍事的，我们是来听消息的，什么地方都可以。”

菲菲看了一眼赵诗婷。

赵诗婷解释说:“本来我想一个人过来，不过我父亲对你的消息有些在意，所以就一起过来了，希望你别介意。你只管把知道的情况都说出来，我们会好好当个听众的。”

从服务员手中接过三杯原味奶茶，赵诗婷将其中无糖的那杯递给了父亲。

“那我就开始了，还请你们做好心理准备。”

从菲菲口中，赵诗婷和赵铭锋听到了关于莉静的一段曲折离奇的人生过往。

莉静是一个优秀、性格高傲的女人，自从初恋被父母强行拆散，她就将失恋的痛苦全部化作勤奋工作的动力。她本来就天资聪颖，很快从一名普通员工晋升成为公司高管，几年后，她仿佛为了完成任务一样，随便找了个人嫁了，工作上也跳槽到了新的公司，并担任财务总监，每年经手的钱有几十亿。

也正因为她的能干，她的丈夫辞去了工作回家料理家务，由此形成“女主外，男主内”的异常格局。

听到这里，赵诗婷感觉有种似曾相识的感觉，随后反应过来，陈博宇的家庭不就是这样吗，家中一切事务均由母亲做主，父亲只是依附于妻子的小角色。难道……赵诗婷立即否定了这个想法，觉得自己大概是太过敏感了，也许随着时代发展，类似结构的家庭只会越来越多，天底下哪有这么多巧合！

菲菲继续她的讲述。

随着莉静所在企业的利润不断增长，莉静的收入也呈现出加速上扬的趋势。不过她不追求奢华和享受，更厌恶醉生梦死的生活，觉得会堕落自己进一步奋斗的意志。所以她的住房，依旧是20世纪末买下来的商品房，十多年过去，房型和房屋结构算不上最豪华的那种，室内装修也坚持最朴实无华的风格，未曾使用高档的建筑装修材料，各种厨卫设施、家具也都是国内品牌。

家，对她来说不过是一个睡觉的地方。有时候工作忙起来，她常常好几天不回家。

后来，有人在她丈夫耳边风言风语，说她和公司老总有不正当关系。那些夜不归宿的日子，就是她和老总在外面某个地方共度良宵。

对于这件事，莉静的丈夫选择了隐忍。他这么多年放弃工作和事业，早就丧失去外面闯荡的能力。还有年龄问题，莉静的丈夫过了不惑之年，对于企业来说，大多不愿意雇佣这类人。加上并没有妻子确凿的出轨证据，不选择隐忍，与妻子撕破脸，只会毁掉眼下安稳的生活。而且，他们的儿子也将成为受害者，沦为单亲家庭的孩子。

权衡各种利弊后，莉静的丈夫只能佯装不知。

5

两年前莉静所在的企业面临转制，这个节骨眼上，公司老总对企业当中的国有资产起了歹念。他唆使莉静还有财务部其他两名心腹，想采用不正当的手段，将一部分资产转入他自己的秘密账户。

起初莉静不愿参与这个罪恶的勾当，她的眼里只有事业，对金钱的欲望不那么强烈。老总劝她说，做父母的必须为孩子考虑，光靠正常的工资收入，不能保证孩子一辈子的生活所需，只有为他们留下巨额财产，才能让他们在今后的人生中衣食无忧。

莉静本人不在乎钱，但是老总那套为孩子打算的说辞让她动摇了，最终，她同意配合老总，做出了这个让她后悔一辈子的决定。

自从答应老总后，噩梦便拉开了帷幕。

莉静开始不断做梦，梦境中，时不时会出现穿着制服的人员，将她从家中或公司中带走。

发展到后来，只要听到有警车经过，或者遇见巡逻的民警，莉静都会心跳加快，脊背冷得像躺在冰块上，额头上渗出冷汗，身子不由自主地抽动。

多少次照镜子，她发现镜中的自己脸色越来越苍白。她不可能告诉丈夫真相，做了这种事情，就连最亲近的人也不能透露。

就在这种恐惧中，她的健康一天天地变糟。过了一段时间，她感觉自己的胸脯经常莫名出现疼痛的现象，起初是隐隐的痛，后来疼痛程度不断加剧。

她只好去医院做全身检查。

结果很快出来了，乳腺癌晚期！

一纸报告让这个终日忙于事业的女人清醒了过来。

她清楚自己是咎由自取，终日生活在担心被发现的恐慌中，这种恐惧在她的体内种下了病根。

再后来，据说上级部门将派来一个检查组。莉静还从其他朋友那边得到可靠消息，说调查组已经从另一家公司账目中查出了一些财务问题。这些审计人员都是专业的猎手，不会放过任何一个小问题。莉静所在公司的情况，岂能逃过他们的法眼？事情终会有真相大白的一天，莉静知道，等到那时候，将是自己彻底覆灭的日子。

为此，莉静将自己分到的非法所得全部放在一边，分文未动。此外，她还悄悄留了一份财务凭证在身边，以便今后需要时使用。

不过一旦东窗事发，不仅非法所得会被没收，她担心自己以前的积蓄也会被充公，到那时，孩子的生活如何保障？

必须想一个办法，和家人撇清关系，就算名声扫地也在所不惜。

于是在某个早晨，她向丈夫“坦陈”了自己与公司老总的不正当关系，她“承认”自己是情感破裂的过错方，愿意承担所有责任，家里所有的积蓄、房产，都将留给丈夫。

莉静的丈夫听到这个爆炸性的消息，当时便一下子瘫坐在了地上。良久，他对莉静说，此前他也听到过关于妻子的风言风语，但他不相信妻子是这样的女人。即便心中的猜测不断往这个方向靠近，他还是不停给自己催眠：那是别人在诬陷妻子，这些心怀不轨的人，是嫉妒他们家的幸福生活，只想离间他和莉静的关系。

然而现在，流言变成了现实，他再也没办法装作不知道了。

莉静看着丈夫濒临崩溃的样子，虽然有些心疼，但是为了孩子的将来，她决计不能说出背后的难言之隐。

去民政局办理离婚手续时，莉静的丈夫还想着能否挽回。

莉静只好硬着心肠用不屑的口吻羞辱他说，这时候还想着和她这种人过日子，还算个男人吗！

最后一丝情分就此被掐灭。

随着钢印在离婚证上落下，两人再无关系。

6

孑然一身后，莉静只能自己独自处理自己所生的病。

因为不想变得残缺不全，莉静拒绝了主治医生的手术建议。

然后，莉静向公司的老总也就是唐总提交了辞呈，理由是身体状况无法胜任工作岗位的需要。

唐总皱着眉头，试图挽留她。

莉静把检验报告往桌上一扔，神情冷峻地说，这些年没日没夜加班，为他鞍前马后地扫平各种障碍，也算对得起他的提携。如今自己已风烛残年，生命进入倒计时，只想好好休息休息。

唐总抓起报告看了许久，似乎在确认报告的真实性。

莉静知道她不可能像普通员工那样轻松地离开，因为她掌握了太多不能被外人知道的秘密。这些秘密，又与眼前这位唐总的身家性命密切相关。

出乎意料的是，唐总竟然就这么在莉静的离职申请上签了字。或许是相信她命不久矣，不会对他造成威胁了吧。

总之，莉静算是暂时抽身了出来。

之后，莉静搬进了一个清冷的新居，终日深居简出，把自己锁在狭小逼仄的空间中。好在如今的快递物流体系非常发达，足不出户也能满足基本需求。

某个下着细雨的早晨，几个不是送快递或外卖的年轻小伙敲响了莉静新家的门。

他们是一家专业会计师事务所的人，负责对莉静所在的企业进行审计工作。虽然莉静离职了，但是由于之前她一直负责财务工作，自然不可能完全脱离干系。几个人核实了一些账目情况，没有问出什么异常。

他们在莉静家待了不到一个小时就离开了，临走表示再有问题还会登门请教。

接下来的日子，她开始使用一种进口药来治病。

不久，再一次去医院做了检查。报告显示，情况不容乐观，她体内的癌细胞指数，相比之前又增长了10%，进一步逼近了危险线。医师一再劝说她不要再耽搁治疗，她的病不能再拖下去。

回家的时候，莉静遇见了即将去菜场买菜的隔壁大妈。对方告诉她，说有几个人来找她，敲了几下门没人应答，又敲了邻居的门。他们说有急事，非常着急的事。大妈表示，那几个人看着不像善类。

莉静问大妈还记得那些人的模样吗，大妈形容说其中一个人一脸凶相，面部的肉都是横着长的，尤其是那双眼睛，年幼的孩子瞅见会感到害怕。

莉静听了形容，瞬间明白了，东躲西藏，还是躲不开唐总，他对自己显然并不放心。

当然，她也的确说了谎。自从开始为唐总做事，她留了一个心眼，将每笔账目都做了一个备份。辞职时，她交出的只是一份，另一份则藏在某个保管中心的柜子中。

她非常清楚唐总这个人，为了达到目的不择手段。为了自己的生命，她不得不留这个后手。假如没有这些账目，也许……

她不知是该庆幸，还是慨叹自己被卷进了一个命运的“黑洞”。她想逃离危险境地，不惜与丈夫离婚，把这些最亲近的人都赶走，搬到这个陌生的地方。但是没有用，精明透顶的对手，总能通过某种途径获知她的落脚点。

不过想到今天拿到的报告，她倒不像患病前那样怕得要命。她想要看看，这个人为了得到这些票据，究竟会再干出什么。

果然一个小时后，唐总用一个陌生手机给她发信息，威胁她交出她手上的材料。

赤裸裸的威胁！莉静根本不予理会。

此后几天透过房门上的猫眼，莉静看见门口时不时就会出现一些陌生的面孔。唐总下一步会采取什么行动？只是派这些人盯梢吗？

某天夜里，莉静被一阵剧烈疼痛从浅层睡眠中拉出来。夜深人静，只要有一点点声响就会显得突兀。她隐约听见客厅中有轻微的异响，似乎有人在翻动物品。

莉静的双手一下子变得冰凉。

那个人在客厅中找了很长时间，一无所获，便朝卧室走来。

莉静紧张得差点叫出声来，她的指甲几乎戳进肉里，疼痛让她进一步冷静下来。歹徒的目标只是票据，就让他如同一只没头苍蝇在房间中搜索。不能惊动歹徒！不能让他知道自己已经发现异样！

房门被推开，莉静装作熟睡，眼皮子连一条缝隙也不敢打开。

歹徒手中拿着一只夜光灯，借助幽暗的蓝光，搜寻他想要的东西。

那个人先是翻动衣柜，接着是床头柜，还有所有可以藏东西的地方。

脚步声一点点远离，过了许久，莉静睁开眼睛。她不敢马上起身，担心歹人还在北边的小房间。

时间过得非常缓慢，黑暗的天幕似乎永远不会被拉开。

直到东边的天空出现了些许晨曦，莉静轻轻地咳嗽了一下，没有任何动静。她这才从床上起来，打开房间的顶灯。

房间内被翻得乱七八糟，诉说着昨晚发生的惊魂时刻。

到了这个时候，莉静应该是忽然产生了非常强烈的求生念头。她想活下去，不仅仅是为了自己，更要让罪魁祸首唐总付出代价。念及旧主多年来的提点，莉静本不想去自首，但是唐总的步步紧逼，让最后一点情分也彻底消散。

随后，她拨通了一个号码，一刻钟后有人敲门，她自愿跟着那几个人离开了住所。而这一幕，也就是赵铭锋和赵诗婷所听说的情景了。

接下来，在莉静的授意下，警方去那家物品保管中心取出了涉及唐总罪证的票据。

最终，唐总落入法网。

……

菲菲的讲述结束了，她说她从表哥那里知道的东西就这些，基本上解释清了莉静失踪的原因，也交代了失踪这段时间发生的各种意外。

赵铭锋听完这段长长的故事，情绪有些恍惚，没想到事情竟然会是这样！莉静失踪的背后，竟然隐藏着这么多的曲折。赵诗婷看着父亲，心中叹了口气，世事无常，谁能料到事情会如此复杂呢？

赵铭锋缓了好一会儿后，先是对菲菲表示了感谢，然后问她，莉静会面临怎样的刑罚？即便只是主犯唐总的帮凶，但是听起来这起案件涉案金额巨大，莉静恐怕难逃干系。赵铭锋同时还恳求菲菲，希望能通过她表哥的关系，得到探视莉静阿姨的机会。

“对不起！刚才对你们讲了这些情况，已经是表哥给了我天大的面子。希望你们能保证，不再向其他人透露。”菲菲为难地说道。

赵铭锋只能暂时作罢，心中悲戚地想着，会不会从此以后，再也无法和莉静相见了……

第六章　大赛前的风波

1

赵铭锋躲在书房研究，书桌上摊放着一大堆泛黄的历史书籍，那是他几十年来从书店、地摊收集到的藏书。他将这些书视若珍宝，整齐地陈列在书架上。每隔一段时间，他都会用纸巾擦拭书脊上的灰尘。也许除了赵诗婷，这些书就是他在这个世界上最珍视的亲人。

表面上看，赵铭锋伏案做着研究，想借此打发枯燥乏味的时光；实际上他的内心颇不宁静，不能见到莉静，可能是今后永远见不到，等于又经历一次生离死别。上次母亲离世，他花了不少时间修复内心的创口。现在，他又要用这种方式度过这个创伤期。

赵诗婷看到父亲这个样子，心里很不是滋味，想要做点什么，却不知该怎么做才好。

偏偏此时，珊珊的催命电话又来了。空手道比赛临近，她觉得团体型拆解部分还有提升空间，比如三个人动作的整齐度、气势以及动作衔接的连贯度等，所以希望在赛前继续做一些演练。

离家前，赵诗婷问父亲：“后天你会来看比赛吗？”

赵铭锋的视线离开那堆古书，仿佛回过神一般，看了看赵诗婷，回道：“会。会的。”

这个时节的太阳变得温柔多了，它洒下了无数金色的光辉，一切像被魔术师用了点金术，变得那么黄澄澄，带着童话般的可爱。校园内的梧桐树叶，一夜之间染上了黄色，一阵秋风扫过，几片半绿半黄的树叶从树枝上轻悠悠地飘落，落在脚步前，不忍心踩上去。

体育馆的二楼，宽敞明亮的训练馆，承载着一年多来赵诗婷在这里挥洒过的汗水。据说以前空手道社是一个不入流的小社团，每年招新时乏人问津。只是到了这两年，社团接二连三在全国大赛中摘金夺银，这才吸引新人们踊跃加入。一开始因为人员稀少，社团请不起教练，也没有固定的训练场馆。那时候，操场中会出现一群穿着白色道服、光着脚丫子在塑胶跑道上飞奔的人。旁人眼中，这些人就是一群被洗过脑的疯子。正是出于对这门武道的痴迷，空手道社在极其困难的环境中被保留下来，没有像一些被边缘化的社团，在默默无闻中诞生，又在悄无声息中寿终正寝。等到珊珊接手这个社团，她凭着泼辣果敢的性格，说服了学校分管社团学生工作的老师，才有了这个将近 80 平方米的训练场。

今天不是社团的训练日，场馆里只有赵诗婷和另外几位参加全国大学生比赛的社员。按照惯例，他们先在木地板上铺上松软的蓝色垫子，然后用湿抹布擦拭垫子。

擦完垫子，换好空手道服，赵诗婷环顾训练场馆一周，调整状态。

午后温暖的阳光，透过落地玻璃窗洒在训练馆内。珊珊还没到，赵诗婷只能在垫子一角做着准备活动，焦急地等待着她的出现。她不来，赵诗婷和另外一位女生再怎么训练也是徒劳。

珊珊是团体型中占据主导地位的成员，这次居然破天荒地未在规定时间内来到训练场，也不知发生了什么事。以前每次训练，她虽说不一定是第一个到的，但至少不会让别人等她。

等了一会儿，赵诗婷给室友拨了电话，她们说珊珊并不在寝室。

没法训练拆解动作，赵诗婷干脆和另一个同伴雯雯聊起了比赛以外的话题。

2

雯雯是比赵诗婷小一届的学妹，在高中时练过两年空手道，底子比赵诗婷这个学姐要深厚一些。

她出生在一个知识分子家庭，父亲是一所高中的校长，母亲是另一所高中的语文老师。

因为家庭殷实，2 岁时，她就已经随父母游历了欧洲各国的名校——牛津大学、剑桥大学、巴黎大学、柏林大学、苏黎世大学……此后每年寒暑假，雯雯都在旅行中度过。

她的父母还经常带她去看话剧，欣赏各类艺术展览，参加聚会，见识过无数个大场面。

因为这些丰富的经历，这个女孩子从小就能说会道，不会在陌生人面前怯场，同时因为博览群书，她对于不同领域的问题每每总能有自己独特的观点。

面对这位各方面都很出彩的学妹，赵诗婷有些自惭形秽。雯雯的经历让她羡慕不已，不仅仅是羡慕她的父母开明睿智有文化，更羡慕她成长在一个完整的家庭中。赵诗婷从小就没有母亲，尽管父亲这些年来不断“燃烧”自己，拼尽全力点亮她灰暗的天空，但缺失母亲的遗憾，总会在面对成长在幸福家庭的同龄人时凸显出来。赵诗婷做梦都希望父母能陪在身边，一个都不少。但是这个愿望，此生注定不可能实现。

雯雯说起她第一次对父母提出想学习空手道时候的事，她当时对父母说，学习空手道不只是想多一项防身自卫的技能，更是想借此舒缓紧张的神经。在雯雯的口中，这场对话是在平等的氛围中进行的，她的父母将她看作一个可以自我决定命运的独立个体，在耐心地听完女儿想学空手道的理由后，还给出了一些有益的建议。

在这场对话中，赵诗婷显然更愿意当一个听众，相比起雯雯，她的家庭没有太多值得讲述的地方。

聊着聊着，话题又转移到了这次比赛上。

“如果不是她的主意，这次我还考虑参加组手比赛的。”雯雯小声抱怨道。

所谓“组手”比赛，类似于武术中的“实战”。尽管空手道讲求“点到即止”，身上戴着护具，稍有不慎还是有受伤的可能性。雯雯胆子真够大的，竟然打算报“组手”。听她的口气，还对珊珊阻止她报名“组手”比赛颇有微词。也许是珊珊认为“组手”比赛中强手如林，比赛的偶然性很大，拿到奖牌的概率不大。还不如报名参加相对冷门的“团体型”比赛，毕竟这一项比拼的不是个人能力，而更注重团队三位队员的配合。

只是这位挑头的“大姐大”，居然缺席了最后的“临阵磨枪”。赵诗婷和雯雯猜测她是不是遇到了什么麻烦，凭借直觉，她们觉得可能和姗姗的男朋友有关。

雯雯小声嘟哝：“其实临时练这一会儿完全没必要，前面的比赛用不到拆解动作，又不确定这次能否杀入决赛，为什么要狠命练这些容易受伤的动作？”

赵诗婷忽然拽了拽雯雯的袖口，因为训练场的门口，出现了一个穿着空手道服的身影。

姗姗终究还是来了。

她的脸上没有任何表情，对着训练场行了一个礼，来到赵诗婷和雯雯身旁，带着歉意说：“对不起，遇到点儿事，让你们久等了，我们现在开始吧。”

合练开始。

三人开始练习“拔塞大”“五十四步”——这是决赛前演练的两套动作。

姗姗安排旁边训练休息间歇的男社员，拍摄拆解动作的视频。她则边练边负责找出大家拆解动作中的瑕疵，比如气势、姿势等。即便扮演被摔的角色，进攻、倒地时也要表现出舍我其谁的霸气，这样才更接近实战状态，不给现场打分裁判刻意摆动作的印象。

训练在傍晚六点多结束，赵诗婷又一次体会到身体不属于自己的感觉。姗姗安排她们三个抱成一团，大声喊出一声“加油”。

原本在练习完毕后打算和大家一起聚个餐，也算是这段时间密集训练的一次放松。但是父亲的一条短信让赵诗婷不得不打消了念头。

3

这一天是赵诗婷母亲的忌日。

客厅内，母亲那张黑白的遗照摆在饭桌的正中央。遗照上的母亲年轻、漂亮，没有疾病留下的憔悴和萎靡不振。母亲去世时还不到三十岁，人生旅程尚未过半，就不得不离开丈夫和女儿。看着照片上年轻的脸庞，赵诗婷恍然产生一个疑问：假如母亲不在这个年龄去世，父亲还会像现在这么爱她吗？

赵诗婷在心里对照片中的母亲说："可能会吧，谁知道呢！"

照片上的母亲用那不曾改变的微笑，回应着她的胡思乱想。

赵诗婷给母亲上了三炷香，磕了三个头。她虔诚地对母亲说道："妈，你不要担心我和爸爸。爸爸把我照顾得很好，我在学校也过得很好……还有，我还参加了全国大学生空手道比赛，就在后天，到时候您在天上看着我取得好成绩吧！"

等到赵诗婷祭拜完母亲，站在一边的赵铭锋突然冒出一句话："婷婷，你觉得爸爸是个称职的父亲吗？"

赵诗婷愣了一下。这是一个无法回答的问题。称职的父亲，究竟该如何定义这个概念？按照旁人的眼光，父亲不仅仅是称职，还把母亲的责任也担了过来。但是从另一个层面来说，赵诗婷又认为他做得还不到位。他对自己的确是付出了全部的爱，但这些爱她都愿意接受下来吗？也许很多时候只是父亲的一厢情愿罢了。比如小时候反对她学习空手道，高考时不让她参加艺考，等等。他的出发点肯定是好的，但是这样武断的决定挫伤了她的心。

赵诗婷只好用模糊的回答搪塞父亲："我现在进了 F 大这样

国内一流的学校，这就能证明您是称职的。”

赵铭锋为自己斟上一杯酒，望了望妻子的遗像，又说：“你觉得我和你母亲的感情怎么样？”

还能怎么样？关于母亲的记忆，只剩下非常零碎的片段，因为那年赵诗婷才 3 岁。不是这张遗照的提醒，她甚至都不记得母亲的长相，怎么可能清楚他们的感情？

见赵诗婷沉默不语，赵铭锋没说什么，只是将手中的酒一饮而尽。

之后，父女两人仿佛演起了哑剧。

祭拜完毕，赵诗婷收拾碗筷，赵铭锋捧起妻子的照片，凝视许久，嘴巴微微翕动，似乎在倾吐着什么。每年忌日，他都会对着这张遗像念叨。至于念叨的内容，赵诗婷懒得去深究。不过通过这个举动，她能感受到父亲对母亲的感情。

桌子收拾干净后，赵诗婷用干毛巾擦拭手上的水珠，接着就准备去做自己的事。

赵铭锋回到自己的房间，找出一些物品，一样样拿起来端详。这些物品，看着像是信纸书册。赵诗婷猜测也许是父亲与母亲在恋爱时来往的书信。那个年代恋人往往通过书信这种方式传递着情意。

赵诗婷推门进去，走近才看清楚，原来父亲拿着的并不是什么鸿雁传书，而是一本本小册子。这些小册子被旧报纸完好地包裹着，封面写着某某培训的名称以及时间、地点。

册子里面则写满了培训的日程安排、授课老师的信息，还有参加培训的学员信息，姓名、工作单位、联系方式等。

整整几箱子的资料，估计是父亲参加工作以来全部的工作痕迹。这些资料在外人看来一文不值，不能证明某个人有多厉害。但是在父亲眼中，这就是他前半生在工作中的全部回忆。

赵诗婷的手指轻轻滑过那些人员信息，说：“爸，没想到你的学生有这么多，可谓桃李满天下了。”

赵铭锋淡然一笑，说：“我不过是跑腿的后勤人员，哪有本事教这些人？他们中间有不少人，现在已经成为不同领域的翘楚了。”

“怎么这个人的信息被涂掉了？”赵诗婷指着其中一本培训资料册说。

赵铭锋瞟了一眼说：“不是我涂改的，这个人本来要参加培训，培训开始后临时不来了。”

父亲的神色告诉她，这个涂改的名字恐怕有故事。赵诗婷还想深入询问，赵铭锋已经岔开了话题，提议出去散散步，赵诗婷只好作罢。

4

赵诗婷和父亲有很长时间没有一起出来走走了。

他们慢慢徜徉在过去经常走的小路上，一边走一遍怀念着从前。

就这么一路走着，途中经过一座桥，桥下河水淙淙，从过去一直流淌到现在，见证了她从一个咿呀学语、步子都迈不稳的小女孩，成长为亭亭玉立、即将走向独立的大姑娘。

记得小时候，赵诗婷一度非常害怕父亲帮她找一个后妈。从书上看到的故事中，继母对待非亲生的孩子，绝对不会像亲生母亲那般疼爱，万一遇到个心肠坏的，不仅会夺走父亲的爱，还可能在精神上和肉体上虐待她。

然而随着赵诗婷逐渐长大，这种恐惧感也随之不断减弱。

与此同时，父亲则慢慢地变老，他鬓角多了不少白发，再也不是那个无所不能的男人。以前是赵诗婷依靠他，他的抚育让她走过懵懂的童年、青涩的少年时期。而现在和以后，赵诗婷将慢慢走向独立，他将逐渐变成需要赡养的老人。而且，母亲不在了，他身边连个陪伴的人都没有。

想到这里，赵诗婷突然觉得父亲有些可怜，好在莉静阿姨出现了。赵诗婷觉得或许她会是父亲下半辈子另一半的合适人选。

不过命运总喜欢和人开玩笑，莉静阿姨竟然得了癌症，还卷入了一起重大案件。

赵铭锋未曾意识到赵诗婷的想法，指着眼前这栋大楼说："以前这里都是农田和芦苇荡。你小时候很调皮，总和门口几个孩子到这里偷东西，结果被人家抓住，堵在门口向我告状。"提到赵诗婷的小时候，赵铭锋脸上布满了怀念。

面对生性顽劣、惹事闯祸的赵诗婷，当时赵铭锋的态度只有"宽容"二字。赵诗婷躲在门后，听到那些人骂出很难听的话，赵铭锋回答他们的只有"是、是、是"。送走这些告状者，赵铭锋也从来没有对赵诗婷有一句指责，只是让她以后不要再玩得这么过火。

尽管调皮，但是赵诗婷不想让父亲在别人面前这么低三下四。从那以后，她不再干出格的事。

有时候，赵铭锋会在夏天带她去河边钓鱼，他的性子不错，可以在小河边坐上整整一个下午。赵诗婷坐不住，没几分钟就沿着河边跑了一圈。等到她身上沾着泥巴回到父亲身边，父亲身旁的红色水桶中，已经多了几条活蹦乱跳的河鲫鱼。

如今，这片承载着父女俩众多回忆的农田以及农田旁的芦苇丛，逐渐地被拔地而起的高楼挤掉了。望着众多的高楼，赵诗婷仿佛觉得丢失了很多珍贵的东西。物是人非，哪怕恢复农田和芦苇，那些时光、那些人和事都不可能再回来了。

……

走着走着，两人不知不觉来到了一个有很多小吃店面的街道小巷，一只只白色塑料椅子、木桌子横在路中间，赵诗婷和赵铭锋不得不移步到非机动车道上。

这个时间点，路边的大排档逐渐开始活跃起来。附近的工薪阶层们忙碌了一整天，大多会来这里解决晚饭问题。

赵诗婷完全没有想到，只是在路上散个步，竟能巧合地遇上陈博宇。

陈博宇坐在一家露天店面的摊位上，正面对着赵诗婷，背对她的是另外一个身材瘦削的男生。桌子上，放着两瓶瓶盖打开的啤酒，盘子里盛放着吃了一半的醋泡花生、拍黄瓜、烤肉串等下酒菜。

赵诗婷本想和陈博宇打声招呼，不过想到父亲就在身旁，于是刚抬起的手迅速收了回来。

不能让父亲看出自己和陈博宇的关系，赵诗婷赶紧摆出一副不认识的样子，跟着父亲，从陈博宇和他的伙伴身旁走过。

走出几步后，忍不住回头，发现陈博宇正看着她和父亲。赵诗婷转头连忙加快了向前的步伐。

和陈博宇对面而坐的是他的兄弟小马，他看到陈博宇的样子，了然道："刚才走过的那对父女，你认识吧？让我猜猜，唔，是你女朋友？为什么装着不认识，招呼也不打一声？是不是还在搞‘地下工作’？要我说，干脆挑明了吧。我看那老大叔不像是个不好说话的人。”

陈博宇沉默不语。他和赵诗婷交往的时间不长，她也曾在他面前提到过她的父亲，说他极度在意她的事情，所以要想取得他的同意，恐怕得慢慢来，不能操之过急。

小马见陈博宇不愿意多说，便也不再纠结此事。转而语气一变，谈起了他自己：“你这其实还算好，早晚有一天挑明了，就能修成正果。我就不知道该怎么办才好了，是选择顺从内心的喜好，还是妥协于眼前的苟且？还有我的那个她，有时候我都怀疑，我和她是在恋爱吗？我做了这个选择，一向高傲的她能经受这个打击吗？”

小马所说的，是他在内心的“梦想”与“现实”之间的挣扎。

原来，小马研究生毕业在即，经过仔细的权衡，放弃了读博后在校任教的打算。博士生入学考试录取概率极低，在读期间需要在A类核心期刊发表一篇学术论文。这类最顶尖核心期刊，在国内只有这么几家，通常情况下都是那些学术大咖、教授博导的专属领地。即便是这些站立在学术金字塔尖的人物，刊发一篇论文也要等上一年半载。单就这项要求，三年时间根本无法满足。博士论文的字数要求在10万字以上，要研读、查阅的资料堆起来几乎等同于一个人的身高。还有出路问题，即便闯过重重关卡，顺利戴上博士帽，也不见得能成为在编教师。

他打听过情况，本院系的人员编制几乎满了，对于新进人员的门槛自然水涨船高。本校的博士甚至被业内俗称为“土鳖”，院系领导更愿意招收国外著名高校的海归博士。

而就算运气好，读博后留了校，也只能先从大学生辅导员做起，这类岗位属于辅助性职位，不享有学校老师的编制，待遇上与在编人员差了一大截。

鉴于此，小马只好临时改变计划，放下考博参考书，逛起了校园招聘会和市区内各大会展中心的社会招聘会。

另外，按他原先读博的计划，他能有大把空闲时间放在他的业余爱好空手道上面。而一旦踏入社会，进入某家公司任职，可支配时间相比求学阶段必然大幅缩水。所以，他和空手道的缘分算是到头了。而后天的全国大学生空手道比赛，就将是他的谢幕之战了。

5

“我对她说了这个决定，她冲着我怒吼。她越是这样，我越感到难过。我就是傻啊！本来就该比赛结束后，悄悄地藏起空手道服，埋葬一切关于空手道的记忆。我为什么要和她说呀？为什么？”小马手舞足蹈着，引来周围人阵阵异样的眼神。

陈博宇摁住了情绪有些失控的兄弟，然后狠狠灌了一口酒，带着颤音说：“别去想这些没用的。后天的比赛才是你该全神贯注的舞台，用最完美的演出，作别这个长达十年的梦。”

“不练空手道还算可以接受，但是我要怎么面对她？”小马双肘撑在桌上，抱住头，情不自禁地哭了起来，为了梦想的破灭，也为了恋情的危机。

手机铃声，不合时宜地响了起来，是小马的。

见小马正沉浸在独自悲伤的世界中，陈博宇只好拿起桌子上不停响动的手机。屏幕上显示的是一个座机号码，接起来后，原来是有一家公司的人力资源部通知小马去面试，陈博宇连忙把面试的时间和地点都记录了下来。

看着纸上写着的面试时间，陈博宇愣住了。居然就在后天，这不正是全国大学生空手道锦标赛的比赛日吗？

打来电话的这家公司是世界500强企业，这次提供的是管理培训生岗位，无论底薪、福利还是发展前景，在应届毕业生群体中都属于香饽饽。面试地点位于城市的西南角，比赛场馆在东北角，附近没有地铁车站。横穿整个市区，估计需要一个多小时。

陈博宇粗略估算了一下：面试早上九点开始，前后可能会有三轮。假如小马有幸杀入最终面试，最快可能到中午时分才能结束。

先答应下来吧，去面试还是去比赛，这个选择还是得由小马自己做出。

……

陈博宇扶着身子摇摇晃晃的小马，走在通往F大学生宿舍的路上。

小马之前又灌了两瓶啤酒，嘴里一直说着听不清的胡话。假如不是陈博宇把他拉起来，估计今晚他将在冷冰冰的草坪上过夜。

晚上十一点多，校园内明显冷清了许多。除了通宵自习教室，几乎所有建筑物内的灯光都不再亮起，学生寝室区也是黑漆漆一片。

小马一路上不停发出干呕，走到一座石桥旁，终于没有忍住，伴随着一股难闻刺鼻的气味，一大堆未消化的食物从他嘴里喷出，石桥的扶手、桥板满是污秽之物。

陈博宇把小马扶到一张木椅子上休息。

一束手电筒的光忽然照射了过来，陈博宇抬头一看，原来是学校的一位保安。

对方有着一张沧桑的脸，脸的右半部分有一条伤疤，据说是和歹徒搏斗后留下的。

这位保安在学校里小有名气，因为其经历颇为传奇。他 38 岁，来自农村，高中毕业时不得不辍学。不过他从未认命，利用一切机会学习知识。从建筑工人、餐厅服务员、快递小哥、绿化保洁，再到现在的校园保安，后来更是自学读完了 F 大社会学专业的本科课程，十分励志。

这位保安走到陈博宇两人面前，关切地问："有需要我帮忙的吗？"

"我的兄弟喝醉了，刚才吐了一地。"陈博宇指了指石桥上那些污秽的地方，接着说："他实在走不动了，我的力量又不够，能麻烦大哥把他背到宿舍吗？"

保安欣然答应，将手电筒别在腰间的皮带上，随后俯下身子，陈博宇连忙将小马弄到他的背上。他一用力，就背起了身高一米八五的小马。

陈博宇在路上告诉保安大哥小马喝醉的原因。保安大哥摇摇头说："又不是世界末日，何必这么摧残身体？我比你们大不了几岁，说句不中听的话，我吃过的那些苦，比你们多多了。在那样的环境中，我还能挤出时间学习。他喜欢空手道是吧，那就抽出时间练习呀。怎么会没有时间？如果是真心喜欢，再累再苦也不会放弃的。"

此时陈博宇真想把迷迷糊糊的小马揪醒，让他好好听听。不过他刚吐过，只有等到他缓过神来再好好和他说了。

好不容易把小马送回寝室放在床上，陈博宇打着哈欠离开了。

因为时间有点晚，公交和地铁的末班车都错过了，陈博宇舍不得打车，只得从F大步行回自己的出租房。

月光升起了，空气是甘美的，风中充满了香味。

冰凉的月光下，陈博宇发现手机上有赵诗婷发给他的信息。他赶紧拨打赵诗婷的号码，却只听到“关机”的提示音。

第七章　fighting，年轻的战场

1

跟着父亲离开小吃街后，赵诗婷找了个机会去了一趟洗手间，在里面给陈博宇发了一条信息：不好意思，刚才我爸就在旁边，所以才装着没看见你的。

消息发出去后，赵诗婷期盼着陈博宇的回复，不过并没有等到。

赵诗婷只能把手机塞进口袋里，走出洗手间，继续跟着父亲往前走。

又往前走了一段，一座装修一新的体育场馆矗立在了眼前。

这座体育场建造的年代很早，据父亲说，当初他和母亲恋爱时，曾经徜徉在室外体育场的跑道上，一边走一边说着悄悄话。

这里除了一些业余体育赛事，还举办过不少文艺演出。赵诗婷清楚地记得，六岁那年，父亲的单位里发了两张少数民族歌舞演出的门票。在一个冰雪交加的晚上，气温降到了破纪录的零下十度，然而这并不能浇灭观众们观看演出的热情。那天，父亲把她裹得像个粽子，将她扛在肩膀上。那时候，她只感觉，父亲的

肩膀真宽，步子真稳。

那场演出是七点半开始的，从千里之外赶过来的演员，穿着单薄的演出服，卖力地表演着节目，甚至为了表现少数民族风情，部分演员还光脚上台，踩在体育馆冰冷的木地板上。那可是零下十度的极寒天气呀！

演出非常精彩，在场的观众掌声热烈极了。后来的互动环节，赵诗婷幸运地得到上台的机会，不仅和那些演员们完成了最后一个节目，而且得到了一只非常可爱的绒毛小熊礼品。

这座体育馆给赵诗婷留下了不少美好记忆，而两天后，赵诗婷将再次踏足这里，迎来属于她的战斗。

走进场馆，看到不少人隔着一张球网正挥汗如雨，一只只羽毛球在空中或快或慢地飞舞。相比两天后，此时还没有大赛的紧张气氛。赵诗婷想象着地上铺上蓝黄相间的软垫，一位位身着白色空手道服的参赛选手，在等候区内静待登场。

出了体育馆瞄了一眼手机，仍然没有回音。一气之下，赵诗婷按了关机键。

……

比赛的日子很快到来。

正式开始的时间是下午一点，报到检录的时间是中午十二点半。

赵诗婷在十一点用了午餐，为了保持身体灵活只吃了七分饱。比赛会进行到比较晚的时间，中途能量消耗很大，赵诗婷和另外两位小伙伴在随身的运动包中，特地放了士力架、巧克力、法式软面包、夹心蛋糕等热量较高的零食。包中还有一套叠放整齐的空手道服，这套服装是专门为比赛准备的，能发出清脆的响声，给打分裁判留下干净利落的印象。

出校门时正好赶上一辆公交车，赵诗婷比规定时间提早半个小时到达赛场。

赛场里早已是人声鼎沸，满眼都是穿着白色道服的运动员。有人做着手脚热身运动，有人演练着技术动作，还有人在进行一些模拟对抗。选手旁边站着教练，不时指出动作中的失误。

对于珊珊来说，这样的大场面见过不少，可是赵诗婷和雯雯都是第一次参加这样的比赛，手脚难免有些不听使唤，踢腿和出拳完全不像训练时那么干脆利落。

珊珊叫停了赵诗婷，让她坐下来休息，闭上眼睛做一些深呼吸，排空体内的杂念。

微闭双眼，赵诗婷试图把注意力放在呼吸上，可是杂念不停地涌上来，搅动着她的心扉。

昨晚她关闭了自己的手机，今天到了比赛现场才恢复。开机后，手机里只有一条未读消息，是陈博宇发来的："明天要比赛了，祝你好运。"

如此轻描淡写，不痛不痒！

赵诗婷按下失望的心情，然后发现珊珊在朝着其他地方看，似乎在找什么人。

可能在找她的男朋友吧，那个同样参赛，拿过多枚金牌的大满贯得主。也许他们在比赛前约定，一起站上最高领奖台，成就一番美名。不过看珊珊焦急的表情，显然那人还未抵达赛场。

……

2

随着扬声器中响起报幕声，第一轮比赛即将开始。

听到扩音器里报出自己的名字，赵诗婷收回纷繁的思绪，动了动有些僵硬的手脚，站在珊珊的身后等候入场。

这轮比赛赵诗婷一方是蓝队，与对手行礼后，由红方先行演武。

红方是从外地一所专科学校来的，三个女生的身材十分娇小，如果不是空手道服，乍看就像是需要男生保护的柔弱女孩。

就在赛场的右边，有个男生对着中间一位女生做了一个胜利的手势。随后，那个男生打开了手机摄像。

不到两分多钟的演练，红方表现得中规中矩，不过在一些动作衔接上有些生涩，欠缺一点行云流水的感觉。

接着，轮到蓝方了。

赵诗婷和两位队友走到场地中央，对着五位裁判行礼。

抬起头的时候，赵诗婷突然瞥见看台上坐着一个人。是父亲！他不知何时来的，此刻他的手机镜头正对着赵诗婷。

一股暖意从心头涌起，父亲果然不会缺席这个重要时刻，这些年来，父亲始终没有让她失望。

演武开始了。

所有的技术动作早已融入赵诗婷的每一寸经络、肌肤、骨髓中。几乎不用去想下一个动作，肌肉记忆就会牵引她往下走。每个动作之间近乎无缝对接。有几个动作需要发声，赵诗婷用尽全身力气喊出了气势。

随着一声“OSU”，赵诗婷和两位队友向裁判再次行礼，然后下场，等候裁判们的打分。

没多久，五位裁判同时举起了蓝旗，赵诗婷三人顺利进入32强。

回到候场区，珊珊摸出手机，赵诗婷也拨打了陈博宇的电话，结果都没联系成功。

“他不会连谢幕战都放弃了吧？这个懦夫，我真是看错了人。”珊珊生气地骂着她的男朋友。

坐了一会儿，珊珊起身跑去检录区，查看记录组手（实战）比赛结果的名册，结果上面清晰地写着：××× 弃权，对手不战而胜。

在珊珊失望不已的时候，赵诗婷心中也有一个疑问，陈博宇这两天突然对她有些冷淡。先是前天晚上发消息不回，半夜里才回了一条祝福；再是今天不知所踪，前些天还信誓旦旦说要为赵诗婷加油助威，这些承诺犹在耳边，此时不断嘲讽着赵诗婷。

3

第二轮比赛很快要开始了，赵诗婷从旁边训练馆的候场区出来。

赵铭锋还坐在那个位置，果然，只有父亲才是真正可靠的。

这轮比赛依旧是对手率先出战。

几分钟后，赵诗婷忽然感觉肩膀被人捅了一下，回头一看，发现珊珊正双目圆睁。几位裁判也投来异样的目光。

糟了，对手早就演练完毕，因为赵诗婷的走神，耽误了她们小队及时登上赛场。

带着愧疚，赵诗婷连忙跟着珊珊她们来到垫子中央。

演武开始。垫子上还残留着一些汗液，不知道是不是上一场比赛后留下没来得及擦拭干净的。赵诗婷不断在心里提醒自己：做动作幅度不要过大，力度尽量控制好，避免滑倒在地。

然而，赵诗婷还是出现了失误，在一个腾空跳跃动作落地时，她右脚没有站稳，尽管极力控制身体重心，依然出现右腿膝盖触地的情况。赵诗婷更加慌乱了，动作频率明显游离在珊珊和雯雯的节拍范围之外。

结束这次糟糕的演武后，赵诗婷悔恨的泪水差点落下来。

……

突然，赵诗婷又感觉后背被人推了一下。晃了晃头，原来刚才只是幻觉，对手这会儿才刚刚结束比赛。

垫子刚被擦过，上面并没有会造成滑倒的汗渍。

排空所有杂念，周围变得非常寂静。演武开始。

十几分钟后，赵诗婷三人小队再次进入下一轮。

随后是十六进八的比赛，对手临时退赛保送她们进入了八强。

比完四分之一决赛以及半决赛，时间已经来到下午四点。相比开赛时的人头涌动，此刻体育场内的观众和选手越来越少。只有与最终决赛相关的选手和助威团，才无怨无悔地坚守了整整三个小时。

比起前几轮比赛，决赛需要演练团体型拆解，这是空手道团体型比赛中最有魅力的一部分。通过模拟实战场景，将一套空手道型中每个动作的实战演绎出来。团体型拆解需要队员之间的默契配合，既不能不使出力量，那样会让演武失去实战意义；又要注意保护队友，避免造成不必要的伤害。平时这类拆解动作，只有练到茶带（仅次于黑带）这样高色带的学员才会练习。

别看团体型比赛的演武时间只有几分钟，为了把每个动作打得更有气势，每位参赛者几乎都会使出全力，消耗的体能不亚于一场实战比赛。

赵诗婷抬头望了一眼看台，不见父亲的踪影，他一向对这类打打杀杀、靠力量和速度取胜的搏击运动嗤之以鼻，能来这看比赛，只是为了看看女儿比赛的样子。之前忍受了三个小时，此刻可能在体育场外透透风。

父亲算是指望不上了，赵诗婷找到被扔在赛场一角的蓝色帆布鞋，想去体育场内的小卖部买点东西充饥。

穿鞋前赵诗婷瞥了一眼脚底，那可不是一般的黑。整整一下午，赵诗婷就这样光着脚丫子在比赛场和训练等候区内蹿进蹿出，把“干净”二字完全抛在脑后。只剩下最后的决赛，虽说比赛不会以运动员脚底干净作为打分标准，也不能丢尽了女生的风范。赵诗婷掏出兜里的湿纸巾，很快洁白的纸巾变成乌黑色。

赵诗婷重新抬起头时，发现赵铭锋正提着一个塑料袋站在她面前。塑料袋里，装着赵诗婷喜欢吃的一些小食品。原来，父亲是趁着空档为赵诗婷补充“给养”去了。

扫荡食物的时候，赵诗婷的手机响了。是陈博宇的号码。

父亲就在身旁，赵诗婷只能尽量压低声音。

电话里，陈博宇诚恳地道着歉，并解释了原因：他在前往体育馆的路上接到了小马的朋友——一个叫菲菲的女孩的电话。说他的好兄弟小马出了事，情况不妙。小马的家人都在外地，医生下了病危通知书，需要有人签字才能进行手术。

赵诗婷有点惊讶。菲菲？怎么是菲菲来通知陈博宇？还有这个小马，记得珊珊曾说过她的男友就姓马，之前和陈博宇聊天时知道了他的一个兄弟正是珊珊的男友。所以说，是珊珊的男友出事了吗？

“小马出事是在什么时候？”赵诗婷问道。

陈博宇愣了一会儿，说事发时间大致在下午一点左右。

下午一点，当时第一轮比赛即将开战，时间对上了。

不过，菲菲在其中又扮演着什么角色呢？似乎小马和这个菲菲的关系也不同寻常。赵诗婷的思绪有些凌乱。这个在车上相识的女生，一出现就蒙着神秘的面纱。不仅如此，她还充当着父亲和莉静阿姨的传信人角色。

还有，这段时间，父亲说了不少奇怪的话，家里也发生了一些异常。比如父亲突然翻出多年珍藏的培训资料，那本培训人员花名册上，有一个名字被水笔涂抹成一个黑团，被涂抹的这个名字又是谁、与父亲是什么关系？

赵诗婷甚至联想到莉静阿姨在多年后的重新现身，还是以一个癌症患者的身份出现，引得父亲将近一个月内频繁去照顾她。沿着这条诡异的逻辑曲线，赵诗婷的推理最终定格在十几年前母亲的追悼会上，父亲没有落下一滴眼泪，对于任何一个丧失爱妻的男人来说，这是非常反常的反应。赵诗婷曾经勉强给自己一个解释：父亲是背着赵诗婷表达对母亲的悲伤。不过现在看来，这种解释出现的可能性很低。母亲的死，父亲不是抱着极度哀戚、悲痛的态度。他的平和、淡然，让赵诗婷怀疑他是不是巴望着母亲早点死去？

赵诗婷不敢继续假设。父亲明明很爱赵诗婷，这么多年全身心地付出，从这些迹象可以看出他爱赵诗婷的母亲，不然不会爱屋及乌，把对母亲的爱倾注在赵诗婷身上。

究竟是怎么回事？赵诗婷理不清心中的一团乱麻。

来自陈博宇的消息要不要告诉珊珊呢？珊珊，这个外表上大大咧咧、气场强大、坚强的女汉子，骨子里也有需要男生呵护的小女生的一面。对她来说，小马就是她不断前行的精神支柱。要是这根支柱倒了，她该怎么办？

就在赵诗婷犹豫不决时，团体型决赛的时间也到了。

珊珊那双有力的手一把将赵诗婷拽到了比赛的 A 场地。

赵诗婷回过头望向看台，空荡荡的看台第一排，站立着一个身材伟岸的男人。他对赵诗婷点了点头，做了一个右手握拳的手势。

4

小马重新感受到腿部、左腹部传来的刺痛。

他无法挪动身体，仿佛每个细胞、每块肌肉、每根骨骼都被灌注了铅块，移动一分一毫都无比困难。

他睁不开眼睛，刺眼的灯光打在眼皮子上，感觉自己就是一头等待被宰杀的大型牲畜，只等屠夫一声令下，身子就会被大卸八块。

记忆，停留在马路上传来的尖锐刹车声中。

如果不去那个地方，也许不是现在这个结果。自己刚刚有点知觉，仅仅是有知觉而已，如同摇曳不定的烛光，随便一股微风，都能熄灭生命之灯。

小马当天还是选择了先去面试。

他踏上开往城市西南角的地铁列车。高峰时段的地铁车厢异常拥挤，挤到需要靠站台旁的志愿者们在身后用力往上推，车门才能勉强关上。

经过一段时间的颠簸，顺利到达目的地。

面试的公司在一栋大楼中，这次面试一共来了 15 个人，竞争 3 个管理培训生的岗位。

第一轮面试采取群面的形式，所有人被分成两组，模拟成一个项目小组，为一项市场推广活动做出一份策划案。完成策划案后，具体内容要向扮演“乙方”——项目委托方的面试人员汇报、展示。当然，讨论、形成策划案也在面试官的眼皮子底下进行。这项测试不光考察每个人的个人能力，还能检验出一个人的协调沟通能力、应变能力、领导组织能力。

小马通过自己优秀的表现，顺利地通过了一面，进入了下一轮。

第二轮面试，剩下的八个人将会被一一叫入面试房间进行单独考察。

小马坐在外面的椅子上，等待着轮到自己。

等待的过程中，他开始走神。

他的眼前浮现出一个女孩的身影，穿着一件空手道服，双手叉着腰，脸色难看地冲着他咆哮：

“你怎么可以逃避？这不是你的性格！”

“不就是去工作吗？我就不相信，工作后没有一点自己能支配的时间？”

“我不想再劝你！你这个夙蛋，算我看走了眼。”

说完，女孩气呼呼地转身离开。

他喜欢这个女孩的直率、泼辣、口不择言。这种喜欢，时间越长，越觉得不在爱情的范畴中。他们只是两个志同道合的人，因为空手道相识，在这条路上携手走上一段。不过他将告别这段旅程，没有了这个共同点，他们的感情基础或许将在一瞬间轰然倒塌。

他又想起另外一个女生，一个他曾经伤害过的女生，一个也许一辈子不会再去接近的女生。好友陈博宇的请求，让他和这个女生复合了，只是他已有了另一份感情，想要重新捡起一份旧情，势必会伤害到新欢。他搞不懂，为什么自己会用伤害一个人的方式去爱另一个人？

他在两个女生之间徘徊、游走。他不想伤害那个外表坚强的女孩，即便今后不再习练空手道，今天的比赛也不能缺席。他不能被她看不起，绝不能！但是继续参加面试，只会……

将近十一点半，面试工作人员宣布进入最终面试的四位应聘者名字。

小马正是其中之一。

然而他在一瞬间做出了新的决定，他站起来对工作人员说："对不起，我有事得先走了。"

工作人员对小马做了一个手势，随后领着他进入洗手间，告诉他说大老板对他的印象不错，很有希望录用他，现在放弃面试未免太可惜。

"谢谢您！我现在走的话只是失去一次机会，但是不去那里，我将会悔恨一辈子。"

……

第八章　人生，就是不断开始与结束

1

小马用滴滴打车叫了一辆车，黑色小轿车在城市快速路上飞驰。刚从高架路上下来，车子开开停停，最终完全停下不动了。

此处距离比赛场馆也就三四条马路，小马付了钱从车上下来，一路狂奔。

来到一个十字路口，红绿灯正要从黄灯跳成红灯。这个十字路口的信号灯交替的时间很长，一个轮次通常要三四分钟，小马顾不上查看身后情况，一个纵身闪到人行道上，引得一辆直行的银灰色宝马急速刹车，司机从车窗探出头来，骂了一句："找死啊！"

没想到这声诅咒瞬间变成了现实，一辆飞速行驶的集装箱卡车出现在了小马奔行的路线上，卡车司机看见了斑马线上的小马，用尽全力踩下了刹车片，无奈车速过快，惯性让这条运送货物的长龙无法在第一时间制动。"砰"的一声，小马的身体飞了出去。

小马出车祸的情形，当时恰好被一个人看在眼里，这个人，就是菲菲。

菲菲本想一走了之。她恨这个倒在地上昏迷不醒的薄情男子，她几乎付出了所有的爱，结果只是换来他冷若冰霜的态度。不过最终，她还是掏出手机拨了号码。

几分钟后，救护车将小马紧急送往附近的医院。

……

赵诗婷和珊珊、雯雯终于如愿以偿，登上了代表最高荣耀的领奖台。

然而小马出车祸的消息冲淡了登顶的喜悦。

得知情况的珊珊在走下领奖台后就一直不说话，只是紧抿嘴唇，泪水顺着脸颊流淌下来。

她把奖杯和金牌交给雯雯，连空手道服也没换，就向收治小马的医院赶去。

赵诗婷把金牌和换下的空手道服递给父亲，也跟了上去。

赵铭锋不知道这丫头心急火燎去干什么，他不方便询问缘由，只好拎着一包东西打道回府。

赵诗婷到达医院抢救室外的时候，发现早到一步的珊珊正和菲菲吵得非常厉害。

珊珊指责菲菲勾引她的男朋友，还唆使他放弃空手道，是个蛇蝎女人。

菲菲将一顶蛮不讲理的帽子扣在珊珊头上，斥责她是泼妇。

如果不是医院工作人员的阻拦，估计两个情绪激动的女生会发生肢体冲突。

陈博宇在一旁静观，低头捂住脸，仿佛眼前的状况是他一手造成。赵诗婷捅了他胳臂一下，想知道珊珊和菲菲冲突的原因。

他支支吾吾地说了一句："都是我不好。"

问到里面的情况，陈博宇的脸瞬间暗下去。小马的生命体征非常不稳定，就在刚才，医生已经下了两次病危通知书。小马没有马上被推出来，证明他情况很不妙。但愿他转危为安，不然痴恋他的珊珊会有多伤心。

估计珊珊听到了陈博宇的那句话，追问他，小马身边什么时候多了这个叫菲菲的女生？

陈博宇身体一震，隐瞒不是长久之计，他只得对大家说出事情的真相。

原来，小马和菲菲曾是恋人关系，四年前他们相识，谈了三年半的恋爱。

小马为人豪爽，有主见，但是个性倔强，什么事情都要由他来拿主意。一开始，菲菲喜欢小马的这种性格，认为跟着他有安全感。可是时间一长，她觉得自己成了小马的玩偶。小马会插手她的任何决定，不给她选择的自由，特别是她偶尔和其他异性有接触，这个大男生就会醋意大发，不能容忍这种正常的交往。

除此之外，他经常把菲菲当作在哥们面前炫耀的资本。菲菲由此产生了窒息的感觉，希望挣脱小马的束缚，两人之间开始有了争执。随后小马妥协、道歉，承诺会改变，但是过了一些日子，他又会回到原有的行为模式。

忍无可忍之下，菲菲提出了分手。

小马又故技重施，认错、寻求原谅。为了让他不再纠缠自己，菲菲说自己有了喜欢的人。小马非要她说出名字，她鬼使神差之下，居然搬出了陈博宇。

陈博宇和小马的关系很铁，小马和菲菲外出时，常常会叫上他。“两人约会”变成“三人同行”，菲菲对此颇有微词，小马却乐意在哥们面前炫耀这个女朋友。幸好陈博宇不计较这些。

小马从未对陈博宇说起他和菲菲的矛盾，所以陈博宇等于是在毫不知情的情况下卷入了这场情感旋涡。

之后，菲菲找到陈博宇请他帮忙：“你就帮帮我吧，不然我摆脱不了他。”

听菲菲讲述了小马的种种行为，陈博宇觉得应该劝劝小马。不过直接劝说效果肯定不好，索性不如配合菲菲演一场戏，反正以他和小马的关系，完全可以在事后解释清楚。

然后两人就合作演了一场戏。当两人出现在小马面前时，小马先是蒙了，随后便大骂陈博宇不够意思，居然干出这种事，并表示要和他断交。

陈博宇立刻意识到了事情的严重性，便把小马拉到一边说出了真相。得知最后的根源竟然在自己，小马痛苦之余再次低声下气地恳求菲菲原谅。

菲菲则回应说，他们两个人不可能在一起了。说完，转身便走。

小马顿时变得落寞不已。

菲菲的身影渐行渐远，陈博宇劝小马说：“她现在正在气头上，你也不必勉强。等到她气消了，自然会回到你身边的。”

然而事态却沿着陈博宇所说的相反方向发展，几个月内，菲菲居然开始频频向陈博宇示好。

陈博宇当然不可能答应她。拒绝的一瞬间，陈博宇注意到菲菲像是一朵花一样似乎一下子变得枯萎了。

2

陈博宇暗地里观察菲菲，这个女孩这段时间内仿佛丢了魂魄。

他曾无意中目睹菲菲和她室友在路边小酒馆一口气灌下了好几瓶啤酒。那位室友不断拽住她的手阻止她，却完全拉不住她。

菲菲最后躺倒在桌子上，身形单薄的室友扶不起烂醉如泥的菲菲，只好求助于酒店的一位传菜员。传菜员有点为难，这个时间他不能擅离职守。请示了一个主管模样的女人后，两个人一左一右架着菲菲，朝着F大东校门的方向挪动。

陈博宇一路尾随，他很想上前去帮忙。不过他不能露面，既然选择拒绝，就不该再次踏入她的世界。然而看到她现在的样子，陈博宇觉得于心不忍。也许要找到一股外力，帮助她走出这种极端负面的情绪。陈博宇想到了小马，只有他了，一切皆因他而起，他不该置身事外。

“不行！我和她之间已经不可能了，我有了新的女朋友，你这个提议不是让我去伤害另外一个女生吗。”事后听了陈博宇建议的小马连连摇头。

“就当帮我一个忙吧，不是让你们旧情复燃，只是让你在一段时期内陪在她身边。每个人都会有情绪调节功能失灵的时候，这时就需要有一个人来宽慰、陪伴她，让她感觉自己不曾被这个世界彻底抛弃。如果没有这个人，我担心她会走极端。你没看见她喝醉的模样，这种担心绝对不是没有道理的。”

小马终究心软了，菲菲和他曾有过三年多的感情，他不愿意这个曾经爱过的女孩生活在疼痛中。

至于他的新女友珊珊，其性格大大咧咧，本来就不需要小马经常陪伴。他们执行着最俗套、最没创意的情侣相处模式：每周见两三次面，吃饭、看电影、偶尔逛逛商场。不见面时，他会发给珊珊一些好玩搞笑的GIF动态图或小视频，遇到节日送点小礼物。珊珊愿意信任小马，她觉得情侣之间信任是最起码的基础。

不过小马的行为辜负了珊珊的信任。他瞒着女友，以崭新的姿态出现在了菲菲身边，傲慢、无礼、大男子主义在他身上不见了踪影，他变成了一枚不折不扣的暖男，抚慰菲菲受伤的心灵。

菲菲再次被小马吸引，一切仿佛恢复如初，他们重新回到了以前那种默契、难分难舍的状态。

这样好吗？小马有时会扪心自问。

他已经交了新的女朋友，他们之间有共同的兴趣爱好，有接近的三观和志向。他再次回到菲菲身边，不过是答应陈博宇的请求。但是两个多月的相处，小马已经不知道该怎么办了，如同空手道与工作之间非此即彼的取舍，他需要在珊珊和菲菲之间做出选择。

如果不是陈博宇，也许他不会有这样的苦恼。

……

陈博宇的讲述到此为止。

听完前因后果，菲菲和珊珊两人都对陈博宇怒目而视。愤怒矛头全部指向了陈博宇。

然而现在不是算账的时候，小马生死未卜，大家关心的仍是抢救室内的情况。

过了很久，主治医师出来了。他沉着脸对等在外面的众人说，医院的AB型血告急，患者在手术台上急需输血。

陈博宇连忙撸起袖子，说：“我就是AB型血，抽我的血吧。”

很快，那扇通往手术室的自动门再次合上。众人继续在外面焦急地等待着。

菲菲的手机铃声突然打破了安静的氛围。她拿出手机钻进了楼道间，过了很长时间才出来。

她走到刚抽完血的陈博宇旁边，面无表情地说：“你母亲说，想最后再见你一面。”

陈博宇的母亲？就是那个霸道地规划了陈博宇的人生，最后导致陈博宇与她断绝联系的女强人？

陈博宇转过头，语气生硬地说：“这个人和我有关系吗？”

“你知道你的母亲这些年对你的默默付出吗？”菲菲追问。

“她的付出？那只是她强加给我的。”陈博宇语气依然冰冷。

菲菲沉默了一会儿，接着便向陈博宇抛出了一个她隐瞒了很久的秘密。

当初，陈博宇创业初期面临资金困难时，曾借两位朋友之手渡过难关。陈博宇以为初始的100万元资金分别来自两位朋友家里，然而实际上，这笔钱来自陈博宇的母亲莉静，是她将这100万元资金分别交到了陈博宇的两位朋友手中，让他们代为帮助陈博宇走出困境，并让他们保密。

菲菲以为说出这个秘密，会让陈博宇与他的母亲冰释前嫌。孰料知道真相后，陈博宇的脸部开始扭曲变形：“这钱居然是她的！”

陈博宇开始自顾自地狂笑，随后，他扇了自己一个嘴巴。

赵诗婷抱住陈博宇，反复呼叫他的名字，同时她的内心也陷入了震惊当中，刚才菲菲提到陈博宇的母亲时称呼其为莉静阿姨，她，是自己和自己的父亲所认识的那位莉静阿姨吗？天下有这样巧的事吗？

陈博宇仍在不断骂自己无能、白痴，说早知道这样，他就不该接受那笔钱。

赵诗婷试图按住他，然而，陈博宇已经陷入失控状态，随着情绪的发泄，他的口中不时地说着他母亲的不堪过去。

听到陈博宇所说的情况，赵诗婷的双手逐渐变得无力。在陈博宇的话语中，莉静是一个和公司老总关系暧昧，背叛了他父亲的坏女人。他的陈述，与菲菲口中的莉静大相径庭。

而通过陈博宇话中的一些细节，赵诗婷确定了，他的母亲真的就是自己和父亲所认识的那位莉静阿姨！

如果陈博宇说的事都是真的，那么……赵诗婷不可避免地有所联想：若莉静阿姨真是一个坏女人，那当初她参加自己母亲的葬礼是不是就动机不纯，再想到父亲追悼会上的异常表现，再次遇见初恋情人，他会不会在母亲治丧期间，就与她旧情复燃了？

赵诗婷越想越害怕，父亲伟岸的形象在这个瞬间崩塌。不是这样的，父亲不会如此不堪。

而陈博宇在疯狂发泄了一阵之后，又转回到自我攻击模式。

那笔拐着弯到他手中的钱，让他感受到异常的痛苦。如果只是单纯创业失败，他尚且能接受，毕竟创业是一个高风险行为，不乏失败的案例。但是接受了这笔不该接受的资助，这样双重的挫败感，让他彻底否定起了自己。

他捂着脸，大喊大叫地离开了，哪怕手术室内的小马尚在抢救中。

3

陈博宇如同一只断线的风筝，从赵诗婷的世界中飘走了。

两天后，菲菲交给了赵诗婷一封信，是莉静专门写给她的父亲赵铭锋的。

信中，莉静直言自己刚闯过一道鬼门关。她体内的癌细胞指数急剧上升，不得不再次保释接受治疗。那天剧烈的痛感，让她以为自己再也醒不过来。她只放心不下陈博宇这个孩子，想在临死前见一见他。

陈博宇终究没有来，不过莉静与他和解的愿望更加强烈了，甚至愿意主动配合后期副作用极大的治疗。她要活下去，活到陈博宇愿意原谅她的那一天。她宁愿低下高傲的头颅，放弃做母亲的高高在上的姿态，对他诚恳地说一声“对不起”。

不过，她不确定身体能否撑到那一天。

她很后悔让赵铭锋知道病情。如果赵铭锋毫不知情，那么关于她的记忆自然会慢慢淡去，也不会被牵扯进来。

律师那边传来消息说，她被判了五年有期徒刑，不过她的身体状况不允许她在监狱内服刑。因此她可以在条件较好的医疗康复机构，接受治疗以及各种康复训练，只是不能随便与外界接触，生活起居要接受专人的监控。

相比以前的提心吊胆，她宁愿接受这个结果。

除了告诉赵铭锋这段时间她惊心动魄的经历，莉静还提出一个“五年之约”。五年后，如果她没有离开这个世界，她想和赵铭锋在他们第一次约会的海边见面。

看完莉静给自己的信，赵铭锋焦灼的心安稳了下来，毕竟莉静给出了一个明确的时间。

莉静在信中提到了她的孩子陈博宇，以前赵诗婷还担心父亲是否会反对她和陈博宇在一起，现在，这应该已经不是问题了。

所以，赵诗婷干脆直接告诉了父亲，说她其实认识莉静阿姨的孩子陈博宇，并且这一年多来，他们就在一起。

赵铭锋表情有些错愕，脑子一时间没有办法处理这样的信息。

沉吟了好一会儿，赵铭锋才缓缓地点头说："你大了，有自己的主见了。小陈，应该是个不错的孩子吧？"顿了顿，接着说，"什么时候带来给我看看吧。对了，既然你认识他，倒是可以劝下他，看能不能让他们母子和好。"

赵诗婷很想答应，但陈博宇已经走了，甚至不顾及赵诗婷和他之间的感情，赵诗婷不明白：他对母亲的恨为何如此之深？她毕竟把陈博宇带到了这个世界，有什么误解和怨恨是不能消融的呢？

能够找到陈博宇的线索不多，他的手机号码，几天内赵诗婷几乎每隔一小时就要拨一次。每次都是"嘟嘟"声，也许他不愿意接听任何熟人的电话，包括赵诗婷在内。

此外，赵诗婷还试着去找陈博宇最好的兄弟小马打听消息。

小马在手术当天晚上十二点就脱离了生命危险，不过他的双腿留下了一点后遗症。珊珊彻夜照顾他，从网上找了一段充满励志气息的空手道演武视频。视频里，一位没有双手、双脚的空手道爱好者通过努力拿到了黑带。

"他比你惨多了，人家都不曾放弃，你还敢说不能练空手道吗？"

小马经过这次事件，坚定了心中的梦想，他不能失去空手道，同时他也不再质疑自己和珊珊之间的爱情成色。

赵诗婷不忍心打扰他们。在病房门口站立一会儿，把带来的水果和补品交给了巡房的护士。

陈博宇走得很突然，应该不会在小马这儿留下什么线索。

赵诗婷不知道该怎么办了。她漫无目的地走着，不知不觉竟走到了学校外面的商业街，当初她和陈博宇重新相遇的地方。

赵诗婷想象着这里有一个“怪相盒子”，里面坐着神情专注的陈博宇，他的注意力集中在自己身上，仿佛正在给自己绘制一幅肖像画。

赵诗婷“定格”了整整一个小时，然后看到“怪相盒子”的窗口吐出一张纸。赵诗婷伸手去接，结果接到的只是一团透明的空气。

茫茫人海，想要找一个人好比大海捞针，何其难也。

……

陈博宇就此从赵诗婷的生活中消失了。

日子回归了平淡，赵诗婷只能用学业转移自己的思念。

每周，赵诗婷仍像以前一样，和父亲通一次电话。

赵铭锋在听说赵诗婷经常从晚上学习到凌晨后，心痛地劝赵诗婷不要这么拼命。

赵诗婷假装答应父亲，然后依旧我行我素。

也许累到身体所能承受的最大限度，才不会去想陈博宇。强行塞进大脑的知识，冲淡了关于陈博宇的记忆。梦境中不再出现这个具有艺术家气质的男生，而是一串串无法解释出含义的符号，有点类似于某种古老的图腾，还有古今中外的真实人物或神话人物，在梦的舞台上不按常理地表演。

随后的三年，赵诗婷的学业稳居新闻系前三名，学校和国家的奖学金几乎被她拿了个遍。此外，赵诗婷还考下了十多张资格证书，包括中高级商务英语、中高级英语口译、ACCP 计算机证书、人力资源管理师证书、导游资格证书，等等。这三年里，赵诗婷几乎没有给自己放过一天假期。其间有几个男生曾对她告白，都被拒绝了。

4

时间如白驹过隙，转眼间，赵诗婷毕业了，开始从学校走向社会。

因为优异的成绩，在找工作的过程中，赵诗婷的选择很多。

她放弃了几家报社、电视台的录用通知，最终选择了一家成立不久的新媒体公司。

赵铭锋很难理解赵诗婷的决定，在他看来，报社、电视台等传统媒体，才是最匹配赵诗婷的，不仅有较高的收入，社会地位也不错；而新媒体不过是传媒行业的“杂牌军”，既不稳定，社会地位更是难以言说。

赵诗婷对父亲说，互联网经济的浪潮下，今后必定是新媒体的天下，而且这些平台灵活、有冲劲，能为有想法、有能力的年轻人提供更多机会。

赵铭锋说服不了赵诗婷，只能随她去。

于是，赵诗婷正式和一家新媒体公司签了一年合同。

对于时效性的追求，新媒体远远超过传统媒体。一条热点信息，可能上午发出来能轻松收获 10 万 + 的点击量，耽搁几个小时很可能就是相反的结果。各类新媒体平台风起云涌，竞争已经不能用“惨烈”两个字来形容。

入职培训上，老板对着新晋员工坦诚地说，即便他们有着1000万粉丝，但距离倒闭关门也就一步之遥。新媒体自带的“烧钱”属性，还有同质化严重的行业内竞争，迫使每位从业者都带着深刻的危机意识。

第一天上班，赵诗婷提早半小时到达办公室，却发现旁边的格子间早已忙得火热。

赵诗婷问了隔壁一个比自己大不了两岁的小姑娘，她告诉赵诗婷说，公司七点开始工作，几乎天天如此。赵诗婷吐了一下舌头，七点工作，那意味着五点半就要起床、六点就要出门。看来，外界说干新媒体的都是一群疯子并非空穴来风。进入这个圈子，赵诗婷必须舍弃理性，跟他们一起疯癫。

就这样，赵诗婷作为上班人士的日子开始了。

一开始，赵诗婷还颇有些不适应，但是没多久，她就适应了这种高强度的上班模式。最厉害的时候，她甚至连续一周时间都睡在办公室，两个月才休息一天。

工作三个月后，赵诗婷瘦了整整十斤，腰围肉眼可见地细了一圈。

这家新媒体公司能让这样一大帮人如此拼命地工作，除了大家心中还存在着梦想和信念因素外，还有一个因素，就是设计得极有青春气息的办公室，以及相对宽松的工作氛围了。

办公室以淡蓝色、淡绿色为主色调，办公区域铺浅红色的地毯，走在上面会给人一种在某个电影节走红毯的仪式感。一片漂亮的蓝色玻璃既界定了空间，又可以当作涂鸦手写墙，有些一闪而过的灵感，可以记录在这面特定的记事墙上，简洁明了，不用担心混在笔记本、便笺纸上找寻不到。休闲区运用了木质地板，局部采用了灰色毛毡雕刻屏风与墙面吸音毛毡造型，墙面上挂着一些后现代主义的画作，空灵毫无规则感的线条、阴暗对比鲜明的色块，不断刺激着员工们的想象力。

可能是老板的默许，所有人都穿得比较随便，古板、深色系的职业装在这里不见踪影，取而代之的是随心所欲的个性装扮。十几双来回走动的脚，没有一双穿着高跟鞋，全是宽松的跑鞋或运动鞋。

每天上午都要开选题会，会上经常火药味浓烈，整个部门的人会为一篇推文中的观点争得面红耳赤。五花八门的咖啡杯、奶茶杯，在会议桌上一字排开，等到这些杯子的主人达成共识，“头脑风暴”便宣告结束，一天的工作正式开始。

赵诗婷所做的工作，是从各类数据库、网络平台上搜索相关资料，然后从海量信息中抓取有用的数据。

找资料是个比较费时间的活儿，等到初稿形成，往往就过了饭点。

楼底有家自助餐厅，公司员工基本都是去那里解决午饭问题。那里的饭菜随到随吃，品种也非常丰富，倒是颇受欢迎。

赵诗婷邻桌是个年龄和她差不多的女孩，她的办公桌上放着她和男朋友的合影。照片中，她幸福地靠在恋人宽阔的肩膀上，笑得很开心。

每次路过她的办公桌，赵诗婷都刻意不去看这张照片。

陈博宇走后，毫无音信，多少个日夜，赵诗婷默默在心底思念着他。赵诗婷曾想把他们的合影摆出来，但那样只会平添哀伤。

赵诗婷工作的地点距离家比较远，每天来回需要在路上花掉近两个小时。这样一段时间后，赵诗婷觉得实在太过浪费生命，于是，向父亲提出希望自己一个人到公司附近和别人合租一套房子。

对女儿的这个决定，赵铭锋想拒绝，但最终还是什么也没说。

因为工作繁忙，父女之间的交流时间本就大幅缩减。现在赵诗婷要搬出去，那么以后恐怕连见面时间都少得可怜了。

赵铭锋性子很闷，离开工作岗位后与同事联系很少。他没有什么旧友，大多数时间就窝在房间里看书。人是社会性动物，缺乏与人的交流，只会让他的内心变得更加阴郁。以前赵诗婷还可以帮助他排遣内心寂寞，要是赵诗婷搬走了，他会不会抑郁成疾？这一点是赵诗婷所担心的，也是她搬出去住的唯一阻碍。赵诗婷也毫不避讳地和父亲敞开了说这个问题。

“你说到哪里去了，我有你说得那么脆弱敏感吗？爸爸不拦着你，只要你高兴、舒服，就不必为我操心。我还能料理不好自己？”赵铭锋拍着胸脯说，似乎他还是那个可以为赵诗婷遮挡所有风雨的“超人”。

……

5

小马的康复速度超过了医生的预期，出院后，他又进了一家专业的康复机构，接受身体机能恢复性训练。

珊珊展现出了贤惠的一面，陪着小马做各种练习，还用各种美味佳肴犒劳他。三个月的康复训练，小马的体重飙升了十多斤，小腹部隐约能见到一些赘肉。

“你把我养肥了，今后去公司应聘谁还敢要我？”小马照着镜子，装出非常痛苦的模样。

“那就别去工作了！”珊珊对着小马的肩膀狠狠地捶了一下。

“不工作？那经济来源呢？你要创业，我必然全力支持。不过，创业之初可是非常艰难的，很可能颗粒无收……”小马说到这里，突然噤声，因为他发现珊珊的脸色变了，同时开始活动手腕，发出“咔吧咔吧”的声音。她对小马露出笑容：“你对我这么没有信心？”

小马连忙改口：“你理解错了，我说的是其他人遇到的情况。您这么威猛、果敢、聪明的女侠，再大的困难在您面前，都不是个事儿。”

“这还差不多！以后你就跟着我干，不要再去找什么破工作了。那些工作根本不适合你，想想成天和不愿见面的人混在一起，说着不想说的话，做着不想做的事，多憋屈呀！跟着我干，既能天天在一起，又能将兴趣和事业结合在一起，多么完美的人生啊！”珊珊在讲述时一副非常陶醉的模样，显然对未来充满了美好的期待。

珊珊是这么打算的：两人从零开始，试着开一家空手道馆，教练一职，以小马的技术完全可以胜任，这就能省下一笔不菲的开销。再者说，小马做了空手道馆的教练，一举一动都在她的眼皮子底下，就不存在干坏事的可能性了！男人都是需要适当地管一管防一防的。

小马明知这样会有些不自由，但仍旧愿意成为珊珊手底下的员工。他愿意帮助珊珊实现她的梦想，因为她在自己离死亡最近的时候，苦苦守了几天几夜；她在自己是个废人时，没有像普通人那样抽身离开。这份恩情，就是一辈子做牛做马也不能回报的。

创业不仅考验勇气和魄力，还考验耐心和细心。珊珊是个雷厉风行的性子，很快就将开空手道馆提上了议事日程。

她先是申请了针对应届大学毕业生的创业孵化扶持，得到了10万元的创业启动资金，同时还有专人提供人事管理、企业创办手续的服务，算是开了个好头。

之后一个月，珊珊几乎都在外面奔波，为场馆选址，并准备各类申办小微企业的资料。

小马想替她去跑，珊珊眼睛一瞪，说这些事都应该由老板操劳，你这个打工仔无须劳心。她就是这个脾气，小马只好担起了后勤工作，在她忙完一切以后，适时地送上一杯红枣枸杞茶。

“女生要注意保养哦，不然会老得很快。”这后半句话刚说出嘴，小马就意识到自己错了。

“你是不是想我老了，好去外面找其他人？”珊珊脸色骤变。

“我错了，你不会老，永远不会。”小马连忙赌咒发誓。

……

6

赵诗婷答应过珊珊，在她的空手道馆开张当天过来捧场。可是计划赶不上变化，那天网上临时出了一个关于某位当红女星的热点，每当有这样的大料爆出，绝大多数公众号都不会等闲视之。主管要求赵诗婷必须在上午十一点前拿出初稿，而珊珊的空手道馆在上午十点正式对外营业。

等赵诗婷敲完最后一个字，赵诗婷在珊珊的微信朋友圈中看到一段段小视频和活动照片。珊珊的面子很大，叫来了F大前几任空手道社的社长，还有本市空手道协会的负责人也到场剪彩。不过即便这些大咖前来助阵，赵诗婷的缺席一定让她非常失落。友谊的小船啊，真是说翻就翻！这不才过了一个小时，她就在电话中对赵诗婷兴师问罪。

赵诗婷只好向主管打声招呼，趁着饭点赶到珊珊的空手道馆。道馆门口有两个身着空手道服的充气小人，一男一女，摆着非常炫酷的技术动作。地上残留着一些彩色纸屑，是刚才发射过的充满喜庆气息的礼炮。前台站着一个小姑娘，看上去还是学生模样，热情地领着赵诗婷来到珊珊的办公室。

赵诗婷的到来并不能平息珊珊的“怒意”，直到赵诗婷提出用美食补偿她，她这才罢休。这个姑娘不会记仇，几杯果汁下肚，便开始向赵诗婷倾吐筹办这家空手道馆的酸甜苦辣。不过即使再苦再累，她也不后悔当初的选择。人的一辈子非常短，当然要抓紧时间追寻梦想，做自己真正想做的事。

当然了，她能挺过来，还要感谢一个人，那就是小马。小马在这个过程中付出的不算多，却每每在关键时刻给予珊珊以坚定的支持，他就像一根定海神针，让珊珊平稳地度过每个动荡期。

珊珊口无遮拦地秀着恩爱，无意间触碰到了赵诗婷的痛处。她身边有小马，赵诗婷的身边呢？陈博宇失踪已经快三年了，仿佛他只是一个虚幻的梦。

珊珊意识到赵诗婷的情绪变化，握住赵诗婷的手说：“又想起陈博宇了？我觉得，他可能只是想一个人静一静吧，相信他一定会有想通的那一天的。”

接着，珊珊立刻转移了话题，热情地邀请赵诗婷到她的空手道馆做兼职教练。赵诗婷苦着一张脸，掏出一个写满小字的活页夹说：“你看看这个。”

珊珊接过这本活页夹，从头翻到尾，睁大眼睛说：“没想到天底下有这么黑的老板，让人干这么多活儿，这还让人活不活了。听姐一句，炒了这家公司吧。以后跟着姐混，我保证，只要有姐一口饭吃，绝不会少了你的。”

赵诗婷表现出非常浓厚的兴趣：“其他都不打紧，主要是能给我开多少工资呢？”

珊珊顿时来劲了，充分发挥出她画饼的功力，就像她当初忽悠赵诗婷加入 F 大空手道社、忽悠赵诗婷参加全国大学生空手道锦标赛一样，为赵诗婷描绘了成为教练后的美好图景。

她说她的目标绝不是一家孤零零的道馆，而是打算遍地开花，让分馆遍布在城市的不同角落。将来，在赵诗婷调教下，说不定那些有天赋的孩子就会成长为空手道世界大赛冠军，乃至奥运会比赛的冠军。想想桃李满天下的感觉，那可不是用收入所能衡量的。

当然了，在收入方面，她也绝不会亏待赵诗婷，压榨别人也不能坑自己最好的姐妹嘛。她表示会让赵诗婷入股，等到空手道馆运营步入正轨，她会想办法申请新三板或科创板上市。一旦成功，赵诗婷的身价就将是千万的级别。

一切听上去非常美妙，不过这些小目标在哪一天实现，珊珊没有给出明确的时间表。

作为俗人，赵诗婷表示更关注眼下的收益。

珊珊叹了一口气问赵诗婷，那你想要多少工资嘛？

赵诗婷说了一个数字，那是赵诗婷做新媒体编辑“底薪＋基本奖金”的总和。

珊珊的面部僵住了，这个数字大大超出她的预算范围。

当然，赵诗婷也只是和姐妹开个玩笑，帮助姐妹实现梦想，自是义不容辞的，就算是没钱也得干啊，所以，赵诗婷就这样上了贼船。

……

临近年关，这座城市在快节奏的忙碌中，留给了人们一份温情的期待。

过年，不只是一桌子人围着桌子大吃大喝，还是游子对于家乡的一份寄托。年迈的父母、记忆中的味道、熟悉的景象，是一条无形的绳子，牵引着人们采用各种交通工具、不计成本地从千里之外赶回来，只为赴一场亲情之约。

尽管不是漂泊在外的游子，但是赵诗婷也有很长时间没有和父亲面对面地坐在一起吃饭、聊天，开着只属于他们父女的玩笑了。他是不是又老了？身体怎么样？这一年赵诗婷忙得基本没时间去看他，只能从电话里捕捉他的印记。他的声音很轻，听上去有点虚弱，不时会咳嗽一阵。是不是那些老毛病又犯了？上次带他去体检，查出他的肺部有一个阴影，这会儿情况怎样？

赵诗婷非常挂念父亲，这天晚上九点多，她回了一趟家，到了家门口，敲了几下门，赵铭锋才穿着睡衣睡裤慢悠悠地过来开门。他的脸色有些苍白，白中带着蜡黄，手上的皮肤显得干瘪、缺乏光泽。

房间应该是有一段时间没有打扫过了，客厅大理石上覆盖着一层灰尘，走在上面好似踩在沙石路上。房间里还有一股非常浓烈的中药味，赵诗婷循着气味的源头走入厨房。灶台上摆放着一只不锈钢小锅子，锅盖斜躺在一旁，锅底留着中药的残渣。不远处的水池中，几只沾着油污的脏碗叠放在一起。餐桌下面，躺着一些没有被清理过的青菜、辣椒、莴笋、蓬蒿菜，部分菜叶由于存放时间过长而变得枯黄。垃圾桶内，各种餐厨垃圾快要溢出这个有限的空间。再回到客厅，一大摞书毫无规则地放置在沙发上，不给屁股留下一处休息的地方。卧室中，衣服、裤子或在床上，或在柜子上，还有其他杂七杂八的物品，让本来就不宽敞的空间变得更加逼仄。

以前和父亲住一起时，一直是赵诗婷负责打扫卫生，自从搬离这个家后，父亲的生活似乎就陷入了杂乱无章中。

浓烈的中药味刺激着赵诗婷的神经，父亲正在服药，他患的是什么病？这病要紧吗？赵诗婷觉得自己像一条被海水拍上岸的鱼儿，不能呼吸。

“没病！这是别人推荐我吃的补药，能增强免疫力，延缓衰老。我要健健康康地活下去，这样才不会拖累到你。”赵铭锋一边说，一边就开始咳嗽。

赵诗婷连忙找到水壶倒了一杯热水给父亲，皱着眉头道：“有病千万别瞒着。你咳得这么厉害，去医院看了吗？”

赵铭锋摆摆手，说只是受了点儿风寒。但是赵诗婷觉得，父亲绝对不是感冒咳嗽这么简单。然而父亲就是坚持说没病，赵诗婷知道他不想让自己操心。为了照顾他这点自尊心，赵诗婷只好暂时不再追问，回头自己去查。

既然回来了，自然要让房间恢复整洁。赵诗婷首先清洗了灶台上有药渣的小锅子和那些脏碗，她特意从口袋中掏出几张餐巾纸包裹了一些药渣。她有一个在医院工作的学长，虽说只是一名最不起眼的年轻住院医师，但是至少能搞清楚这些药渣的成分，以及父亲可能得的病。

那一大包即将开始霉变的垃圾，被赵诗婷拎到了楼下的垃圾桶。沙发上杂物一一被归于原位，沙发重新回归供人休息的功能。

然后是整理父亲的衣物，赵诗婷逐一分类，脏的扔进全自动洗衣机，干净的叠放整齐送入衣柜。

赵铭锋几次想上来帮忙，赵诗婷都把他推到一边，让他坐在椅子上，负责“监督”清扫行动。

接着整理桌子和茶几上乱堆放的书，当赵诗婷的手触及上面的几本历史书时，赵铭锋忽然一个激灵站起来，说：“这些书我经常要翻阅，摆在书橱里，拿进拿出非常不方便。也就是几本书，不碍事的。”

赵诗婷毫不留情地驳斥父亲得过且过的心理说：“不行！书橱就是用来存放书的。客厅就是一个家的脸面，要是有客人来，看到这堆书，他们会产生什么想法？”

“这两年好像也没客人来家里。”赵铭锋讷讷地说道。

赵铭锋无意间道出了一个令人心酸的事实：他提前过上了“独居老人”的生活。不打扫房间，并不是懒惰，而是少了打扫的心情。没人来找他，何必费时费力去收拾？

赵诗婷莫名有种心酸的感觉，想到今后自己有了家庭、有了孩子，陪伴父亲的时间恐怕只会越来越少，那时候，父亲是不是会更加的孤独？

赵诗婷接着这个思绪想下去，想到了自己的将来，自己将来的家庭，然后自然又想到了陈博宇。三年了，这个名字已经变得有些陌生，起初她还希望他能尽快回到她身边。为此，赵诗婷甚至还产生过幻觉，将路上一个和他有点像的男生错认成了他。

再后来，思念消退，但他在梦中出现的频次依旧很高。他们总会在一个风景如画的地方相遇，天空飘着花瓣雨，耳边多了带有古风曲调的琴瑟之音。他身着一袭白衣，那身装扮不是古代风格，也不是现代人的装束。他们就这样面对面地站立，中间仿佛隔着一堵无形的墙。赵诗婷伸出手，想要用力推开那堵墙，陈博宇身子却向着远方移动，他的步幅、步频都在赵诗婷之上，于是他们之间的距离变得越来越远。

好在自己还有父亲。

陪伴赵诗婷 20 多年的父亲，冲淡了她失去陈博宇的痛苦。

赵铭锋此时坐在椅子上，看着回到家以后就一直忙个不停的女儿，关切地问她，工作是否还顺心？搬出去后是不是还习惯？

赵诗婷从纷乱的思绪中回过神来，连忙挤出笑容回答说，一切都还好，工作已经上了正轨，住的地方离公司近了，省了不少精力。

见赵诗婷精神看着还算不错，赵铭锋稍稍放下心来。

接下来，父女两人有一搭没一搭地聊着天，聊着这些日子发生的琐碎小事。

时间很快到了午夜，一通卫生搞下来，赵诗婷累得只打哈欠，赵铭锋的精神头却很足，他年过天命，漫漫长夜如同一条望不到尽头的小巷。

见赵诗婷露出疲态，赵铭锋催促女儿赶紧休息。

灯熄了，赵诗婷早就筋疲力尽，躺在床上，很快就沉沉地睡去。

……

第九章　年会展风采

1

第二天，赵诗婷准时起床，洗漱之后继续开始作为上班族的新的一天。

昨天晚上边打扫边与父亲谈话，聊到最后，终究还是谈到了她的终身大事上。

说来也好笑，在她毕业之前，赵铭锋对于她谈恋爱这件事可以说是严防死守的态度，总是反复叮嘱她以学业为主，不要想其他的。他在骨子里就不赞成校园恋爱，认为处在学生阶段，对于爱的认识是非常模糊、片面的，很容易被那些心怀不轨的男生钻了空子。要不是赵诗婷对陈博宇的感情由来已久，估计真的会一直遵从父亲的教导。

而一旦毕业后，赵铭锋对赵诗婷谈恋爱的态度立刻发生了180度转变：从以前的不赞成，到如今鼓动赵诗婷主动出击。就像很多家长一样，子女学生阶段时恨不得他们眼里只有考试和学习；一旦踏入社会，要求他们能立刻解决终身大事。

要不要主动出击？公司里倒是有几个男生，不仅外表帅气阳光，而且性格脾气也还可以，只不过赵诗婷有顾虑：都说恋爱中主动的人，会是比较吃亏的一方。所以算了吧，兔子还不吃窝边草呢。

她想着，等今后工作稍微空闲一点，去参加一些商务楼宇的工会或团组织举办的联谊活动看看吧。参加那些活动的人来自不同的公司，成与不成也不会带来麻烦，还能多结识不同领域优秀的小伙伴。

可惜，工作根本看不到变轻松的迹象。

刚忙完一个大项目，另一个大活动——年会，又被写进她的工作日程表中。

年关将近，年会自然要开始准备了。

别看年会现场嘻嘻哈哈、一派喜庆气氛，实则“暗流涌动”，交锋重点就在年会后半段的节目表演上。除此之外，就是抽奖环节了。从办公室传出的消息说，今年的大奖绝对出乎大家的意料，绝对会让所有人惊喜。

对于赵诗婷来说，中奖属于不可控因素，她的运气从小就不怎么样，所以她看重的是文艺表演环节，她打算好好准备一番，在老板和其他同事面前好好露个脸。

当然，公司里面不乏多才多艺的人，比如坐在赵诗婷旁边的那个女生，就排了一段高难度的瑜伽动作，赵诗婷有幸看过一次，对方身体软得就像一截无脊椎动物，难度非常高，十分有观赏性。

还有另外四个平时看起来大大咧咧的男同事，赵诗婷某次无意间在一家健身房的操房内瞥见了他们。当时他们穿着芭蕾舞《天鹅湖》中的服装，脚上蹬着芭蕾舞鞋，模仿着这部经典的芭蕾舞剧中四小天鹅的片段。如果不是亲眼所见，很难相信会有男性来演绎这段柔美的舞蹈。

大家的表现让赵诗婷产生了危机感。那么她能表演什么呢？数来数去，除了空手道和绘画，她好像也没有别的拿得出手的项目。其中，绘画的舞台表演效果比较一般，让大家耐着性子看完一幅作品的创作过程可能性不大。那么，就只剩下空手道这一条路了。

……

2

因为本职工作繁忙，赵诗婷对于空手道这项业余爱好早就荒废多时，要在年会上表演这个，非得现在就开始重新将其捡起来不可。赵诗婷想到的第一个救兵，自然是好友珊珊了。

当初珊珊的空手道馆开张时，赵诗婷给过不少帮助，一开始发展得还算不错。

这些年来，空手道这项搏击术，在国内不少城市蓬勃发展。学的人多了，开馆的人自然也不会少。除此之外，还有跆拳道、合气道、巴西柔术、泰拳、散打、综合搏击等各类武术或搏击术，给了人们更多选择。

珊珊采用了线上和线下的宣传模式，线下主要是通过发送宣传单、以熟人为支点形成人际间的口碑传播，线上则是发布一些宣传文章，搞一些促销、体验活动。为此，她专门注册一个企业服务号，每天更新一篇关于空手道的干货文章，传播空手道的专业知识。

该做的似乎都做了，空手道馆内练习的学员依旧稀稀拉拉。

珊珊急了，“经济危机”的警报声真真切切地在耳边响起。她几乎把开支压缩到极致，上课的教练只有她和小马，没有聘请一个外人，顶多再加一个兼职的赵诗婷，而且后来随着赵诗婷工作越来越忙，兼职基本是名存实亡。

节流不是长久之计，有些费用属于刚性支出，这片位于市中心的场地租金不便宜，加上水电费用，一个月要支出 5 万多元。珊珊一次性付清了一年的租金，背上了 60 万元的债务。

最危急的时刻，还是赵诗婷帮了忙，她利用在自媒体公司工作的便利，借助一些精确细分的平台，以最低的经济成本投放广告，为珊珊的公众号引流。仅仅几天时间，珊珊的公众号阅读量就不再是可怜的两位数了，每篇推文的点击量都稳定在四五百甚至上千的水平。点击量上去了，自然上免费体验课的人就多了起来。

此外，赵诗婷建议珊珊和一些中小学、企事业单位建立定向联系，把课程服务“送货上门”。那些中小学都有空手道社团，很多都是学校体育老师充当教练。他们不是专业学空手道的，技术方面存在明显的瑕疵。与学校建立联系后，可以直接担任学校社团的教练，这样就等于直接接触到了生源。在社团中培养学生们练习的兴趣，如果教得好，他们的家长肯定愿意掏钱到专业的空手道馆学习。还有一些国有企业，对于员工的身体锻炼也有着不小的需求。赵诗婷建议珊珊从女子防身术这块入手，通过一个系列课程，教授女性员工最实用的防身技能。这种外包服务，可以带来比较稳定的收益。

赵诗婷这个“狗头军师”的建议，果然起到了“扭转乾坤”的作用。珊珊开始忙得昏天黑地，有时候给她发消息，要过很长一段时间才有回复。每次指责她“见利忘义”，她立刻摆出一副可怜兮兮的模样，哀号自己身上背了几十万的债务，不忙一点怎么对得起“江东父老”？

赵诗婷因为在空手道馆上帮了珊珊不少忙，这次找她帮自己演练一下年会上要用的空手道动作，自然没有任何心理负担。

珊珊听了赵诗婷的请求，也是毫不犹豫地就一口应了下来，并让赵诗婷只管去她的道馆演练就是。

……

换上宽松的空手道服，赵诗婷仿佛穿越到久远的过去。

领到毕业证时是闷热难耐的七月，时间只是过去大半年，竟有种恍若隔世的感觉。

赵诗婷努力调取脑海中的记忆，试图做出平安一段至平安五段的动作。这些套路中的动作她在学生时代是烂熟于心的，此刻却变得生疏，互相之间仿佛毫无关联。不仅如此，赵诗婷的前屈立、后屈立腿部下蹲的幅度也远远不够，打出的顺突、逆突冲拳绵软无力，至于以前虎虎生风的回旋踢和横踢，也变成了毫无杀伤力的空架子。

道馆的两侧墙壁有两面镜子，镜中的赵诗婷笨拙、憔悴、呆滞，完全对不起她腰间的黑带。

“惨啊！新媒体的工作居然把你摧残成这副样子。‘练武不练功，到头一场空。’看来，你得先从最基本的体能重新练起了。”珊珊一把拽起赵诗婷，开始绕着场馆的四周慢跑。

就是这种每小时速度在 8 公里以下的慢跑，每圈的路程不过一百米，只跑了十多圈，赵诗婷的呼吸频率明显加快，汗珠子顺着脸颊滴到软垫上。20 圈下来，珊珊喊“停”，赵诗婷一个没控制好摔倒在垫子上，失控的呼吸如同一台出现故障的鼓风机。

珊珊没给赵诗婷喘息的时间，又带着赵诗婷做了30个俯卧撑和30个仰卧起坐。做完之后，她自己是面不改色心不跳，赵诗婷却变成一摊烂泥似的躺倒在地上，任凭珊珊怎么拉她，就是不肯起身。

见赵诗婷的面色变得非常难看，珊珊这才收起“魔鬼教练”的面具，切换成嘘寒问暖的“闺密”角色。如同当年在学校社团训练结束时一样，珊珊拉着赵诗婷坐到道馆的角落，她像个知心姐姐，一只手搭着赵诗婷的肩膀，另一只手擦着赵诗婷额头的汗珠问：“你这样不计后果地透支身体，图什么呀？”

赵诗婷摇摇头说：“大概是想证明什么吧。走出校园后，一头扎进社会的大海，我时时感到不安和惶恐，我不像别人，我没有任何可以依靠的。我的父亲在我上学之时把我管得很严，毕业后，这种管制松动了不少，可我反而有点儿不适应，所以，很多地方往往会显得与周围的人格格不入。”

“所以你是想通过这次的演练，让别人刮目相看吗？”珊珊拍了拍赵诗婷的肩，叹了口气说，“明白了，之后的训练，就放心交给我吧。我保证让你变得英姿飒爽，震掉别人一地眼镜！”

……

3

珊珊对赵诗婷的指导非常细心，加上此前累积的基础，赵诗婷很快恢复了六七成的功力，动作也不再被珊珊调侃为“做广播体操”了。

珊珊为赵诗婷的表演做好设计，先是由赵诗婷独自展示最基本的空手道动作；随后是攻防演练，以赵诗婷为主，她充当陪练的角色，展示一些摔法、踢法的实战作用；最后是功力击破，由赵诗婷用回旋踢、横踢、勾踢踢断一厘米厚的模板。整个表演持续五分钟左右，既不显得冗长，又没有仓促的感觉。

大学期间，赵诗婷参加过三次全国空手道比赛，在团体型拆解中均是被摔的那个人。眼下珊珊倒在赵诗婷的拳脚下，倒让赵诗婷有些不适应。

“还能怎么样？这次表演你是主角，我这个配角只配露半边脸了。”

珊珊表现出惨兮兮的样子，赵诗婷也只能用好吃好喝来安抚她。

……

年会是在农历新春佳节前的最后一个上班日。这场年度狂欢结束后，大家就能开启长达20天的春节假期，与阔别近一年的亲人们团聚。那些父母不在身边的员工，早就盼着这一天的到来。为了这个时刻，他们快一周没合眼，赶制出了假期内的全部推文。

年会的地点在郊区的一家私人会所内，老板也算大方，员工们可以一整天在会所内吃喝玩乐，乒乓房、桌球房、棋牌室、健身房、游泳池、高尔夫球场，满足不同人的需求。

这些娱乐设施激不起大多数人的兴趣，大家在休息室内品茶、聊天，或者眯缝着眼睛打盹，缓解这些天超负荷工作带来的劳累。赵诗婷就是打瞌睡一族，关闭了手机，断绝了与外界的联络。

平日里手机24小时开机，信息提示音一响就会让神经出现条件反射般的反应。通信技术确实方便了生活，却也毁坏了一颗宁静的心灵。赵诗婷太久没有这样闭目静观，排空所有杂念了。她在与外界的交流中收获成长，却也失去了很多宝贵的东西。此刻只想停下急速奔跑的脚步，让自己静下来，静下来。

下午两点，私人会所能够容纳将近200人的中央会场充满着过年的喜庆气氛。彩带、气球、红色灯笼……这些元素和符号提示着人们新年的临近。

会场前方铺着红布的桌子上，放着一排金蛋，让人忍不住拎起锤子想将其砸开。还有一个用红布蒙着的箱子，不知道里面装的是什么神秘物品。

正对舞台的一只圆桌上，放着公司老总和其他高管的姓名卡，其中有两张卡上的名字赵诗婷不认识，也许是这次年会邀请来的神秘嘉宾。其他圆桌上放着部门名称，以及一圈青花瓷盖杯。桌子与桌子之间排列得不太规则。会场的入口处放着饮料、红酒以及一些甜点，供大家自由取用。

洗手间的水龙头打开，温热的水流过赵诗婷的皮肤。坐在她旁边的女生也过来洗手，突然压低声音对赵诗婷说："有个绝密的消息，你有没有兴趣？"

她们出了洗手间，来到楼梯间，一般人没事不会走到这个僻静的地方。这个叫琪琪的女生说的神秘消息，是公司高层的争斗，还是公司未来的发展动向？

琪琪的第一句就打了赵诗婷的脸，这个消息绝不是遥远的上层规划，而是和生存息息相关。

"你知道吗，我们可能不久后就要失业了！"琪琪用非常冷淡的口吻说道。

年会即将开始了，琪琪来不及解释具体的过程，这个秘密就此埋在赵诗婷的心底。

舞台上的聚光灯悉数打开，充满澎湃激情的背景音乐仍在播放，人们的目光集中于第一排正对舞台的桌子上。这里依旧空着，这个会场中最重要的几个人物均未到场。他们不来，年会怎么开始？

行政部那几个妹子的眼神中带着焦急，正用手机与外界保持联络。奇怪了！早上公司的头头脑脑曾经现身会所，中午到各个餐桌与辛苦一年的员工打了照面，送上新年祝福。从吃饭结束到年会开始，中间只有不到一小时，什么紧急事务逼迫他们要利用这个时间碎片去处理？对了，刚才琪琪说的那件事，能决定公司以及公司全体员工的命运。没想到这么快就证实了琪琪的消息，本来赵诗婷对这类小道消息一贯持怀疑态度。天有不测风云啊！一个运转正常的新媒体公司，怎么会毫无征兆地走到这一步？虽说新媒体的红利期已过，所有平台的流量、点击率和转化率都有不同程度的下降，也不至于衰败到这个程度。

就在众人怀疑这个年会将临时取消时，中央会场的入口处响起一阵掌声。掌声是那些行政部的妹子们发出来的，千呼万唤的公司高管们步履稳健地踏入会场。员工们纷纷起身，欢迎这批能决定自己饭碗的大佬们。等到大佬入座，行政部的美女总监以主持人的身份登上舞台，用那个甜美的女声介绍到场的重量级领导和嘉宾。

这些人中，有一个人赵诗婷素未谋面。他大概五十多岁，头顶有些秃，挺着一个将军肚，黑色西装显得有些不合身，走路有些笨拙。美女主持人报出了他的名号，这个其貌不扬的中年人有着让人不敢小觑的身份——菲力文化传媒有限公司的钟总。

要说这家菲力文化传媒有限公司，在全国新媒体业内可是响当当的龙头老大。公司的市值超过了千亿，从一两分钟的小视频到几十集的网剧，菲力公司都有重金投入，取得了不错的经济收益。这个新传媒帝国的缔造者，怎么和赵诗婷工作的这家公司联系在一起的？难道还是那件事？

主持人的介绍话音刚落，这位钟总慢悠悠地站起来，对着会场内的人做了一个大招手，举手投足间散发出商界成功者的自信。

赵诗婷身边的一个女孩说起了这位钟总的八卦。年会开始前，就是这个喜欢打听消息的姑娘，散播出年会上将有一位神秘大佬出席。众人用各种美食、好处诱惑她说出大佬的具体名字。这姑娘的忍耐力不错，硬是没有“供出”大佬的名讳。现在她不必再隐瞒什么，等到年会结束，没人再会关心这位钟总的情况，也就没机会炫耀女孩的消息灵通。

“你们不知道吧，这个钟总刚离婚，目前处在单身状态。”女孩神采奕奕地说道，仿佛她就是这个传媒帝国的下一任女主人。

接下来，她讲起了钟总的发家史。

钟总原是一家国企的一线员工，因为头脑特别灵活、嘴巴伶俐，被领导调到不必忍受风吹雨淋的办公室工作。八面玲珑的作风，让他很快在新的工作岗位上如鱼得水。一次外出考察后，这位成功逆袭者变得不安分。他给领导写了一封辞职信，顿时在这家国企中引起了一阵轩然大波。

要知道，外面人打破头都想进入这家企业，进来的人除非在工作中犯了非常严重的错误，基本不可能主动提出辞职。就像此前从一线工作流动到管理岗位，他再次颠覆了人们对他的认知。

他错过 20 世纪 90 年代初的下海潮，不再是那种闭着眼就能赚钱的创业白金年代。每个行业都进入稳步发展期，留给这些冒险者的机会看似不多。但是世上从来不缺发财的机会，只缺一双发现机会的眼睛。当时互联网刚刚兴起，网络巨头也处在发家阶段，这位钟总剑走偏锋，看中了文化传媒领域。一个国家经济实力强大了，文化必然是下一个要受到重视的领域。文化属于创意产业，只要能不断输出优秀的内容，永远不愁观众和票房。就干这个了！钟总用了买断工龄的 5 万元补偿金，注册了一家文化传媒公司。

创业之路注定艰辛！钟总公司的办公场所，不过是居民楼中的一套两室一厅的住所。他本来想在自家办公，但是他和妻子、女儿蜗居在十几平方米的卧室中，厨房间和卫生间还是三家人合用的，居住条件本来就很寒酸。房间里放着两张床，一张是他和妻子的，另一张给已经到了发育年龄的女儿，还有一个衣橱和一张用来吃饭的桌子，剩余的空间就是再多放一张办公桌也不够。他租来的办公地点，是他表兄弟闲置的住房，每个月也就象征性地收点租金。没有任何开张仪式，没有鞭炮鲜花，这家一穷二白的文化公司就开始对外营业。

钟总从网络上了解到文化传媒公司的业务，这点三脚猫的知识，不足以应付公司的日常营运。他找来一个还在读大三的传媒专业的本科生，不用缴纳社保、支付的酬劳也许只够吃几顿像样的饭。这个大学生利用课余时间，尽心尽责地替钟总打理公司事务。一开始钟总只是为企业策划一些活动，拍摄一些宣传片。他非常用心，从实际工作中学习策划、视频制作的流程。他的学习能力真没的说，比那些在校园内混日子的学生强上很多倍。摸爬滚打一年多，他在这个领域有了一点名气，公司的流水也做到了几百万。到了这个时候，这间陪伴他度过创业最初阶段的办公室，也到了鸟枪换炮的时刻。

办公场所就是公司的脸面。办公室显得高大上，会给客户留下靠谱的第一印象。再留在这样破旧的地方，只会影响到公司业务的进一步扩大。那时候房地产市场方兴未艾，钟总颇有眼光地买下了几套住房和商业地产。搬进了宽敞明亮的高层商务楼宇，公司的业务更是水涨船高。人很容易满足于眼下的成就，宁愿待在舒适的安逸圈内，错过后来的发展机会。他不是一个贪图安逸、不思进取的人，每时每刻都在思考被别人忽视的机遇。随着文化产业越来越被国家重视，进入这个领域的人越来越多。盲目扩张业务，只会在激烈的市场竞争中落于下风。

钟总为此思索了很长时间，最终将目光落在视频内容领域。从文字时代到读图时代，再到视频时代，只有顺应获取信息方式的发展趋势，才能立于不败之地。他把盈利不错的活动策划业务盘出去，招募了一大批专业人才，孤注一掷地杀入视频领域。这次他又赌赢了，迅速占领了视频自媒体平台的大部分流量。等到其他人反应过来，想在这个领域分一杯羹，却为时已晚。

此后的发展就像“百川东到海”那样顺理成章，他亲手缔造了这个传媒帝国。也许公司领导只是希望能高攀上这位大佬，琪琪刚才的消息不过是道听途说而已。

不过赵诗婷的心依然不能平静。年会继续进行着，赵诗婷的搭档珊珊迟迟没有来到会场。缺少她的配合，赵诗婷该如何面对台下的领导和其他同事？

4

那个女孩停止了关于钟总的八卦，因为在舞台中央，大BOSS正在畅谈着公司的业绩。他首先提及市场整体的大环境，受制于宏观经济形势，新媒体遭遇了从未有过的寒流。一些小公司扛不过寒冬，倒下了，其他活着的公司大多处于迷茫之中。说到这里他话锋一转，拿出了一份不错的业绩报表，同时他与台下的钟总在空中眼神交流，提到公司将与菲力传媒达成一项协议，未来的业绩将有更大幅度提升。

琪琪就坐在隔壁那张桌子旁，她对赵诗婷使了一个眼色，似乎在嘲讽台上的这个家伙没有一句是真话。他不过是稳住大家，以便顺利过渡到那个对他和公司高层有利的时刻。

大BOSS态度恭敬地将钟总请上台，请他在上百号员工面前说几句。

钟总毫不推辞，接过话筒，先是说了不少溢美之词，表示很愿意今后有机会和大家一起共事。他动情地说道："我老了，在座的都是年轻人，从你们身上能发现当年我的影子——有冲劲、有理想、有使不完的力气。年轻真好，真想向天再借五百年啊……"

趁着钟总发言的当儿，赵诗婷悄悄拨了珊珊的手机号。此时工作人员正在后台整理杂物，显然是为后面的文艺演出做准备。赵诗婷的节目排在第三个上场，估计也就是20分钟后就会轮到她。

无奈之下，她只好找到这次年会的总协调，恳求她把节目挪到最后几个。她有些为难，调整节目就要调整主持人的串联词，还要通知其他节目的表演者。这么短的时间内完成这么多事，难保不弄出一点差错。她清楚大 BOSS 生性追求完美，今天又来了菲力传媒的老总，发生差错可不是闹着玩的小事。不过相比节目无法顺利演出，最终她还是帮赵诗婷调整了节目顺序。

一首《青藏高原》开启了文艺演出的序幕。表演者是个爱笑、脸蛋圆圆的女孩，第一个音符刚出口，立马镇住了台下的观众。这么高亢的嗓门和中气，让人怀疑不是从这个瘦小的身躯中发出来的。

随后的小品也是包袱颇多，讲的是一对夫妻，互相怀疑对方在外面行为不端，想尽办法测试对方忠心的故事。

接下来则是一首歌曲串烧，表演者是一男一女，歌词描绘了新媒体工作者的日常工作场景，语气中满是感谢公司领导给予成长的机会，在繁忙中收获充实的人生调调，显然有拍马屁的嫌疑。

再往后的节目根本提不起赵诗婷的兴趣，她只关心珊珊到了哪里，这个家伙到现在居然一点音信也没有。

望了一眼放在墙壁旁的布袋子，里面装着一套叠放整齐的空手道服。这是赵诗婷三年多前参加全国大学生锦标赛时的比赛服，那次比赛结束，赵诗婷就没舍得再拿出来穿，洗干净后就堆放在衣橱中。只有今天这个时刻，才拿出这件意义非凡、曾带给赵诗婷好运的“战袍”。可是今天，她能再穿上这件“战袍”吗？

中央大厅那扇镶着金边的门被人推开，珊珊扶着门、张着嘴喘了许久。工作人员询问她的身份，她连说话的力气都没有。汗珠从她的额头上滚下来，大概刚才是一路飞奔到这里的。

赵诗婷收到姗姗的信息，出来接她时，看到她这副样子，不忍心责怪她，连忙带她进去，然后倒了一杯温热的柠檬水给她。

一杯水下肚，姗姗这才吐出三个字：“对不起。”

赵诗婷哪里担得起这声道歉，本来助演就不是姗姗的义务，能赶上便是帮了大忙了。

没歇多久，姗姗和赵诗婷去外面的洗手间更换空手道服。卸下深青色的职业装，披上白色的空手道服，赵诗婷好像换了一个人。刚才的她，精神颓废，老气横秋，“战袍加身”后，仿佛立刻变成了身手敏捷的女侠。

脱掉鞋子踩在木地板上，一股凉气顺着脚底板直钻身体。后台的候场区内空调非常不给力，温度估计比寒风凛冽的室外高不了多少。赵诗婷和姗姗只能不停地跺脚、活动双手，避免寒冷导致身体僵硬。

等了大概十几分钟的样子，终于轮到她们的节目了。

听到前台主持人的报幕，赵诗婷带着姗姗走上了铺着红毯的舞台。

台下立刻起了一阵骚动。那些平日里温文尔雅的男生，见到赵诗婷这身帅酷的打扮，发出一声声惊叫，表演还未开始，场面瞬间火热起来。

就连坐在前排的钟总，也打起精神观看赵诗婷的演出。刚才的那些节目，他不是在摆弄手机，就是微闭双目蓄养精神。

随着名为“victory”的背景音乐响起，赵诗婷和姗姗首先演练了平安五段。

由于事先的热身活动不够，一个腾空跃起的动作在落地时，赵诗婷差点滑倒在地上。好在多年空手道练习带来的身体协调能力，迅速控制好重心，只是出现了身体摇晃。如果在空手道比赛现场，这个动作就会被裁判捕捉到，扣去一定的分数。但是台下的观众对空手道知之甚少，他们还以为这是刻意设计好的动作，连连叫好。

接下来是攻防双方的演练。

珊珊对赵诗婷发起主动进攻，被赵诗婷用上格挡、中格挡、下格挡、外格挡、躲闪逐一化解。随后，赵诗婷采用摔技或基本腿法，将珊珊一次次摔在地上或踢倒在地上。台下的人眼睛都瞪得大大的，担心被赵诗婷“蹂躏”的珊珊受伤。在他们眼中，这样的攻防演练，不亚于一场真刀真枪的格斗。但是这套动作赵诗婷和珊珊演练了不知有多少回，彼此配合默契，赵诗婷摔珊珊时会注意力度和角度，珊珊也懂得自我保护。

最后是击破表演，为了验证木板和大理石的真实性，主持人特意拿着道具走到台下，请坐在第一排的公司 BOSS 和钟总用手指敲了敲。他们对主持人点点头，示意这不是糊弄人的物品。

珊珊拿起一块 3cm 厚的木板，赵诗婷一个侧踢木板断成两节。随后她以 45° 握住木板，这次要表演的是“手刀”开板。人的手臂力量明显弱于腿部，赵诗婷的第一次尝试失败了。赵诗婷有些尴尬，以前社团联谊表演上，也发生过类似情况。好在观众们被赵诗婷刚才的表演惊艳到，纷纷鼓掌给予赵诗婷鼓励。随着木板变成两截，台下再次响起喝彩声。

最后的表演项目是手劈大理石，这个表演带有危险性，为了保护自己不受伤，赵诗婷在手上缠了纱布。

会场内暂时安静下来，大家屏息凝神，注视着在赵诗婷面前的那块大理石。

就在这时，赵诗婷的手却停住了，充满喜庆的会议厅，也在赵诗婷眼前消失。

她的精神出现了一阵恍惚，眼前这个场景忽然一下子勾起了她的回忆，当年在学校的时候，自己也是这样表演徒手劈石给陈博宇看的吧。

是的，以为已经忘记的那个人在这个时候忽然从脑海深处跳了出来，如此的突然。大概，在潜意识深处，从来就没有忘记过他吧。

赵诗婷仿佛看到，陈博宇穿着白衬衫，站在跟前，微笑地观看她的训练。

随后一阵风吹过，陈博宇化作一缕轻烟，飘散得无影无踪。

赵诗婷回过神来，她晃了晃头，举起了绷紧的手，用尽全力劈向面前坚硬的大理石。

……

第十章　从头再来

1

赵诗婷的表演结束，最后是全体员工合唱《明天会更好》。她来不及换衣服，第一次穿着空手道服唱歌。这首歌寄托了人们对未来的美好向往，据称是很多公司年会的片尾曲。

终于可以换下这身行头，身后突然有个人叫住她："等等，我想和你聊聊。"

说话者正是钟总，赵诗婷连忙整了整衣服，捋了捋有些散乱的头发，跟着对方来到大会议厅隔壁的一间贵宾休息室。

休息室中弥漫着一股淡淡的檀香味，靠窗的桌案上点着一炷香。

白色皮质沙发，坐上去的感觉一定非常松软，赵诗婷却只是干站着。国人的座位有一套非常烦琐的规则，赵诗婷一向搞不清座位的尊卑顺序。而且钟总还未落座，作为晚辈、无名小卒，一屁股坐下来，怎么都显得不礼貌。

见赵诗婷局促的模样，钟总示意赵诗婷在靠窗的位置坐下："刚才表演有点累吧，先歇息一下。小吴，去给她倒杯水。"这句话非常暖心，说明这位大 BOSS 没什么架子。

姓吴的女秘书出去不久，进来时手中端着一个盖杯，杯子里散发出绿茶的清香。

赵诗婷的确有些口渴。会场内空调开着热风，空气湿度低，再加上表演消耗了体内大量的水分，此时她的嗓子不说冒烟，干涩总是有的。不过这个场合下，赵诗婷也不敢太过造次，毕竟她的行为不仅代表她自己，也代表一个公司的形象。想到这里，虽然恨不得将杯中水一饮而尽，但还是矜持地轻轻小抿了一口，有点古代大家小姐的风范，和刚才的空手道表演展露出刚性一面完全不同。

钟总从口袋里取出一个深褐色的、精致铁盒子，盒子上印着一些外文字母，一看就是进口玩意儿。他从盒子里取出一根香烟，那个姓吴的女秘书，立刻机警地取出打火机，对住烟头、点燃。烟圈，从那张带有浓烈香烟味的嘴中吐出来。不一会儿，房间内就弥漫了烟味。

虽然会所规定不能在室内吸烟，但是对钟总这样的大人物，会所内的工作人员不敢上前劝阻。赵诗婷也不敢制止他，只能默默忍受。

几分钟过去，钟总长长地舒了一口气，将烟头摁灭在烟灰缸内。

他有些歉意地对赵诗婷说："不好意思，刚才在会场里不方便抽烟，但是烟瘾上来了，其他东西都压不住，只能先过过瘾，让你感到不舒服了。"

"钟总，不碍事的。"赵诗婷表示没有关系。

"今天年会上的节目都很精彩，尤其是你这个空手道表演，让我大为震惊，一个女孩子能练到这个程度，一定吃了不少苦吧。”钟总的视线落在了赵诗婷腰间的黑带上。

赵诗婷也随之看向自己腰间的黑带，这条黑带的确凝结了她几年的汗水。赵诗婷不禁思绪万千。记得刚加入F大空手道社的时候，第一次去练习，她因为动作幅度过大、掌握不好平衡，狼狈地摔了一个狗吃屎，引得其他人一阵哄笑。只有珊珊面色凝重，告诫大家不要笑话新人。后来她耐心地教赵诗婷每个基础动作，再加上赵诗婷自己不怕被“折磨”得浑身酸痛，才有了腰带从白色变成黑色。再后来，陈博宇走进了赵诗婷的世界，除了在“怪相盒子”内作画，其他时间他都经常会过来道馆看她。每次他在场，赵诗婷都会精神振奋，想要好好表现，然而总是踏错呼吸节奏，导致动作过分僵硬。陈博宇则笑着，看着她出洋相，一点儿也不计较，那时的时光真是美好啊。

只是他走了，走得猝不及防。连同被带走的，是对于爱情的信任。只能在记忆中追忆和他的时光，记得她也曾经有过幸福。

“你怎么了？”钟总洪亮的声音响起，把赵诗婷从回忆中惊醒。

赵诗婷一惊，自己怎么了？怎么随便什么时候都会联想到陈博宇，难道是什么征兆不成？

“没什么，只是想起了以前练习空手道的场景。”赵诗婷淡然道。

“我也是一个武学爱好者，小时候最爱听的就是三侠五义的故事，年龄稍微大一点，就迷上了金庸、古龙的武侠小说。那时学习成绩不好，调皮贪玩，不过这些武侠小说，可以让我安静地看上整整一下午。当然，那些武打片也是我的最爱。看完那些片子，甚至想着能有机会锄强扶弱、行侠仗义。只可惜家里穷，没机会去学习武术，只能模仿电视里的武打动作，找来一根木棍，胡乱耍上一阵。没有专业的师傅，受伤是免不了的。我不怕疼，找来一块伤筋膏药贴上，继续在空地上练习。到最后，附近的小伙伴都打不过我，我成为那条弄堂里的孩子王。”每个人都有不为人知的一面，面前这个有些发福的中年男人，他也有懵懂无知的童年、热血沸腾的青年。讲起往事时他滔滔不绝，颇有一种“老子当年也这样”的架势。随后，他又说到看了影片《少林寺》后，一时兴起想去嵩山少林寺拜师学艺。他向工厂请了病假，乘上了全程需要十几个小时的慢车。非常不幸，他随身携带的钱包在火车上被人偷走，下了火车身上只剩下不到几块钱。无奈之下，他只好结束了这场闹剧。

感慨完这段不为人知的青春往事，钟总话锋一转，提到了赵诗婷的工作。作为圈内人士，他非常清楚新媒体编辑超负荷的工作节奏。

每天各类热点层出不穷，考验着小编捕捉选题、快速成文的能力。同样一个热点，选取不同的切入视角，点击量会大相径庭。当然赵诗婷所负责的公司公众号，几乎每篇文章都可以达到 10 万 + 的阅读量，不过要形成 100 万 + 乃至 1000 万 + 的现象级爆文，需要“天时地利人和”的配合。自媒体圈子有句顺口溜：“早上愁选题，下午愁切入点，晚上愁点击量。”选题代表一篇文章的总方向，切入点是如何成文，成品出来以后，要接受读者挑剔的眼光，他们用点击量这种简单粗暴的方式，表达出他们对某篇文章的喜好。没有文章写要愁，有了文章更愁，新媒体小编内心的痛，怎一个愁字了得？

钟总几乎把这一行的辛苦都说了出来，然后他的烟瘾又上来了，再次点上一支烟。不过这次，他没等到抽完一支烟就摁灭了，言辞恳切地对赵诗婷说："年轻时拿命换钱，年老时拿钱换命，这是现在很多人的现状。也许我和你有缘，特别是看了你刚才的表演，不想让你重蹈那些人的覆辙。我有个想法，不知道你愿不愿意听？"

谁不想舒舒服服地待在家里，吹着空调、吃着大餐，顺带把钱给赚了？不知道钟总的想法是什么，不过即便他的想法不中听，赵诗婷也要装作非常愿意洗耳恭听的模样。

然后钟总便直言不讳道，想邀请赵诗婷去他们公司上班，收入水平将比现在翻上一番，而且工作强度也会轻不少。

赵诗婷并没有被这个天上掉的馅饼砸晕头脑，反而产生了一些疑惑：钟总为什么要对自己这么好？一个今天才刚刚认识的人，一个地位与她相差天壤之别的人，一个与她毫无利害关系的人，凭什么要对她抛出橄榄枝？为什么呢？不弄明白原因，赵诗婷不敢接受这个男人的善心。

"不想来我公司？担心什么？说出来，有困难我替你解决。"

赵诗婷望着室内用来改善空气味道的檀香，那一点点火星，似乎一阵清风拂过就会熄灭。此时她觉得自己就像这微弱的火星，淹没在这个人潮汹涌的大都市中。这个世界上，大概除了父亲、姑姑，其他人都不会有理由关心她的生死、每天过得怎么样、人长胖了还是瘦了。

那么，眼前这个男人，究竟有什么目的呢，或者在以前有过什么瓜葛呢？赵诗婷从记忆中调取那些曾有一面之缘的过客，但并没有找到有用的信息。

“谢谢钟总的好意，不过我想履行完合同。这是我的第一份工作，尽管非常辛苦，但是教会我很多东西。我很享受现在的忙碌，所以……”赵诗婷委婉地表示了拒绝。

“有点可惜，不过以后我们还是可能有机会共事。”钟总的脸上露出意味深长的微笑。

有机会共事？赵诗婷想起琪琪在年会前告诉她的小道消息，说公司高层正在和一家媒体巨头洽谈收购的交易。

难道琪琪口中的传媒巨头，就是钟总手下的菲力文化传媒有限公司？假如公司被收购，赵诗婷和其他同事会面临怎样的命运？也许会有一部分人离开，也许每个人都必须再次面对惨烈的应聘。

这时，赵诗婷的手机响了一下，是珊珊发来的消息：“不等你了，我还有事要急着赶回去。”

原来不知不觉之间，赵诗婷和钟总在贵宾休息室谈了一个多小时，浑然忘了门外等候赵诗婷许久的珊珊。

之前珊珊差点迟到，这可不是她的为人风格。她的性格大大咧咧，办事一直很让人放心。她一定遇到了麻烦，不然不用这么着急离开。

赵诗婷连忙起身与钟总道别，就要出去送珊珊离开。

钟总也站起来，希望赵诗婷再好好考虑一下，毕竟他们公司在业内的名气，很多年轻人趋之若鹜，想进入他们公司不是那么容易的。

赵诗婷点点头，然后就出门追珊珊去了。

2

回家的地铁要经过火车站，尽管距离下班高峰尚有一段时间，车厢内的拥挤程度已经让人没有太多活动空间。

每年到了这个时节，飞向远方的游子，如同一只只鸿雁，心中是难以割舍的家乡。赵诗婷比他们幸运，至少不用为了一张车票苦苦守候，不必在狭窄的火车车厢内耗费十几个小时。

钥匙打开房门，赵铭锋不在家中，也许出去遛弯了吧，女儿长期不在身边，一个人闷在家里，是个人都会受不了。他嘴上说不怕寂寞，说可以用看书、研究历史打发时间，但是一个人不能整天都看书。

茶几上放着一包蜜枣，是赵铭锋最爱吃的零食，因为含糖量比较高，这种零食不利于身体健康。赵铭锋的血糖值又在安全上限附近，只要一个不注意，就会滑落到正常指标范围之外。

赵诗婷好几次劝父亲不要贪嘴，这个年纪该吃些清淡的食物。不过每次回家时，赵诗婷总会发现他的卧室里藏着蜜枣。父亲背着赵诗婷偷吃，赵诗婷不好意思戳穿这点小伎俩，就如小时候父亲不忍心戳穿赵诗婷在学习时小小的懈怠一样。这些懈怠，不妨碍赵诗婷在考试中取得优异的成绩。现在父亲吃点蜜枣，也不至于把血糖值提升到危险的境地。他就这么一点喜好，再予以剥夺，赵诗婷有些于心不忍。快过年了，就让他过过嘴瘾吧。

没等赵诗婷坐下来，一个电话把她叫了出去。是菲菲，一个失踪了很长时间的人物，突然说有一封莉静阿姨的亲笔信要交给赵诗婷。

赵诗婷连忙将刚脱下的衣服换上，匆匆出了门。

见到菲菲后，发现对方外表变化不大，她们找了一家甜品店落座。

菲菲穿着一件紫酱红轻型羽绒无缝连帽外套，外套里面是一件深青色羊绒衫，灰色运动型绒裤，脚上一双黑色过膝长靴。

这么长时间不见了，她说话的音量比以前轻了不少，语速不再是那种不给别人插话、机关枪似的扫射，她变得内敛了许多。

寒暄了几句后，菲菲说起了这些年经历的事。

那天在医院得到真相后，菲菲的内心是愤怒到极点的。两个男人合起伙来欺骗她的感情，把她当作傻子一样玩。馊主意是陈博宇出的，原意好像是想安抚自己，然而不仅没有弥合旧伤，又让她添了新恨。还有小马，不及时阻止陈博宇的计划，反而还充当他的帮凶。不过，她终究对小马恨不起来，尽管他为了兄弟义气背叛自己。她举起的巴掌落下来，没有在陈博宇的脸上留下五个指印，同时把聚集在眼眶周围的泪水重新挤回去。坚强一点，至少在他面前要表现出：离开你，我照样可以过得很好，以后只会越来越好。菲菲信奉“因果报应”的准则，做出这么龌龊无耻的举动，肯定会遭到上天的报应。

她想起了莉静告诉她的秘密，这个秘密会让陈博宇痛苦不堪。果然，当陈博宇听说那笔钱出自他母亲的手笔，精神世界瞬间崩塌。他不愿意接受别人的施舍，更无法容忍接受母亲的任何援助。现实背叛了他的心理底线，他又怎能不陷入自我攻击中？

陈博宇吼叫着、精神失控般地往外跑。菲菲笑了，她的目的达到了。

赵诗婷的脑海中有个一闪而过的念头，最终被理性降服。她不过是实话实说，用非常客观理性的词汇，告诉陈博宇一个隐瞒多时的真相。人都必须面对现实，一个男人连这点勇气都没有，还算是男人吗？另外，菲菲在感情上被陈博宇这么玩弄，陈博宇受到这点惩罚也是咎由自取。

不过和菲菲一样，即便陈博宇的行为远远超出善良的范畴，赵诗婷还是无法讨厌他。也许爱上一个人，只要他没有说出最绝情的话，只要没有用最狠心的方式把你推开，他做出的任何行为都可以被原谅。恋爱中的女人啊，就是这么悲哀、卑微，卑微到了把容忍的底线降到如此之低的程度。

菲菲也走了，F大成为她的伤心之地，亲眼见证了她被两个男生戏耍、抛弃。再留在这里，一草一木、一枝一叶都会勾起不堪回首的惨痛记忆。正巧那时候她所在的学院有一个外校合作项目，可以去国外的一所高校完成后面三年的学业，同时完成本科论文答辩。她选择了德国的柏林大学，德国这种充满理性思辨的国度，历史上出过不少思想大家，这是她喜欢的学术氛围。她想用夜以继日的学术研究，冲淡连环失恋带来的痛楚。

国外大学的学业压力，是国内放羊式的大学教育所不能比拟的。菲菲选择了很多人视作畏途的哲学专业，每天的睡眠时间不过五六个小时，要阅读大量的学术专著，每周要完成一定量的读书笔记，一门课结业还有课程论文。她干脆删除通信录中绝大多数人的联系方式，只为一门心思潜心学术。

不可思议的是她还保留着赵诗婷的联系方式，不清楚为什么这么做。

菲菲本来可以继续硕士研究生学业，就连毕业论文的导师也想留下她，作为自己的得力助手。她的学业成绩单上，几乎都是清一色的A。这个要强的姑娘，迅速克服了语言上的障碍，克服了转专业带来的不便，展露出在哲学上的天赋。有时候她心里想：如果陈博宇接受自己，他们十指相扣地一路走下去，她会变成整天埋头于柴米油盐的家庭主妇。特别是有了孩子以后，她不可能再去追逐梦想，只能一辈子当那个男人的附庸。庆幸他放开手，激励自己要活出一个名堂。这么一逼自己，才知道能力的上限在哪个位置。

已经用行动证明了自己，菲菲不想再倔强下去。

然而在戴上学士帽的时候，她忽然得知母亲住进了医院。乳腺癌晚期，女性高发的癌症，会让一个女人变得不完整。面对被切掉的乳房，每个女人都恨不得将眼前的镜子砸碎。母亲暂时没有生命危险，但是她一向孤傲、以自己美貌为荣，受不了自己变成这副残缺的模样。父亲在通话时神情慌乱，电话里不时传来母亲的尖叫声，还有疑似玻璃物被砸碎的声音，这个男人对情绪失控的妻子毫无办法。只有这个远在海外的女儿，才能把近乎疯癫的母亲拉回神志清醒的状态。

导师的盛情挽留，使菲菲一度想在国外再待上几年。但是家里发生了天翻地覆的变化，她不能扔下可怜的母亲。

病床上昏睡的那个人，她还是自己的母亲吗？不仔细分辨，菲菲以为是从精神病院逃出来的病人。她面容枯槁，两侧脸颊有几道抓痕，父亲说那是母亲自己抓的，她的手上、身体上有很多这样的伤痕。病号服的袖口部分，被母亲扯出了几条口子，不知道母亲哪来的这么大力气？菲菲想象着这样的场景：母亲歇斯底里地自残，把自己的肉体当作发泄的对象，父亲在一旁极力阻止，不曾想这个看似手无缚鸡之力的女人，体内蕴藏着如此大的能量。一通闹腾下来，母亲和父亲身上多了不少伤口。

父亲撸起袖管，胳膊上有很多道深浅不一的牙印。他说每当控制不住母亲发作，他就把胳膊伸过去，放到母亲的嘴边。母亲把父亲的胳膊咬出了血，嘴巴里感受到血腥味，理性失控的状态才慢慢过去。

菲菲伤心极了，母亲这个温文尔雅的女人，怎么会变成眼前这个容易冲动、带有极强攻击性的疯子?!

3

要不要送精神病院？夜晚辗转反侧时，菲菲的脑海中不时浮现这个问题。

她曾去过这个大多数人避之不及、望而却步的秘境。

当时菲菲只有大一，加入了F大的爱心服务社团。

社团每个月都会开展一次社会公益服务活动，有一次，社团负责人提出想去精神卫生中心。这个提议非常大胆，很多胆小的女生没有报名参加。这次活动一共只有六人报名，菲菲就是其中一员。

去精神卫生中心的路上，菲菲的心里涌现出各种“奇思妙想”。比如斜刺里突然杀出一个精神失常者，手中挥舞着明晃晃的尖刀，不顾一切地刺过来；某位看似平静的患者，嗅出某种不存在的危险，冲过来对外来人一阵拳打脚踢……

目的地很快就到了，那里有两幢十多层的深咖啡色大楼，尽管落成不久，却有着一种岁月的斑驳和沧桑感。据说是因为精神卫生中心不能建得过于鲜艳，不然会对患者情绪造成不可预知的刺激。

相比门诊大厅内人员流动比较多，住院部如同一处与世隔绝的深谷。底楼的空间不大，门口陈列着精神卫生中心医务人员的照片和相关信息，除此之外再无任何喧闹。走在大理石地面上，只听到皮鞋发出的“嗒嗒”声。

进了电梯，里面负责开电梯的工作人员面无表情地问：“去几楼？”

12 楼到了，铁门紧锁，一如菲菲想象的那样。只能按响门铃，过了半分钟有一个中年护士过来，很警惕地问道：“你们找谁？”搞清楚事先约好的医生，她这才把菲菲一行六人领进医生办公室。

听医生讲述病例时，菲菲的心跳速度很快。一些狂躁症病人，把玻璃窗、家具砸得一塌糊涂，甚至将父母打得鼻青脸肿。最血腥的一个病例，那个 40 岁出头的男人，差点把妻子的眼睛抠出来。精神疾病容易复发，有个年轻女孩，一开始通过药物有效控制精神分裂症状。她以为疾病得到治愈，自说自话地减少药物服用，结果症状复发，情况比先前还要严重。菲菲询问医生，精神类疾病是否很难治愈？她点点头，这种病只能通过药物长期控制。

说了这么多案例，医生提出带他们去病房探视一些病人。

从医生办公室到病房去区，中间要经过一段黑暗的过道。菲菲不敢想象，那条过道的另一端，那些被贴上“精神病人”标签的患者，究竟过着怎样的生活？前面又出现一道智能控制门，只有刷卡才能顺利通过。

眼前的光线重新变得明亮，穿着蓝白条纹病号服的患者，三三两两在大厅内漫无目的地走动，中间有一张桌子，有几位患者在打牌或下象棋。迎面走过来的是一个戴眼镜的“80 后”年轻人，看上去有些斯文。他对着菲菲和其他人鞠了一躬，毕恭毕敬地说：“医生好！”如果单从外表上看，很难将他和精神病患者画上等号。

等到他离开，医生向菲菲和同行者介绍：这位患者 18 岁开始患病，至今已有十多年。病情稳定后，他曾在航天研究所工作过一年。然而病情多次反复，他成为精神卫生中心的常客，先后六次住院。就在前一天，这位患者在毫无征兆的前提下，突然对护士和医生发动攻击，一拳打中护士的头。没办法，只能将他绑起来整整一天，情绪才稳定下来。

医生又把这个小伙子叫过来，问他为什么会莫名其妙打人？他双手一摊，无奈地说，耳朵里经常会听到一种奇怪的声音，给他下达指令。他得到指令不敢反抗，只能去打人或砸东西，已经砸坏了病房里的三四个电视机。医生又问到他的家庭情况，他的亲生父亲和母亲离婚，继父在最近又罹患癌症去世，这是一个缺爱的孩子。

随后，菲菲又听到几名患者的情况，心情变得更加压抑。那种感觉，无法形容，就像是到了另外一个世界。那些人的眼睛如同深渊，只能看到黑暗。他们渴望离开这里，但是他们的言行，还有嫌弃他们的家人，出院的那一刻似乎很遥远。那次活动回来，菲菲花了很长时间才从这种郁结、沉闷窒息的情绪中走出来。即便过去这么长时间，菲菲始终记得这些迷茫、渴望挣脱的眼神。

不能把母亲送去那个地方。一旦戴上这顶帽子，想摘下来可就不那么容易。情绪是会传染的，长期待在那种环境中，就是一个正常人也会精神崩溃。那些患者会向你传递一种扭曲的、极端的价值观，他们会用一套能自洽的说辞，把你带进那个疯狂的世界。

但是母亲可以做到这一点吗？

第二天一早去病房替换父亲，母亲还没有醒来。菲菲轻轻地为母亲整理散乱的头发，不小心摸到脸上的伤痕。她想清楚了，这个时候母亲需要有人陪伴。只要假以时日，她会回到过去那个自信的女人。

主治医生过来查房了，希望菲菲接受他的建议："你母亲的情况很不好，我们这里毕竟不是专业精神卫生机构。如果她再做出过激的行为，伤害到其他病人或家属，医院承担不起责任。"

菲菲只能向医生保证，只要有她在，绝对不会发生那种情况。主治医生当然不会相信她的一面之词，递来一份保证书。保证书上写得非常清楚，假如这位病人的行为产生任何后果，均由病人家属承担赔偿责任，医院概不负责。

菲菲没有一刻的犹豫，签上了自己的名字。她回来了，那个熟悉的母亲也该回来了。

母亲醒了，神色慌张地问菲菲："你是谁？为什么坐在这里？"

菲菲一阵心疼，母亲居然连自己也不认识了。面对女儿，这个女人就是不相信，嘴里大喊大叫。这一叫招来了医生和护士，给她注射了大剂量的镇静剂，病房内才恢复安静。

可能是镇静药使用剂量过大，菲菲的母亲这一睡就是三天三夜。菲菲以为母亲再也不会苏醒，第三天一早冲进医生办公室，冲动地指责医生滥用药物，要他们承担医疗事故的后果。医生拿出那份证明，菲菲顿时矮了一截。本来就应该把母亲送进精神病院，是她硬要坚持，还签下了这份承诺书。即便今后走法律程序，医院也不会落于下风。

我害死了母亲？望着昏睡的母亲，菲菲的心中被内疚裹挟。

4

菲菲的母亲醒过来以后，与此前狂躁的状态形成鲜明反差。她沉默不语，低着头、蹲坐在床上。菲菲和父亲跟她打招呼，她不肯抬头、沉浸在自己的世界中。这种状态同样令人担心，总不能母亲的后半辈子就在这样的枯坐中度过。菲菲找来医生，做了全面检查，母亲的生理上并无太大变化，癌细胞已经得到稳定控制。至于如何让母亲恢复正常的情绪，这位非精神科医生也束手无策。

菲菲又请来一位心理咨询师，先后做了森田疗法、催眠以及其他心理疏导。母亲和外界之间，似乎有着一道看不见却非常坚固的结界，所有疗法都成为耳边的一阵风，吹过了，不留下任何痕迹。

菲菲想起一本书上有过类似案例。那本书号称作者实地走访精神病院，与精神病人面对面接触，里面所有故事都是真实的。事到如今，只能死马当活马医。菲菲换上与母亲身上同样的病号服，学着母亲的模样，蹲坐在母亲身边。母女之间就这样并排坐着，其间没有一句对话。整整过去七十二小时，母亲终于抬起头，问菲菲："你也是一棵小草吗？"

菲菲刻意迎合母亲："对的，我就是一棵小草，和你一样。"

"太好了，那些人真讨厌，根本不理解我们小草的心思。我心里想说的话，只能对同类说。既然你是小草，是不是愿意听我唠叨？”母亲终于迈出愿意交流的第一步，菲菲当然不能错过这个叩开母亲心扉的机会。

母亲讲述了年轻时的恋爱故事。很多年前，她还是一个 20 多岁的姑娘，喜欢上一个学识渊博的男人。那个男人长得很帅气，肚子里的墨水很多。当时他们在同一个部门、同一个办公室工作，相处的时间很多。第一眼见到他，母亲就被这个男人儒雅的气质折服。菲菲的母亲在求学时有喜欢过的男生，这种喜欢只能埋藏在心里。那个年代的女生，不像现在那样开放，遇见异性都会羞羞答答，顶多趁那个人不注意偷看一眼。遇见这个男人，她有事没事地向他请教，既有工作上的难题，也有一些文化知识问题。男人对答如流，从未让她失望。偶尔遭遇下班时天降大雨，她会悄悄把雨伞藏起来，等那个男人进来，故意惊慌失色地仰望黑锅底般的天空。男人非常绅士地把他的雨伞递给她，她关切地问道：“那你怎么办？”

“不碍事的，不就淋几滴雨吗？实在不行，我在办公室躲一阵。”男人无所谓地说。

菲菲的母亲赶在倾盆大雨前回到家中，抖了抖雨伞上的水珠。窗外早已是风雨的世界，她担心那个男人怎么回家？过了两个多小时，雨势才有所减弱，不过还有小到中雨的量级，不撑伞还是会淋湿身体。菲菲的母亲忍不住从家里出来，朝着单位的方向走去。

门卫大爷惊诧地走出来，随后又默默回到门卫室。办公室内一片漆黑，那个男人早就不知去向。问了即将吃晚饭的门卫大爷，他说那个男人刚走，也就是前后脚的工夫。抱着试试看的心态，菲菲母亲选了一条路追上去。走过几条马路，菲菲的母亲在一家百货商店门口找到正在躲雨的男人。男人的头发亮晶晶的，身上的衣服被雨水成片打湿，显然没想到她会再过来找自己。她手里有个红色的塑料袋，掏了一阵，不禁“哎哟”了一声。她急着出门，忘记多带一把雨伞，只能两个人合撑一把伞。

和女同事共用一把伞，这样合适吗？男人有些为难。

“有什么要紧？先一起去到最近的人家，这把伞再给另外一个人。”通过这样的方式，菲菲的母亲巧妙地得到了男人家的地址。

男人家离这家百货商店更近，自然第一站去那里。这把单人伞不大，为了不让两个人淋到雨，她勾着男人的胳膊，身体不自觉地往他这边倾斜。不知情的外人，还以为两人是一对雨中漫步、享受浪漫的情侣。

明显感觉男人的身体在抖动，不知是被雨淋湿后的寒冷，还是其他原因？眼前的一片万家灯火，带给人家的温暖。男人家很快到了，他对菲菲的母亲表示感谢。“这是哪里的话？应该是我谢谢你。”菲菲的母亲发出银铃般的笑声。

就在他们对话时，有一双眼睛在窗口注视他们，泪水，顺着脸颊滑落。

原来母亲也有这么炽热的感情经历。思维真的是限制我们的一堵墙吗？世界到底有多大？在墙的另一边。她外表高冷，却藏着一颗悸动的心。她问母亲，这个男人是谁？但是她打死也不肯说出男人的名字。那人肯定不是自己的父亲。

5

赵诗婷的手中捏着一个信封，里面装着莉静阿姨亲笔写的信。菲菲本来把这封信交给赵诗婷就可以了，为什么要说她个人以及她母亲的往事？难道她潜意识中察觉到，这些事与赵诗婷或者赵诗婷身边的人有关？

赵诗婷身边的人，好像除了她的父亲和姑姑再无其他符合的人选。菲菲没见过赵诗婷的姑姑，那就只剩下赵诗婷的父亲了，总不至于赵诗婷父亲是她口中的那个男人？赵诗婷越想越觉得离奇，父亲不是一个非常有女人缘的男人，他生性木讷，不懂得浪漫、为人也不幽默，即便肚子里有点货色，这个优势也不足以打动菲菲母亲的芳心。

赵铭锋已经到家，赵诗婷又闻到房间里一股浓烈的中药味。他的脸庞有些浮肿、惨白，眼皮子似乎睁不开，右手的手背上有一个非常明显的针眼，像是刚才接受静脉注射。他应该不是去散步，而是去了医院接受治疗。想起上次回家时的中药味，赵诗婷越发不放心他的身体。

"就是老毛病犯了，不舒服就去医院看看。医生说不打紧，给我配点中药就放我回来。如果有大毛病，还能这么太太平平地回家？"赵铭锋强行挤出一丝笑容，这样的掩饰更说明情况不乐观。为了打消赵诗婷的顾虑，他把病历递给赵诗婷。这本病历刚刚启用，医生天书般的诊断记录写满了前两页。赵诗婷用尽全力辨认字体，最终还是败下阵来。要想读懂这样的天书，只有请医生本人破解。

"爸，有病一定要治，不能只想着省钱。"父亲的脾气赵诗婷一清二楚，他对医院和医生总持有怀疑态度，认为这些白衣天使钻进钱眼，除了让病人及家属的腰包变瘪，对于急难杂症根本就是一筹莫展。

“我不是在治吗？”赵铭锋指了指灶台上煎煮的中药。

“我听学医的同学说过，中药的药性温和，起作用的时间比较慢，适合康复时期调养身体。如果是患病初期，最好采取西医这类能立竿见影的治疗手段，用中药，只会耽误最佳治疗时期。”当时，赵诗婷有种恨不得将父亲拖到医院的冲动。母亲去世后，他是赵诗婷唯一的直系亲属，即便在小时候曾经非常讨厌他，但是随着年龄长大，从情感上赵诗婷不能再失去他。

炉灶上传来一股焦味，父女之间的争执只能暂告一个段落。喝完苦口的中药，不知是出于真心还是在敷衍赵诗婷，父亲答应以后定期去医院检查，有病一定及时治疗。

赵诗婷掏出了那封信，放在桌子上。赵铭锋的眼睛顿时直了，信封上写着他的名字，那个笔迹他再熟悉不过。莉静，一个消失了好几年的人，一个曾经对他来说重要得无可替代的人，以这种方式和他打招呼。

他拿起这封信，又放下，也许他害怕信中的文字传递出噩耗，尽管他对这个噩耗早有心理准备，但是当这一刻真正到来，他还是无力去面对。

亲爱的铭锋：

你好！

自从有了手机、电脑，我们已经很少愿意动笔去写一封信了。鸿雁传书的方式，在世人眼里老土、不合时宜。人们享受到通信发达带来的便捷的同时，也失去了很多珍贵的东西，比如写信时的激动，等待来信时的期盼，私人笔迹传达的情意，等等。写信是多么美好、淳朴的方式，出于这样的考虑，我用这种最原始的方式，倾吐想对你说的话。

上次给你写信时，法院判决书刚刚下来，有些细节还不方便向你透露。对于这份判决，我不责怪任何人，这是对我这些年来所作所为的惩罚。贪念、侥幸心理，让我误入歧途。一旦上了这条贼船，想要下来可就不容易了。任何一份罪恶，只能用更多罪恶去掩饰、去遮盖。我的灵魂完全被魔鬼吞噬，在顶头上司的指示下，涉案的金额越来越多。十几亿现金，也许可以堆满整整两间屋子，不要说一辈子，就是十辈子都吃不完，然而这些不义之财如潺潺流水，只能在身边停留一瞬间。在这起挪用资金、侵占国有资产的案件中，我只是一个执行者，到手的收益是很小一部分，数额却是常人不敢奢望的。

钱多了，尤其是这种不干净的钱多了，人会变得畏首畏尾。我总觉得有一双眼睛在暗地里监视我，这道目光如同一根尖锐的木刺，直插我的后胸，让我寝食难安。

尤其后来传来巡视组即将对公司财务进行审计的消息，东窗事发的恐惧感折磨着我。我的脑袋变得很重，全身乏力，记忆力出现明显减退，有些事情刚做完，一个转身就会忘记。更可怕的是噩梦和幻觉，把现实和虚幻的界限模糊。我总感到有身穿制服的人靠近我，手里拿着枷锁和手铐。我想远离他们，双脚根本不听使唤。他们给我戴上手铐和链条，我如同坠入一个深不见底的黑洞。好不容易从幻境中清醒过来，下一轮惊恐和梦魇又在不远处等待我。

为了从这种惊悚中解脱，我只剩下投案自首这条路。

但是那个人是不会放过我的，我差点成了他的刀下之鬼，幸好警方保护措施得当，我失去了自由，却收获了内心的安宁。

判几年刑对我来说也不再重要。这些年风光无限，人生该有的巅峰也都有过，即使后半辈子只能在囹圄中度过，也已经没有什么遗憾了。

终于拿到最后的判决。五年，一个不长不短的时间。听律师说，我的领导判了死缓，本来作为唯一的从犯，我的刑期至少在十年以上。是律师在其中极力斡旋，直言我投案以后交代的东西，对案件侦破起到了关键作用。

鉴于我的身体状况，我可以接受保外就医，只不过行动自由会受到限制，不能随便离开本地，而且每个月都要到派出所汇报行踪。

我感谢这位尽职的律师，特地多给了他几千元的律师费。钱，只是一个数字而已。我这辈子就吃够了钱的苦头，死后会捐出所有财产。

这三年多来，化疗、调理、康复……日子过得平淡祥和。命运这么眷顾我，体内的癌细胞指标稳定在安全区间。这场癌症，或许是因为内心过于焦虑、恐惧所致。驱走这些心魔，自然就根除了滋养癌细胞的土壤。我的脸上开始有笑容，笑容逐渐增多，这是以前叱咤风云时所不曾有过的。我真傻呀！为什么非要等到犯下如此罪孽才能大彻大悟？有时候我们就像一条鱼，总以为水面之外的世界非常美好，以为与自己相处多日的水，禁锢了自己的精彩生活。等到摆脱水的束缚，赤条条地在沙滩上扑腾。这时候，才发现自己错了。这个不熟悉的世界，不像我们想象得那么美好。

幸好有机会重新回到水中，不像有些沙滩上的鱼，因为缺水而死。

上个月去派出所做了汇报，民警高兴地对我说，鉴于我的良好表现，五年有期徒刑减少一年半。

减刑，绝大多数人求之不得，我却表现得极为淡定。不论是处在服刑状态，还是自由人状态，我都会用包容的态度去接受。其实每个人都生活在囚笼中，这个囚笼看不见、摸不着，由欲念和过分执着所建构。走不出这些执念，只能永远忍受这场生命的牢狱之灾。

我放下了那些不该有的欲望，其实早就不在服刑。这一纸减刑通知书，不过是从法律上宣告我的回归。

今天就是我“出狱”的日子，非常普通，没有任何值得纪念的一天。没人来接我“出狱”，我在马路边的小面馆，吃了一碗雪菜肉丝面。多年前经常光顾那家面店，后来忙于工作去得就少了。庆幸老板没有换人，这个年过五旬的黄毛阿姨，比上次见到她时老了许多，脸上徒增了许多皱纹。岁月催人老，每个人都躲不过时光这把杀猪刀，我也老了，即便想尽办法打扮，还是遮不住岁月的沧桑。老板娘认出了我这个老主顾，特地在碗里多加了一勺浇头。她依旧是这么热情，就像这家小店，坚守在这片早已旧貌换新颜的闹市区。

从小面馆出来，我想起了陈博宇这个孩子。这个孩子的脾气和我一样倔，我真担心他在社会上吃亏。他一定没有原谅我。这么多年，他不曾主动来看过我一回。这个我认了，谁让我以前对他那样苛刻，还对他说出那些绝情的话。不过，无论他肯不肯原谅我，我已不像几年前那样纠结。孩子长大了，终究有属于自己的生活。这个世界上唯一以分别为目的的爱，就是父母对孩子的爱。无论他怎么对我，我都会爱他，毫无条件地爱他。至于他怎么对待我，我不会再在意了。本来，我就不期望他的反哺。

陈博宇有一段不为人知的身世，以前没有告诉过你。这样吧，等到下次见面时，我亲口对你说。

本来我提出了一个“五年之约”，不曾想提前获得了自由。两个月后的今天，我们在老地方——那片海滩不见不散。

这封信写得太长了，连我自己都觉得啰唆了，谁让我有太多的话憋在心里，倾诉时就乱了逻辑。请你包容我的絮叨，并且以后继续忍耐下去。

对你痴心不改的莉静

第十一章　无妄之灾

1

手机短信提示工资卡进来一笔五位数的汇款。

赵诗婷人生中的第一笔年终奖，毫无缘由地缩水了一半。

想起琪琪的小道消息，还有钟总那句“以后我们有机会共事”的话，加上这次年终奖的扣发，进一步验证了公司即将被收购的事实。但是，即便这个消息属实，也不至于克扣员工的年终奖吧。

过年了，不去想这些添堵的烦心事。难得空闲下来，赵诗婷陪着父亲去逛街。路上的商家做足打折促销的戏份，音响里不停播放特价商品的信息，逼迫经过的路人被动接受。赵铭锋身上深青色的大衣，少说穿了有十几年，不少地方颜色脱落，形成了不雅观的色差。借着商家打折，赵诗婷想给父亲买几件保暖性能较好的羽绒服。

专卖店中，赵铭锋换上了一件蓝色羽绒服，木愣愣地站在镜子边，随后又试了一件雪青色的，赵诗婷问他喜欢哪件，他犹豫了半天说了一句：“都不错。”

赵诗婷只好替父亲拿主意，选了那件雪青色的。即使打了对折，羽绒服的售价仍有 800 多元，赵铭锋皱着眉头，赵诗婷不理会他，向收银台工作人员递上银行卡。

出了品牌羽绒服店，又去了一家精品服装店、一家皮鞋店，赵诗婷挑选了一件宝蓝色防紫外线针织夹克、一件乳白色混纺罗纹高领针织衫、一件浅粉色摇粒绒拉链夹克、一双复古英伦擦色圆头单鞋、一双布洛克加绒小皮鞋，用完了超过一半的年终奖。

从这家鞋店出来，赵铭锋忍不住说："女儿，爸爸本来不该多说什么。挣钱不容易，你以后用钱的地方很多，省着点花。"

这是两代人消费观上的巨大差异。父母那辈人总想着把钱存起来，他们从那个物资短缺的年代过来，总担心会遇到意外情况手足无措。但是赵诗婷这代人崇尚活在当下、即时消费，至于今后遇到状况，车到桥头自然直，想那么多也没用。

好比上次赵诗婷和父亲因为用药发生的争执，眼下的这场消费观之争也不会有结果。赵铭锋不再言语，毕竟赵诗婷花的是她自己挣来的钱。

路过珊珊的空手道馆，往日里这里人声鼎沸，今天里面却冷冷清清，前台小姐用手机打发无聊的时光。对了，珊珊在年会表演时迟到，又在表演结束等不及赶回去，不会遭遇到麻烦吧。

赵铭锋清楚女儿和珊珊的关系不错。赵诗婷要到珊珊的空手道馆瞅瞅，他非常知趣地提着东西先行打道回府。

赵诗婷走进道馆，敲了敲前台的桌子，玩手机的姑娘抬起头，神色有些慌张。赵诗婷问："珊珊在吗？今天馆里怎么人这么少？"

墙上有一张课程安排表，里面是一星期七天各个层面、年龄段的上课时间。除了私教课、特训班，其他大课也被分为成人班、青少年班、幼儿班，再根据学员的水平细分为初级班、中级班和高级班。这个时间点是青少年中级班的上课时间，但是几十平方米的训练馆内，没有一个穿着白色道服的学员。

“我们馆出事了，大事。”年轻姑娘回答道，然后对赵诗婷讲述起了个中缘由。

年会演出的那天早上，道馆来了一位穿戴有些奇怪的快递员。他穿着蓝色工作服，衣服上却无任何快递公司的LOGO。更蹊跷的是他裹得严严实实，只露出一双散发出凶光的眼睛。他的左侧眉毛有一颗痣，右侧眉毛有一个缺口，耳朵上长着冻疮。整个人显得有些可疑。

不仅如此，那个人递来的签收单据上没有寄件人、收件人姓名、联系方式、地址、何种物品等信息，就是一张白纸。当这张不是标准签收单格式的白纸出现在眼前，前台小姐犹豫了好一阵，才在右下角签下了笔迹娟秀的名字。

签完名字，快递员让前台打开外面的灰色包装袋，说:“这是寄件人特地关照的，里面的物品很贵重，一定要让签收人打开查看。”说完就撕开包装袋，里面出现了一个精美的包装纸盒，盒子上印着可爱的凯蒂猫卡通头像。

前台想继续打开这个纸盒，快递员对她摆了摆手，声音凝重地叮嘱道:“其他任何人都不能打开这个纸盒，能打开这个纸盒的人，只能是这家空手道馆的馆主。”

原来快递是给珊珊的，前台如释重负，但是寄件人为什么要搞得这么神秘？他究竟是谁？从这种怪异的表达方式，猜测可能是珊珊的男朋友小马。这两口子经常会采用各种恶作剧的方式戏弄对方。

前台心想：既然是他们小夫妻之间的恶作剧，自己一个外人就不要掺和其中了。

2

当天一大早，珊珊就和小马开车离开道馆。除了接待前来咨询的学员和家长外，前台还要负责接听来电，安排好珊珊的行程，可以算是半个秘书。珊珊这天去和一所私立学校洽谈业务，那所学校想安排一门女子防身术的课程，课程教授对象是学校的女教师，算作学校的工会福利。这所学校地处城乡接合部，附近人口构成复杂。私立学校不同于公办学校，晚自习要到晚上九点结束，每到这个时候，学校附近的道路人流稀少，女教师单独行走总让人不放心。为了防止意外情况的发生，学校领导特意联系上珊珊的道馆。电话是前台接的，他们想在这两天就把课程开起来，费用、场地以及后勤问题，想让珊珊过来洽谈。

谈判进展顺利，对方校长盛情邀请珊珊和小马用餐。珊珊不便拒绝这番好意，人家给了这么大一笔业务，这点面子总是要给的。国人一吃起饭就没有时间概念，幸好有小马陪着，拼酒的重担完全落在这个汉子身上。如果没有小马，珊珊一定会喝得醉烂如泥，不可能配合赵诗婷完成下午的年会表演。

珊珊本想回空手道馆一次，处理完私人事务再赶到年会的举办地，但是临近年关，高速路上车流量比较大，珊珊临时决定直奔那家私人会所。至于小马，他下午还有带课任务，自行乘坐地铁返回空手道馆。

珊珊的车上就有一套空手道服，这件衣服陪伴她参加全国大学生比赛。平日里她舍不得穿，情急之下只能使用这件战袍。她的心思都在赶路上，没注意到赵诗婷发给她的信息。幸好赵诗婷的节目临时调整出场顺序，珊珊得以在最后时刻赶上演出。

她本来想在演出结束后，和赵诗婷外出好好吃一顿。这是她们大学以来形成的惯例，不论是外出演出，还是参加完比赛，吃饭聊天是最好的放松方式。不过前台妹子在电话里急促的声音，逼迫她心急火燎地赶回去。

道馆出事了，一个孩子在上课过程中摔成了重伤，不省人事。

那个诡异的快递放在前台的桌子上。这个四五岁的孩子，穿着白色的道服过来上课，一进门，就被快递上的卡通形象吸引。陪他的奶奶还没反应过来，他已经自说自话地撕开那个包装纸盒。孩子不懂得伪装，喜欢就用行动直接表达出来。

只听“嘭”的一声，白色粉尘从盒子里喷出来，溅到孩子的脸上。顿时这个孩子的脸蛋，变成了杂技团小丑的形象。在场的人愣住了，等到这股粉尘散去，前台小姐再去看那个盒子里，再无其他任何物品。

奶奶从口袋里掏出一块毛巾，那块毛巾是帮孙子擦汗用的。她想擦掉孩子脸上、衣服上的白色粉末，不料孩子突然情绪失控，一把将老人家推开。老人身体没站稳，一下子摔倒在地板上。地上铺着红毯，缓解了摔倒的冲击力，老人家费了好大工夫才站起来。

那个孩子蹦蹦跳跳、大呼小叫地闯进训练馆。上课很快开始，他根本不听这节课的教练——小马的指令。小马训斥他，他胆大妄为地对着小马的腹部就是一脚。出腿速度之快，小马毫无防备，被点中了右侧肋部，这是人体最薄弱的部位之一。尽管踢他的只是一个小孩子，这股力量仍让他疼了好一阵才缓过来。训练的学员都惊呆了，就连训练馆入口处的那一排家长，也纷纷瞪大了眼睛。尤其是男孩的奶奶，赶紧起身，想过来向小马道歉，咒骂那个在训练馆张牙舞爪的小男孩。这个闯祸精仿佛有使不完的力气，手脚毫无章法地挥动，不时做着翻跟头、打滚、跳跃的动作。教练受伤了，课程只能暂停，家长们纷纷把自己的孩子叫到身边，生怕受到那个男孩的攻击。整个训练馆，变成了这个孩子单独的“表演舞台”。奶奶想上前阻拦，被小马拦住了。刚才自己受了伤，这位步履蹒跚的老人，只怕会被这个孩子伤得更重。为了安全起见，不如等他耗完体内异常的能量，一切就能恢复如常。

这种状况持续了十多分钟，体内过剩的能量如同一瞬间被抽走。就在一秒钟前，孩子高高跃起，头部朝下。即便底下有柔软的垫子，孩子的头部着地，在地上滚了一圈，再也没有动静。孩子的奶奶发疯似的扑过去，不断地晃动孩子的身体。男孩一动不动，像一摊烂泥躺在地上。小马一边让前台拨打 120 急救电话，一边过来掐孩子的人中。孩子气若游丝，手臂静脉处有微弱的脉搏。救护车将他送入附近一家三级医院，小马跟了过去，珊珊也在不久后赶到急救室外。

孩子算是抢救过来了，但是脑部留下了非常严重的后遗症。孩子父母等到孩子脱离生命危险，自然想到追究空手道馆的责任。他们提出了巨额索赔要求，这个数字珊珊很难接受。

复盘整个事件，疑点集中在那个神秘快递以及那位来路不明的快递员上。造成如此恶劣的后果，绝不可能是小马和珊珊开的玩笑。警方从现场提取的快递粉末痕迹，拿到实验室化验。实验室的最新报告：这是一种“致幻类兴奋剂”，会让人陷入癫狂的状态中。珊珊坚称这些粉末是别人寄给她的，她不可能拥有这类化学品。但是空手道馆的监控最近出了问题，根本无法调出那个快递员的影像。口说无凭，再者这种粉末确实造成了严重后果，家属不可能轻易放过她。因为这起意外，空手道馆不得不暂停营业，很多学员的家长纷纷要求退学费，就连一些媒体也盯上了这里，想挖出点儿吸睛的新闻。

那么这封快递是谁寄的？如果快递不被这个“熊孩子”打开，遭遇不测的就是珊珊。谁和珊珊有如此深仇大恨？珊珊性格大大咧咧，但是生性善良，真要说结下什么仇家，一下子还说不上来。

应付男孩的父母、其他学员家长以及媒体，耗费了珊珊非常多的精力。再次见到她时，她的脸上明显没有过往的神采奕奕。她耷拉着脑袋，整个身体非常沉重，每一步都迈得非常吃力。她见到赵诗婷，只是打了一声招呼，就垂着头走入办公室，房门被重重关上。

赵诗婷想推门进去，小马拦住赵诗婷。这些天发生了这么多事情，珊珊需要单独待一会儿。

那扇紧闭的门，锁着一颗黯然神伤的心。

3

整整三个小时后，珊珊才红着眼睛开门出来。发现赵诗婷坐在过道上的塑料椅子上，她双手捂住脸庞，眉毛也耷拉下去，隐隐听到她的抽泣声。

等待珊珊出来的时候，赵诗婷听小马讲述了他们俩的困境。开起这家空手道馆，前期场地租金、装修、物品购置等成本开支，数额就达到了几十万元。珊珊没问父母要过一分钱，她性格要强，这些钱大部分是银行贷款，剩余部分是民间借贷。当时珊珊实在太缺钱了，根本顾不上考虑借这些人的钱会产生怎样的后果。银行贷款的还款期限至少在五年以上，每月的还款压力相对小一些。那些民间借贷就不那么客气，他们的月利率差不多都在1% 以上。珊珊当时想得很简单，只要空手道馆开起来，一张年卡就是 6000 多元，一张 VIP 卡在 1 万元以上。每月只要办十几张年卡、五六张 VIP 卡，刨去日常开支，能在三年以内把这个窟窿填上。

经历一个多月的萧条期，在赵诗婷的出手相助下，空手道馆步入快速发展阶段。各类平台精准投放宣传广告、良好的口碑，带来源源不断的生源。就在上个月，办年卡的学员就达到了四十多人，VIP 卡也有十多张。照这个速度，一年多就能回本。不承想这个事业的春天，猝然经历这场“倒春寒”。这个孩子出事了，那些当天来训练的学员家长要求退卡。这股退卡风潮，从当天的学员家长蔓延到其他班次的家长。办卡收到的钱，珊珊都用来偿还债务。她手头的周转资金不多，很快弹尽粮绝。要求退卡的家长堵住她的办公室，逼着她给出退钱的期限。面对非难，她竭力申辩。“同行是冤家”，那个不明快递包裹，肯定是竞争对手送来的。目的非常明确，就是要制造事端，让珊珊的空手道馆陷入困境。她的道馆这么红火，自然影响了附近的跆拳道馆、武术馆的生意。本来这些搏击术就存在相似性，练习这个项目，也许就不会考虑另外一个项目。“断人财路”，自然会遭人嫉恨。只是她没想到，这些急红眼的同行，会使出这么卑劣的手段。

珊珊毕竟只是毕业不到一年的大学生，缺乏应对危机的经验。磨破了嘴皮子，维持这些人退卡的态度。就在出事前，他们曾夸赞珊珊和小马的技术好，把孩子送到他们手里非常放心。人心啊！总是在自己的利益得到确保时，才会适度考虑别人的处境。那些家长只关心自家孩子的安危，哪会管一个为事业辛苦打拼的年轻女孩子的死活。

地板上，多了几张被踩了脚印的宣传单。宣传单的右上方，有一张珊珊穿着空手道服、系着黑带的照片。这张照片被踩得看不清模样，如同这家空手道馆，未来的路也看不清楚。

总算打发走这些喋喋不休、时不时提高嗓门的家长，珊珊被逼到更严峻的境地。赵诗婷来到空手道馆时，她就是去亲自拜访那些债权人，请求他们宽限还款期限。这些眼里只认钱的人，一再提示她不按期还款的后果。到最后，对方提供另外一套方案：再放款 10 万元，不过先要扣除 2.5 万元利息，到手的钱只有 7.5 万元，用来偿还前面的欠款。到下个月珊珊无法摆平这场危机，就会欠下比现在更多的债务。

“不可以拆东墙补西墙。”珊珊准备在那份新的借款协议书上签字时，一旁的小马死死地拽住她的手，声嘶力竭地喊道。就在几天前，媒体上报道有人借了别人 1 万多元，最终背上了 30 多万元的债务。因为不能按时还钱，此人被放贷人带到其他高利贷放贷人那里借钱，以类似拆东墙补西墙的方式归还前一笔贷款的部分欠款，就这样债务被不断垒高。

“不签，你有其他办法吗？”珊珊脸上的肌肉僵硬地隆起，像是枯死的树根一样盘踞在面庞上，诘问阻止自己的小马。

“我是你男人，还会没有办法？”小马嘴上说得非常爷儿们，心中却一点儿底也没有。能借钱的人都问遍了，那些亲戚、朋友也早就对他避之不及。

为什么不问赵诗婷借钱？赵诗婷是她最好的闺密，从大学时就抵足而眠，彼此无话不说。需要钱时没有第一个想到赵诗婷，这不是把赵诗婷当作外人吗？

那天珊珊在等候时，无意间听到一个女生小声地对身边的人说，公司的经营状况不善，很可能被另一家传媒公司兼并。到那个时候，很可能大部分员工会面临失业，那个女生和同事关系不错，这才提前透漏内幕消息，让她做好找工作的准备。得知赵诗婷的处境也非常不妙，她这才没来“骚扰”赵诗婷。

“这只是传言。即便失业，凭我的本事也能在招聘市场找到下家，不至于像你想象得那么悲惨。我手头还有一万多元的积蓄……”刚说出这个数字，赵诗婷尴尬得停住了嘴。这点儿钱，对珊珊来说根本是杯水车薪，连欠款的零头也不够。

就在赵诗婷即将离开时，珊珊身子扑过来，想抓住赵诗婷的手。这一跨步没有站稳，跌倒在地，双手像想抓住什么东西在空中舞动，接着发出低沉的呻吟声。赵诗婷过去扶她起来，她的眼圈不由自主地红了，一汪泪水噙在其中，浑身剧烈地颤抖，嘴唇变得发紫，又渐渐变得苍白。强忍的泪水终于决堤，珊珊扑在赵诗婷的怀里，痛哭起来。

在赵诗婷的印象中，珊珊始终是一个非常坚强、如同钢铁战士的女汉子。刚才她泪奔的一刻，赵诗婷倏然明白她也是一个女生。既然是女生，内心都有柔弱的一面。此刻，她卸下戴了许久的坚强的人格面具，把本真的一面呈现出来。

4

赵诗婷想到两个人，只有他们愿意帮助走投无路的珊珊。只是珊珊从未在赵诗婷面前提及他们的情况，赵诗婷手头没有他们的联系方式。只有通过她，才能把这个消息告诉他们。

赵诗婷把菲菲约了出来，地点在老地方，也就是她们以前见面的奶茶店附近。

见面后，菲菲的神情显得非常憔悴。她的母亲精神状况极不稳定，还要接受后期手术的治疗。手术在她母亲身上留下的伤疤会在夜里剧烈发作，这种痛感，即便健壮的人都很难忍受。每天晚上，菲菲给母亲服用了止疼药后，还得陪着折腾一个多小时，才能把母亲哄入睡。所以一直以来菲菲都累得不行，夜里只能对着残月发呆。有时候她宁愿折去一些阳寿，换取母亲早日恢复健康。

菲菲秀气的脸庞，因为一段时间内睡眠严重不足变得光泽暗淡。赵诗婷有些不忍心叫她出来，但是珊珊的情况危在旦夕，只有通过她在公安局工作的表哥，才能联系上珊珊的父母。

赵诗婷刚说完这个请求，菲菲忍不住抛出心中盘桓很久的问题：“两个月后，你爸爸是不是会和她在海滩上见面？”

她怎么会知道信上的内容？那封信的封口明明没有撕开过的痕迹。既然莉静如此信任地把信交给她来传递，应该会告诉她这次会面的日期和地点。既然知道了，为什么还要再确认真假？

菲菲吊足了赵诗婷的胃口，转头看了一眼旁边的一对情侣。那个女孩用手指着男生，数落他近阶段不关心自己。男生不停地解释，最后用一个拥抱抚慰了女朋友的情绪。

菲菲对着两人远去的身影感慨道："'年轻就是好啊！'这是我母亲经常挂在口中的一句话。青春真的只有阳光吗？也许年代久远，那些关于青春的记忆，只留下最美好、温馨的片段。那些争吵、彼此伤害，都被人的记忆系统自动过滤了。"

"别灰心，你会遇到适合自己的人，只是时间问题而已。"每个人都在劝说别人时，能跳出"只缘身在此山中"的窠臼。一旦问题摊到自己身上，就会犯糊涂、一根筋。不论是菲菲，还是赵诗婷自己，都无法走出人性的弱点。

"我不在乎这点了，只要妈妈能身心无恙。刚才说到你爸爸和她见面，我妈听说这个消息也想过来。"

菲菲的母亲出现在赵诗婷父亲和初恋情人再次相遇的现场？赵诗婷的心里涌现出难以言状的感觉，既想拒绝她，毕竟这次相会带有私密性；又给不出充足的拒绝理由，人家不过露个面，也不会造成什么负面影响。

"好吧，只要你妈妈身体允许。"赵诗婷的话带有弦外之音，不知菲菲能否接收到。

仅仅过了一天，赵诗婷躺在沙发上刷着朋友圈和今日头条，一个陌生号码出现在手机上。珊珊的母亲主动联系赵诗婷，心急火燎地询问女儿的情况。通过这个急促的女声，赵诗婷得知珊珊和父母的关系也很僵。

和陈博宇的情况类似，珊珊同样不能接受父母安排好的工作。尽管没有闹到断绝关系的地步，但是珊珊的朋友圈屏蔽了她的父母，平日里基本上不主动和他们联络。大学那会儿赵诗婷撞见过几次珊珊和她父母之间生硬的交流。

这次珊珊深陷经济危机，她的父母完全被蒙在鼓里。她的父母商量了一晚上，决定借赵诗婷之手，把救命钱送到珊珊手中。

“这丫头脾气倔，如果知道钱是我们给的，她就是饿死也不肯接受。”珊珊的母亲讲到这个地步，赵诗婷不禁产生了恻隐之心：天下父母都是同一种模式，只要子女过得好，他们宁愿忍受被误解、不被原谅。莉静阿姨也是这样，陈博宇对她如此有成见，就连她最需要陈博宇时，这个儿子都不肯来看她一眼，她同样对儿子没有半句怨言。这份沉甸甸的爱，只有等到自己做了父母才能有更深刻的体会。

钱在第一时间转入了珊珊的银行卡，珊珊高兴地把赵诗婷举起来，嘴里不停地说着感谢。

赵诗婷知道自己不是救星，珊珊最该感谢的是她幕后默默付出的父母。只是赵诗婷暂时不能说出来，只能接受这份不该由她领受的感激。

5

安顿好珊珊，这个年过得依旧不踏实。公司的处境可以说是“山雨欲来风满楼”，不知过完年开工以后会发生怎样天翻地覆的变化。

要不要做一份最新的个人简历，为年后可能的失业做些准备？工作不到一年，可以炫耀的工作业绩肯定比刚毕业那会儿多了不少。不过钟总在年会后单独约谈赵诗婷，还有那句“我们以后有机会共事”，证明赵诗婷在他心中是一个有分量的人。既然能被这位一把手看中，下面的人在赵诗婷的去留问题上还有异议吗？

赵诗婷度过了一个彻底放松的假期。这大半年来，她连夜里做梦时都会惦记文章的选题。压力无处不在，不逼自己时刻保持在高度紧张的工作状态，就无法立足于讲求时效性的新媒体公司。二十天的休假内，赵诗婷几乎天天睡到晌午时分，慵懒地打个哈欠，不理会墙上的挂钟发出的嘀嗒声。父亲非常体谅女儿的辛劳，在赵诗婷熟睡时不曾进来打扰。早饭和午饭并作一顿，用完餐后沉浸在大片充满震撼力的场景中。欢乐永远是短暂的，很快来到假期的最后一天。

已经是凌晨一点多，床上的赵诗婷还在不断翻身。想到即将回归忙到发疯的状态，假期综合征不可避免地发作。睡吧！

刚过完一个悠长的假期，大家的精神状态并未改进多少。不仅如此，总能在茶水间或洗手间内听到有人在议论，话题非常集中，就是公司即将被兼并。除了高层之间磋商过程的细节，这条消息似乎成为一个不是秘密的秘密。那个要求严苛的经理，面对赵诗婷和其他人交上来的选题，也显得心不在焉、得过且过。公司这艘大船就要沉了，即便被人打捞上来，作为另一艘船的原材料，也不再是原来那艘船。既然船体即将沉没，上面的船员只能想着逃命，躲避葬身鱼腹的命运。估计这位经理早就秘密联系猎头，面试了一些高端岗位。目前坚守岗位，不过是希望拿到一笔不菲的违约金。

这两天工作清闲，每个人都在为未来做打算，工作陷入停滞不前的状态。往日一早的选题会，也在这个特殊时刻被取消。缺少明确的消息来源，谣言便成为人们宣泄对未知情况的恐惧情绪的途径。有人说这次公司无人能幸免，就连 BOSS 都得走人；有人说对方认同他们这支战斗力强悍的团队，大部分人会进入新公司，只有极少数业绩不佳者被扫地出门。

终于，掌握最核心机密的人力资源部发布公告：每个人是走是留，会在第二天一早公布。想知道自己的命运，第二天来上班打卡时就能揭晓。留下的人，能够顺利刷卡进入办公区域；反之，则会被当作不速之客拒之门外。当然，公司会按照劳动法完成合同解约，并赔付超过市场标准的补偿金。

感觉自己仿佛进入一个角斗场，赵诗婷和其他员工就像待宰的羔羊，那个躲在暗处的神秘人，手中拿着一把左轮手枪，手枪转轮中只有一发子弹，扣动扳机，转轮中是空的就能躲过一劫；相反，就只能哀叹命运不公。

赵诗婷想到了钟总，他会把赵诗婷带出这场“大逃杀”的残酷游戏吗？

菲菲的表哥提供了一条非常有用的线索，就在珊珊的空手道馆旁的小区和马路上的监控摄像头，清晰地拍到了那位神秘快递员的视频。他走路鬼鬼祟祟，不停地朝四周张望。这副打扮，自然也引来其他路人的注意。每当别人将视线转到他身上，他都会加快步子，甩掉其他人关注的目光。可惜正对珊珊空手道馆的马路摄像头正在维修中，未能捕捉到这位蓝衣人进入场馆的影像。从进入距离空手道馆最近的那个摄像头，到他从反方向再次闪入，前后相隔将近十分钟。沿着他逃离的方向，菲菲的表哥一路追踪，调阅了大量的监控视频。他整个春节都在忙这件事，一天也没有休息。这位蓝衣人上了一辆公交车，随后上了一辆开往郊区的地铁，出了地铁站，他上了一辆等候在路边的蓝色卡车。卡车出了市区，上了开往邻省的高速公路。一路飞驰上百公里，从一个岔道口下来，最后消失在一个国道上。国道连着一些乡间公路，这些偏僻的地方缺少监控摄像头。他最后的落脚点，应该就在这几条乡间公路的沿线。

锁定了嫌疑人大致的活动范围，下一步就要根据他的体貌特征，在那个区域内进行排查。他与当地派出所取得联系，让他们特别留意最近突然出手阔绰、年龄在30多岁的男子。这位假扮快递员的男子，一定是受人指使陷害珊珊的空手道馆。干这类活的人，多半是社会闲杂人等，平日里好吃懒做、花起钱来非常阔绰。他们今朝有酒今朝醉，到手的钱不会藏着掖着，一定会出入高档消费场所。只要抓住这个特征，就能缩小排查范围。

根据前台小妹对嫌疑人体貌特征的描述，警方绘制了一张画像。这是一个面部非常凶残的人，最明显的特质就是上扬眉、右侧眉毛有一个缺角，耳朵上有严重的冻疮。赵诗婷对着这幅画像看了许久，隐约觉得这个人在哪里见过。只不过年代久远，无法将这张脸和某个名字联系起来。

6

这天早上，赵诗婷比上班时间提早半小时到达打卡器旁。

进入办公室，很多人都来得比她早。这个求职颇为不易的年代，大家非常在意这个结果。即便这份工作不算是最理想，失去它也会在一段时间内步履维艰。很多人背着房贷，还有孩子的学费和各类培训费用，找到下一份看得上的工作需要时间，而手头的“存粮”，也许不足以应对这段空档期。幸运的是，几乎所有人都通过了打卡器这道“闸门”。难道传言中的大裁员，不过是有人刻意和众人开的玩笑？人的心理就是这样，当意识到可能失去非常重要的东西，一旦能留住，就会对它倍加珍惜。这就好比做了最坏的打算，现实情况没有兑现猜测，你就会觉得自己运气不错。或许这就是新接手的老板采用的招数，目的非常明确，就是让员工们对他感激涕零。这个举动的潜台词是：我可以砸了你的饭碗，但是出于仁慈没有下这个狠手。这么给你面子，你后面要用加倍努力回报我的善心。

带着劫后余生的庆幸感，赵诗婷和其他人准备投入新的一天的工作中。打开电脑，习惯性地输入用户名和密码，登录公司内部的后台系统。可是输了几次，均提示用户名和密码错误。

与赵诗婷邻座的琪琪也遇到这种情况，她对赵诗婷吐了吐舌头说：“糟了，不会是我们被 fire（解雇）了吧。”

赵诗婷和琪琪的手机几乎同时发出振动，是一条群发的短信，内容是无法登录系统的员工，立即到公司的人力资源部处理相关事宜。

琪琪仿佛早就预料到这个结果，拽起瘫坐在椅子上的赵诗婷：“爷儿们一点！不知道结果还存有侥幸，会焦虑不安，现在我倒能非常坦然地接受。天底下又不是只有它一家公司，到哪里不是干？”

人力资源部内聚集着十几个“倒霉蛋”，除了琪琪，一个个耷拉着脑袋。赵诗婷几乎没听清 HR 究竟说了什么，外界世界消失了，赵诗婷难以接受的不是被辞退本身，而是想要一个明白的缘由。

赵诗婷是唯一拒绝在协议上签字的员工。HR 说，即便不签字，也不可能重新被老板雇用。名单都是上层定的，有本事让大 BOSS 改变主意。公司已经易主，赵诗婷只有去找那天和赵诗婷谈笑风生的钟总。

赵诗婷拨了他的手机，用非常好的耐心听完一段雄浑的进行曲。末了，语音提示：“您拨打的电话暂时无法接通。”

赵诗婷没放弃，继续拨打。

几次以后，终于打通了。

“你好，有事吗？”钟总浑厚的声音，隔空都带着一股气势。赵诗婷这个无名小卒，还不够资格在他的手机通信录中占据一席之地。

“钟总，我是婷婷，就是那天在会所和您聊了一个多小时的女孩。”到了这个地步，赵诗婷无须在谈话时摆出低人一等的状态。

“哦，什么事？”钟总语气冷淡地问道。

赵诗婷把公司裁了自己的事说了一遍，然后小心地问道：“是弄错了吧？”

“没弄错。”钟总的答复非常肯定，“这就是我的决定。”

“你之前不是说……”

“人的想法是会变的。不错，一开始我确实觉得你是一个不错的员工。不过，那是在不清楚你的家庭情况下做出的判断。”

“我的家庭情况？如今这个时代还要看出身吗？”

“我的时间很宝贵，没时间和你闲聊。要知道其中的隐情，就去问你的父亲。他当年所做的一切，呵呵。”钟总直接挂断了电话。

父亲？难道他认识钟总？不仅认识，还在多年前与钟总交恶？

7

赵诗婷没有回租住的房子，而是回了父亲的家，这可以算是她在这个世界唯一的“娘家”了。

用钥匙打开门，昏黄灯光的映照下，赵铭锋正佝偻着身子伏案写着什么，看着让人有些心疼。

赵诗婷没有马上告诉父亲自己失业的消息。不过，父亲和钟总之间有什么龃龉，她还是想弄明白的。

于是轻描淡写地告诉父亲，说在公司见到了一个传媒公司老总，姓钟，好像和父亲认识。

“哎，真是人不可貌相，这小子现在居然混得这么有鼻子有眼。”赵铭锋连连叹息，然后开始讲当年他和这个钟总之间的纠葛。

钟总比赵铭锋小几岁，当年，赵铭锋还是企业内部培训部门的负责人，钟总靠各种手段从生产一线调到了赵铭锋的部门当中，算是成了他的手下。从一线部门调到风吹不着、雨淋不到的部门，钟总一时间难免有些自鸣得意。

了解到这个“跨域”背后的故事，以及钟总张狂的表现后，赵铭锋从内心对这个人生出了不满。他骨子里讨厌投机取巧的人，于是有意无意地开始打压钟总。

钟总很快意识到这点，为了扭转局面，他把对待过去部门领导的那套方式，转而用到了赵铭锋身上，然而赵铭锋根本不吃这套，当着众人的面把他送的礼品退给他，提醒他不要把心思用在歪门邪道上。

钟总当时脸色发青，赵铭锋这番举动着实让他难堪。不收礼，可以背地里退给他，何必在公开场合戳穿他。不过他只能隐忍，背地里想办法走上层路线，结交比赵铭锋更大的领导。但是，他这一招又失灵了。

赵铭锋在单位里非常吃得开，上面的领导大多数比他进单位的时间晚，对于这位老师傅，领导们还是比较尊重的。每次领导向他征询关于钟总的情况，父亲给出的评价总是偏向于负面。

“心术不正”，这是赵铭锋对他的评价。业务能力不行，通过各种手段可以培养；但是个人的品行、节操出问题，就好比果子从心里腐烂，没有任何挽救的余地。

几年过去了，钟总在一次次升职机遇面前擦肩而过。他为人机敏，背后的缘由自然逃不过他的眼睛。也就是在那时，他生出了离开的念头，是的，只有出走，远离这个束缚他的环境，他才有机会大展才华。

于是钟总打了辞职报告，成为培训部门第一个主动提出辞职的员工。

离开那一天，钟总主动过来与赵铭锋道别。他非常客气地伸出手，满不在乎地说：“谢谢赵师傅这几年的指教，以后飞黄腾达，定不忘您的栽培。”

赵铭锋也回答得非常硬气：“只希望以后你努力好好工作，万一在哪里跌倒了，别说你曾经是我的手下。”

两个男人，内心藏着深刻的敌意，表面上装作惜别的模样。两双手握在一起，非常有力，这场跨越多年的较量，隔空进行。

“苍天啊！谁能想到这个小子，会成为我女儿的上司。这难道就是报应？我当年不该这么对他。要是留有一丝余地，他不会把所有仇恨都倾泻在你身上。”赵铭锋垂下头，那么虚弱。

“爸，没事的。不过是一份工作而已。如今早就不是你们那个时代，工作丢了可以再找。天底下那么家公司，那么多品行、性格不一的老板，总有一款适合我。”

“工作不好找呀！你没看到招聘会现场的人山人海吗？”赵铭锋的脸上满是忧虑之色。

“就是千军万马挤独木桥，我也要把竞争对手挤下去，杀出一条血路。”赵诗婷把求职说得如此悲壮，不过现实就是这么残酷。一个岗位，常常有十几个饥渴的应聘者翘首以盼。不把别人挤下去，那就是自己落水。

“女儿呀！爸希望你能过一种轻松、幸福的生活。”赵铭锋提到了赵诗婷在新媒体公司的工作经历，大半年来做牛做马，不该是一个女孩子的工作生活状态。

于是，赵铭锋开始四处奔走，甚至不惜去托他的老同事、老领导。有句古语说得好：人走茶凉。他离开工作岗位这么多年，即便多年前他曾在单位内炙手可热，是单位中的大红人，但是管理者换了一茬又一茬，新领导或许连他的名字和面孔都对不上号。至于那些老领导，他们的人脉资源也是明日黄花，如同过了保质期的商品，价值上大打折扣。

8

一个月过去，没有一家公司愿意收留赵诗婷这条“丧家犬”。

天空开始飘起细雨，雨滴滋润大地，染绿了树梢上的枝叶和草坪上的嫩草。每一个不起眼的生命，都在抓住一切机会茁壮成长。只有赵诗婷，在这个充满希望的季节，不断接收令人失望的消息。

手机几乎从掌心滑落，又是这个急剧反转的结果。就在几天前，赵诗婷从 HR 的眼神中读出肯定。他们甚至问到了预期薪酬，这个意味着即将入职的问题。就在刚才，他们非常客套地感谢赵诗婷应聘他们的职位，期待今后合作的机会。

这条往日热闹喧嚣的市中心街道，在雨中显得如此落寞。走到这座城市内河的桥上，记不清有多少次从这座桥上走过。从幼年时的蹒跚学步，到现在的步履坚定，桥下的滔滔河水，表情冷漠地见证赵诗婷的成长。一位衣服看不清颜色的拾荒者，拖着一辆平板车，上面堆着压扁的纸板和塑料瓶。网上说一位拾荒者月入过万元，日子过得非常滋润，不像普通人想象得那么不堪。

就在桥的一头，有一位卖小吃的老太婆。她推着一辆类似婴儿车的小车，小车上有一个燃烧木柴的炉子，炉子上的锅里盛放着香气四溢的茶叶蛋、豆腐干。老太婆的旁边是一个戴着鸭舌帽、操着不标准普通话的外乡人，他的营生手段是烤山芋。一只疑似从化工厂淘来的柏油桶里，装着大小不一的山芋。据说这种柏油桶内残留着有毒有害的化学物质，长期食用对身体有害。但是根据《机器人叛乱》一书中所说，人的认知系统分为三个层次：一阶欲望、二阶欲望、三阶欲望。一阶欲望是没有经过大脑分析加工的初始欲望；二阶欲望是对一阶欲望经过分析后产生；三阶欲望是对一阶欲望和二阶欲望进行综合研判，最终对欲望冲突的理性整合。就比如吃烤山芋这件事，人的一阶欲望当然是享用这种美食；二阶欲望会意识到享用这种美食可能会付出健康的代价。这时候两种欲望产生矛盾，三阶欲望登场，对两个欲望的利弊进行分析。到底是更看重美味、讲究活在当下；还是克制初始欲望、更关注健康，决定每个人做出哪种选择。

这对情侣显然屈从于一阶欲望。男生为女生挑了最大的那只山芋，女生撒娇道：“我的减肥大业又要中途夭折了。”男生搂着她说：“没关系，即便胖得走不动路，你依然是我最爱的人。”

这句话听上去那么熟悉，却又那么陌生。明知是假话，外貌协会的男生怎么可能还会像爱着那些魔鬼身材的女生，继续爱着身材明显变形的女友。不过假话就是中听，赵诗婷宁愿每天耳边充斥着这种假话。

放下情感上的需求，赵诗婷仔细回忆刚才那位 HR 在电话里说到的内容。她好像提到了赵诗婷的上一家单位，对的，就是赵诗婷在新媒体公司中的表现。这并不奇怪，世界第一 CEO 在他的著作《赢》中，建议 HR 在应聘者入职前，了解上一段职场生涯中的表现。

上一家公司、赵诗婷的表现、钟总……一条完整的逻辑链条，渐渐凑成一张完整的拼图。

哪怕在外面是灰头土脸的落魄者，到了家里，赵诗婷依旧是那个被父亲捧在手里的公主。厨房内飘出饭菜的香味，好几次想给父亲打下手，都被父亲摁在沙发上，而父亲转身回厨房继续忙碌。赵诗婷只好用手机打发时光，在外奔波的疲劳、挫败感，刚才如同漫天的灰尘悬浮在赵诗婷的世界中。此刻，来自父亲的爱，让这些尘埃落地，赵诗婷的世界重新恢复了澄澈。

满满一桌的菜肴，糖醋排骨酸咸适中，鱼片鲜嫩爽滑，面筋 Q 弹筋道，碧绿的青菜包裹着春天的气息。父亲不断往赵诗婷的碗里夹菜，就怕赵诗婷吃得少了。在他面前，赵诗婷尽量表现出寻常的模样，不想告诉他求职过程中的艰辛。

但是赵铭锋的洞察力不错，也许是长期从事培训工作，这份与人打交道的岗位，练就他洞悉别人心理的能力。他从赵诗婷的微表情和微动作中，察觉出赵诗婷有事瞒着他。他很快联想到上个月前，赵诗婷被钟总扫地出门，不得不在求职市场苦苦寻觅。

这一切都是拜钟总所赐，愧疚的神情瞬间爬上他的脸庞：“这是我造成的错误，必须由我来弥补。”

怎么弥补？去求钟总手下留情，放过赵诗婷这个菜鸟？不大可能！钟总商海沉浮多年，即使早年怀有一颗恻隐之心，但是商战中的尔虞我诈、不择手段，心中的良知之火逐渐熄灭。他还会同情人吗？“同情”这个词汇，早就从他的词典中抹去。他的眼睛只盯着远方的山巅，那是一座座利益之山，等待着他不知疲倦地攀爬。每爬上一座山峰，身边的竞争者就会减少一批，体会到“高处不胜寒”的孤独感。不过，钟总非常享受这种 PK 掉竞争者的快感，也许他全部的人生意义，都建立在这种残酷竞争的基础之上。

赵诗婷只好硬着头皮说：“路是走出来，工作是找出来的。兴许有一家企业，会不去调查我的过往；还有可能即使去了，他们只不过将钟总的说辞当作参考，愿意给我一次机会。”

“可能吗？”赵铭锋用三个字戳破这个谎言，隔着桌子对坐的父女陷入沉思。

过了许久，赵铭锋提出一个让赵诗婷吃惊的想法。赵诗婷极力摇头，试图阻止父亲疯狂的举动。不可以这样！不就是一段时间内失业吗？怎么可以让父亲去冒这种风险？浑身血液的流动速度瞬间加快，逐渐挣脱赵诗婷的控制。他一定是疯了！为了赵诗婷，他能做出这么狂热的举动，这是一份让赵诗婷不敢接受的父爱。

赵诗婷忍不住抓住父亲的手说：“爸，不值得！你要三思！”

赵铭锋的脸变得狰狞：“谁断了我女儿的生路，我就跟他拼了。”

“爸！”赵诗婷尖叫着，“扑通”一声跪下来。

“好吧，我再想想办法。”赵铭锋在赵诗婷的苦劝下，终于放弃暴力行动。

第十二章　父亲眼中，赵诗婷永远是个孩子

1

翌日早晨，听到父亲第二个想法，赵诗婷半天没有合上嘴。

父亲彻底丧失了理智，他居然让赵诗婷在他身上留下伤痕，越明显越好。他想去威胁钟总吗？这样的威胁会起作用吗？他会在心里暗笑：呵呵，你这个老不死，用这么小儿科的方式，就能让我放下屠刀？他会动作优雅地拿起电话，叫来大厦的保安，或者直接拨打 110，让警察带走这个私闯办公室、扰乱秩序的不速之客。他这么有头有脸，保安和警察肯定唯命是从。到那个时候，不仅赵诗婷的境遇无法改变，父亲还会受到法律制裁。不行！决定不行！

“我不会做出出格的举动，更不可能让警察或保安带走。对付这样的人，必须使用智慧。你只管按照我说的做。”赵铭锋撸起袖子、敞开衣衫，让赵诗婷在他的身体上搞“破坏性试验”。

赵诗婷怎么下得去手？于是赵铭锋干脆自己动手在自己胳膊上划出了伤痕。

“过几天我会去找那个家伙。这次见面后，他就不会在新单位来了解情况时，继续故意对你使绊子了。”赵铭锋忍着疼痛，把伤痕藏进衣服中。

几天后的早晨，赵诗婷去参加一家传媒公司的面试。这家公司位于郊区的高新园区，单程就要两个多小时，应聘岗位只是最底层、收入最低的行政助理。但是赵诗婷对工作极度饥渴，不放弃这个不是机会的机会。换上那套深色的职业套装，化了淡妆，镜子中的自己，看上去比实际年龄成熟十岁以上。

马路对面那对做大饼油条的夫妻，凌晨三四点就起床忙碌。自从附近几家点心店关门后，他们家的生意红火不少。望着两个忙碌的身影，赵诗婷产生了一个念头：要不咱也去做点心生意！听父亲说，以前有一个做豆花生意的外乡人，就是靠着两元一碗的豆腐花和其他小点心，在魔都买了几套房，下半辈子衣食无忧。但是自己吃得了这样的苦吗？上班需要七点起床，就让赵诗婷有点情绪，这些小商贩天黑时就要从被窝里钻出来。一两天还能凑合，长年累月要靠强大的意志力。赵诗婷只好打消这个荒诞的想法，嘴巴大幅度摆动，终于在进入地铁站前，将手中的大饼油条统统塞进腹中。

可能是前面发生了状况，站台上等候列车的人群比往日多了好几倍。来了好几趟列车，没有消化掉汹涌而至的人群。终于在第六趟列车，赵诗婷勉强挤入密不透风的车厢。她根本无法动弹，不过担心手中的包包。这个环境是扒手的乐土，也许一双贼眉鼠眼，在不起眼的角落搜寻目标。钱被偷走不算什么，但是手机不能丢。它绑定银行卡，有全部人脉和经济资源，丢了手机，等于一个人社会身份暂时休克。好不容易把小包捧到手里，如同保护刚出生的婴儿，生怕它受到任何伤害。

列车终于驶出幽暗的地铁隧道，一抹微弱的阳光透过天空中薄薄的云雾，散落到地铁车厢上。过了几个重要的换乘站点，车上的乘客数量明显减少。赵诗婷的视线落在旁边那节车厢，那个目光茫然地注视窗外景色的人。是他？赵诗婷没想到会在车厢里与他相遇。但是赵诗婷越看越不像他，他没有这么憔悴，目光也不会这么浑浊。下巴浓密的胡子，把这个人变成一个油腻大叔。尽管几乎所有人朝着平庸的方向发展，鲜有人挣脱这条设定好的轨迹，但是赵诗婷不相信他会这么循规蹈矩。他是叛逆的，脑后有反骨，只要认准这条道儿，即便前方是悬崖峭壁，他也不会停下前行的步伐，哪怕下一步摔得粉身碎骨。这份士人的骨气和硬气，是大多数人所缺乏的。

但是现在这个人身上，赵诗婷读不出一丁点对现实生活的叛逆。

就在赵诗婷犹豫是否要上前去确认他的身份，那个人起身下车了。

就是这个人，还在回想昨天与那个女生的通话。他不清楚自己这么做的缘由，究竟想表达什么思想。他深深地伤害过对方，又用这种方式再次让她心碎。他不是恳求对方原谅自己，这种可能性在此生被彻底封杀。他只想通过她，联系上另外一个女生。当然，那个女生也在心里恨着他吧。能怪谁呢？谁让他在冲动之下一走了之？他是怯懦的，怯懦到无法面对现实。他不配得到爱，但是又渴望被爱。直接对那个女生说出这些，不太合适；他想到了迂回战术，于是找到了她。

她居然没在电话里骂他！人生最大的悲哀，就是连骂人的兴致都没了。

他要生存下去。仰望星空的前提，就是能脚踏实地走好脚下的每一步。这几年，他明白理想主义情怀只会戕害自己，只有选择现实的理想主义，打通当下与未来理想之间的路径，在眼下的苟且中积累能力，才能实现真正的自由，过上自己想要的生活。

他今天去郊区，就是要接下一份几年前他根本看不上眼的项目。他曾对这些商人极其蔑视，认为他们不懂艺术，只关心作品变现的潜力。不过现在，他转变了对这些商家的态度。没有他们，也许自己只能倒毙街头，留下那份“空有一腔热血”的梦想。

赵诗婷和他一样，同样在现实的强大压力下选择“妥协”。出了地铁站，她在步行途中调整状态。在商务楼底层的洗手间内，从包里掏出化妆盒，补了一点唇彩和粉底。恢复精致的妆容，赵诗婷对着镜子做了一个握拳的手势。

上一段工作经历，在赵诗婷身上留下不少闪光点。她策划的一些选题，收获了不错的流量；完成这些选题的过程中，磨炼出协调沟通能力、文字表达能力、抗压能力，这是每一家公司通用的工作能力。面对这些目光如炬的HR，赵诗婷的回答显然让他们非常满意。

只希望老东家，尤其是钟总，不要在这次应聘过程中作梗。

2

从这幢灰色外墙面的商务楼出来，赵诗婷不想直奔地铁站。多年来她形成了一个习惯，每次来到某个陌生的地方，都会去附近转转。如果不是高速发展、城区面积大幅度扩张，也许脚下站立的土地，还曾有稻穗或菜叶迎风飘扬。那个传统的农耕文明，被高速发展的工业文明替代。生活在这里的原住民，不得不融入城市的快节奏生活中。不知他们是带着欢欣愉悦的心情，还是——

脚下踩着“咯吱咯吱”作响的沙砾，耳边传来一阵阵不知名的鸟儿的鸣叫。不远处的几幢砖瓦结构的房屋，窗户被石块封上，墙面上涂了一个大大的“拆”字。再向远处望去，是一块半人高的荒草地。只有赵诗婷这个不速之客，贸然闯入这片没有人气的土地。眼前还有一幢幢等待拆除的房屋，她不敢再往前走。这里仿佛经历过一场劫难，带走了所有生机。感觉脊背阵阵发凉，一股寒气自脚底板直冲头顶的百会穴，莫名的恐惧感几乎将赵诗婷完全吞噬。

从这片废墟出来，脑门子上满是汗珠。赵诗婷朝着地铁站的方向走去，因为那里有相对繁华的商业设施。赵诗婷本来非常憧憬杳无人烟的荒凉，她曾有过浪迹天涯的荒野梦。今天只在荒郊野外待了这么短的时间，她再也不敢随随便便踏上那场目的地不明确的旅行。荒野充满危险，随时会吞没这个弱女子。赵诗婷想活下去，人类求生的本能阻止她浪下去。

奶茶店、水果店、咖啡馆、甜品店、餐馆、小吃店、足浴店……这条郊区商业街上的布局，与市区几乎相差无二。前方的人行道上有一个方形物体，整个世界瞬间宁静了。

它，是一个怪相盒子。

陈博宇，就曾在怪相盒子内作画；赵诗婷和他再次相遇，也是因为这个充满魔力的盒子。

里面会是他吗？记得一年前，赵诗婷在别处也发现一个类似的物体。没有克制住激动的心情，一路小跑到盒子旁，呼唤着“陈博宇”的名字。可是从里面出来的人，不是陈博宇。那张脸庞上带着茫然的神情，低声问赵诗婷：“有事吗？”

赵诗婷的心一沉，怪相盒子，原来不一定和他联系在一起。

又是怪相盒子，赵诗婷不再是一年前那般冲动。怕自己再次失望，人越是在乎一个人、一件事，举止越会谨慎。缓步来到怪相盒子旁，赵诗婷如同一尊门神，守护着这片艺术的圣地。来来往往的路人，自然对这个充满文艺气息的盒子存有好奇心。不断有人站立在那个窗口前，让里面的人创作自己的肖像画。

一个小时后，赵诗婷鼓足勇气来到那扇窗口前，用食指敲了敲那扇窗，温婉地问道：“有个小小的请求，可以说吗？”

“请讲！”非常干脆的回答。

“我喜欢面对面交谈，能否不隔着这个盒子？”赵诗婷央求道。

那扇门从里往外打开，出来一张赵诗婷完全陌生的面孔。这个结果在意料中，赵诗婷非常大方地说：“我想在你的盒子里作画，可以吗？”

“这个……不太合适吧。”

“就当你为我作一幅画，这钱我给你。画完一幅作品即刻离开，不会耽误你的创作。”赵诗婷掏出200元现金递给他。

他没有接钱，疑惑地询问：“你和这个盒子有缘？”

“一个朋友曾在这种盒子里作画，但是现在……”赵诗婷的眼睛里起了一层薄雾。

“怎么了？”他刚才生硬的口气，因为赵诗婷的讲述变得柔和。

“不说了，三年多了，也许早该放下他。我在里面完成一幅作品，怎么样？”

他做了一个“请”的姿势，这个逼仄的空间接纳了赵诗婷。

盒子里有一个小的平板，上面有白纸和画笔。赵诗婷提起笔，努力调动关于陈博宇的记忆。也许是很久没有作画，也许是分开了三年多，酝酿了快一刻钟，白纸上都没有留下一根线条。

难道用这种方式思念他也不行吗？赵诗婷有些气馁，另一个男人的画面浮现在眼前。父亲，这个在赵诗婷的世界中行走 20 多年的人，无论走到哪里，他都不会从赵诗婷的意识系统中淡化、消失。

要不就画他吧。

半个小时后，一张神情严肃、皱着眉头的父亲跃然纸上。

记忆中关于他微笑的场景屈指可数。父亲几乎倾注了全部的爱，甚至不惜赔上后半辈子的幸福。他明明可以再找女人，这种行为一点也不会遭受世人的谴责。世上那些丧偶的男人，往往守不住当初的承诺。特别是赵诗婷上大学以后，继母对赵诗婷不好的担忧不复存在，他为什么到现在还孤身一人？既然他这么遵守约定，证明他非常爱赵诗婷的母亲。想起母亲的葬礼上，父亲一点也没有哭，又说明他对母亲的死毫不在意。矛盾现象的背后，肯定有不为人知的原因。只是父亲不可能对赵诗婷言明，这是他和母亲之间的秘密。

那本被涂改过的培训花名册，还有莉静阿姨与他藕断丝连的关系，这些事情如同被打碎的零件，只要稍加组装，便能形成一个完整的叙事链条。

盒子外想起敲击声，赵诗婷不舍地离开怪相盒子。

就在不远处，有个熟悉的身影注视着怪相盒子，也许这个盒子触动了他的记忆。眼见赵诗婷朝他的方向走来，他赶紧侧过身子，不让赵诗婷瞅见他的面容。

3

赵诗婷一边行走，一边全神贯注地欣赏手中这幅作品，完全没有注意到这个男人。这家复古风格的酒吧，大门两侧仿古砖的背景墙，墙壁上悬着复古的壁灯，门口摆放着一些褐色的铁制椅子、实木色的桌子。这个男人，大摇大摆地从这家酒吧走出来。他身上带着酒气，看来刚才不少酒精灌入肚内。赵诗婷和他撞了一个满怀，由于彼此都缺少心理准备，先后跌倒在地上。

“没长眼睛，找死啊！”他好不容易从地上爬起来，嘴里咒骂道。

上扬眉、右侧眉毛有一个缺角，面容和那张画像几乎一模一样。真是“踏破铁鞋无觅处，得来全不费功夫”，警方费尽心机搜不到的嫌疑人，居然让赵诗婷在这条郊区的商业街上遇到了。原来他使了一个烟幕弹，故意让人误以为他回了老家，将警方抓捕的注意力集中到那一带的区域。随后他金蝉脱壳，悄悄潜到这个郊区新城。这里人员构成复杂，既有本地的住户，也有从市区搬迁过来的人口，更多的是在附近工业区或市区内打工的外来人口。他正是看上这点，选择这里作为他的落脚点。不承想，他会撞见赵诗婷这个与珊珊有直接关系的人。

“站住！你还记得过年前做的好事吗？”歹人终究是心虚的，赵诗婷首先要在气势上压住他。相信当赵诗婷说出这个时间点，他一定不会像刚才那样淡然。

“你是谁？警察？”他反复打量赵诗婷，想确认赵诗婷的真实身份。不过，他怎么也无法将赵诗婷和便衣警察联系在一起，再次飞扬跋扈起来：“少管闲事！把老子惹急了，没你好果子吃。”

“好啊！我倒要看看你这个小蟊贼有什么本事！”仗着自己练过几年空手道，赵诗婷决定给他一个教训。

他显然被惹怒了，抡起那个硕大的拳头朝赵诗婷砸过来。赵诗婷的身体一侧，他这一拳抡空。就在他的身体露出破绽，赵诗婷抬起右腿，对着他的小腹部点了一脚。空手道讲究“点到为止”，可能是多年练习的缘故，赵诗婷在踢出这一脚后便收力，只有三四分力气接触到他有些凸出的小肚子。即便如此，他还是被赵诗婷一脚点倒在地。

路过的行人很快围拢过来。这些看客们窃窃私语，显然对赵诗婷这个小身板，能把这个五大三粗的爷儿们打翻在地惊诧不已。这个家伙在地上呻吟挣扎了一阵，总算重新站起来。赵诗婷不急于出招，反正他见识过赵诗婷的厉害，不会再做无谓的抵抗。再者围了这么大一圈人，等到大家清楚他的所作所为，一定会帮赵诗婷逮住他。

就是赵诗婷这点疏忽大意，给了他逃跑的机会。他清楚硬碰硬 PK 不过赵诗婷，好汉不吃眼前亏，他一个猛子冲破“包围圈”，朝着街道的一头逃窜。看热闹的人群不理会赵诗婷的解释，没有如赵诗婷所愿帮着一起抓坏人。他们才不愿管闲事，再者这样的亡命之徒，惹急了他们，很可能会受到伤害。赵诗婷不指望这些陌生人突发善心，也暂时不考虑报警。郊区的警力比不上市区，赵诗婷对这里的路况不熟悉，等到说清具体位置，这个蟊贼早不知逃到什么地方了。

幸好为了这次在年会上表演节目，赵诗婷重新捡起了空手道，加强了体能训练，这才在这场街头追击上没有被甩掉。渐渐地，他们远离热闹的街市，进入人烟稀少的荒凉地带。即便在这个青天白日的正午，奔跑在这样的僻静之地，还是会让人感觉到一阵阴森。赵诗婷隐约感觉到，背后有人也朝这个方向狂奔。赵诗婷想看清那个人的长相，又不能丢下前方的男人，只能任由这条尾巴在身后跟踪。

赵诗婷把这个男人逼到一堵满是裂纹的墙下。这面墙有两人多高，不借助一些工具，或者不经过特殊的攀爬训练，他很难从这个死胡同逃脱。

那个男人嘴巴张开大口喘着粗气，双手叉腰，就差倒在满是沙砾的地上。这场“追逐赛”穿过了好几条街区，至少四五公里，估计这个男人平时运动不多，他的心脏承受不住这么大的负荷。赵诗婷的体力也快接近极限，不过就凭这点残存的体能，也足够将这个家伙制服。

赵诗婷将不屑的目光投向他：“还想跑吗？奉陪到底。”

那个男人摇摇头，开始连续干呕，嘴里吐出一些花花绿绿的呕吐物，一股酸腐的气息借着微风飘进赵诗婷的鼻孔。

“要不要我动手，还是乖乖地去派出所自首？”赵诗婷给他两条路选择，不管是哪条路，他必须即刻归案。前两天听珊珊说，道馆的生意惨淡。照这种态势发展，珊珊肯定无力负担租金和其他费用，躲不掉关门歇业的命运。

“能不能听我说一句？”那个男人终于吐干净那些在胃里不停翻腾的食物，深深吸了一口气，惨白的脸色稍有好转。赵诗婷哪有心情和这种人闲聊，用严厉的口吻威逼他，不要再想要花招。不顺从她的意志，可就动手了。

“今天害女侠跑了这么远的路。俗话说，不打不相识，没想到您的拳脚功夫这么厉害，咱向来敬重您这样的人，想和您交个朋友。您别嫌弃，这点小意思还请笑纳。”这个人从裤子口袋里，掏出一张红色的银行卡，双手奉上说：“里面有十万块钱，密码是238666。我这个人不会骗人，你一定可以从卡里提到钱。”

眼见逃跑的可能性微乎其微，钱财自然是让他脱身的办法。不过他搞错了人，赵诗婷确实缺钱，但是父亲从小教导她不能向不义之财伸手。特别是这个人还关系到珊珊的命运，自然更不可能放他一马。

赵诗婷不吃软的一套，他立马又换了一副嘴脸。他说自己只是小喽啰，和赵诗婷的朋友无冤无仇，不过是受人所托。至于名字，他不方便向赵诗婷透露。不过这是一个厉害的主儿，别人听到他的大名一般都会退避三舍。也许是你的朋友挡了他的财路，这才遭遇无妄之灾。赵诗婷今天把他送进派出所，也许过不了多久他会被释放。那个人神通广大，既然敢做这件事，早就想好了他被抓的可能性。这位幕后指使者一定会通过种种手段，得知是谁把他送进去的，这等于是和这位大佬过不去。

“想想你朋友的遭遇，得罪他，你可不会有好果子吃。”那个人故意把重音落在“好果子”三个字上。赵诗婷的表情略微有变化，他仿佛找到迷宫出口：“大家都是混口饭吃，给别人留有余地，等于是给自己留条后路。把我放了，你和这个人等于变相交上朋友，还能拿到十万元。这样划算的买卖，就是傻子也不会不做吧。”

面对那个人递过来的银行卡，赵诗婷怒不可遏地一巴掌拍开。赵诗婷最讨厌别人用这种话恐吓自己，如今是法治社会，任何人都不得凌驾于法律之上。至于他口中所说的那个人，即使他再有关系、人脉，也不能做出违法犯罪的行为。

赵诗婷刚准备动手，突然感觉身后有一股阴冷凌厉的怪风。危险，就在一瞬间迫近。赵诗婷在先前预感有一个跟踪者，不承想他会跟踪到这里。此人，也许是面前这个人的同伙。来不及转身，赵诗婷就感觉到背部一阵剧痛，一股温热的液体从体内流出来。

就在意识快要丧失的一刹那，赵诗婷听到两声惨叫。有个人将赵诗婷托起，不停地呼喊赵诗婷的名字。赵诗婷睁不开眼睛，看不清这个托起自己的人是谁。

4

再次恢复神智，周围是一片白色的世界。病床边坐着面容憔悴的父亲，珊珊和小马也过来探望。

见赵诗婷醒了，父亲的眼圈红了，赵诗婷很少看到父亲哭，就连母亲的葬礼上他也没有落泪。然而今天……赵诗婷在父亲心目中的地位，可见一斑。

赵诗婷昏迷了一天一夜。父亲从值班护士那边得到消息，是一个年龄比赵诗婷大三岁的男孩子叫来救护车，把赵诗婷送入医院的。父亲描述的体貌特征，赵诗婷不用猜就知道是谁。陈博宇，这个离开赵诗婷三年多的男生，在最需要他的时候出现，却又在她清醒时再次离开。他怎么知道赵诗婷会在那片荒地遇险？

难道他不曾远离？既然这么关心自己，为什么又不敢直接面对？他心中的那个结，还没解开吗？

珊珊不住地对赵诗婷说着感谢，赵诗婷不仅在经济上帮助她渡过难关，还为抓住栽赃她的人受了这么重的伤。能遇到如此知己，此生也不枉过。后面这个感谢赵诗婷能担得起，但是资助她的那笔钱，明明是她父母让赵诗婷转交的。赵诗婷一个没忍住，说出了这笔钱的真正来源。

珊珊的身体仿佛被定格了，赵诗婷担心她接下来做出和陈博宇相同的反应：情绪失控、内心中攻击自己、长时间走不出这个阴影……随着珊珊的表情解锁，赵诗婷意识到这番担心完全多余。

她没有咒骂父母、咒骂自己，却表示没想到父母会出手相助。与陈博宇类似，她也对父母说了很多绝情的话，气头上的父母，同样会在言语中伤害她，父女、母女关系到达不可调和的地步。此生，她以为和父母将成为两条永不相交的平行线。但是一听说她的危难，父母拿出了大半生的积蓄。由于害怕被拒绝，甚至让赵诗婷充当中间人。

“爸妈也是人，也会犯错，他们为我付出这么多，还有什么理由不原谅他们？”珊珊一边说，一边流下眼泪来。

这些感动的泪水，洗刷了她对父母的敌意。

等到她的情绪趋于稳定，赵诗婷问到那个背后捅伤自己的人。珊珊的回答让赵诗婷宽心：这个人以及冒充快递员的歹人，被随后赶到的警察逮捕。警方连夜审讯两人，他们的心理防线几乎没有抵抗，很快交代了受人所托，制造了珊珊空手道馆的意外事故，同时也说出了幕后的指使人。接下来，那家武术馆的馆长被戴上了手铐。他嘴里嚷嚷着要找公安局局长，气焰非常嚣张。警察费了好大工夫，才将这位所谓的“大佬”塞进警车。

听了珊珊的介绍，应该是陈博宇在赵诗婷受伤倒地、失去知觉后制服了两个歹徒。和他交往的这段时间，他只是观摩过 F 大空手道社的训练，从来没见他施展拳脚。真看不出来，难道他也是练家子？

赵诗婷的恢复情况不错，本想在一周后出院，赵铭锋硬是把赵诗婷摁在病房内，害怕伤口崩裂，引起再次感染。

赵铭锋几乎 24 小时陪在病房中，又把赵诗婷当成不能料理自己的小公主那样宠溺。赵诗婷过意不去，身体能自由活动，就让他回家好好休息。赵铭锋生气地说：“我一走，你是不是马上就出去野了？”

“爸，你怎么这么说你的女儿？我是那样玩心重的女孩吗？我想做淑女，举止端庄……”

“得了，自从你再次沾上空手道，还参加了全国比赛，这辈子不可能把你培养成淑女了。你喜欢舞刀弄枪、‘动手动脚’，这是你的天性使然，爸爸不该强迫你。”

“谢谢老爸的理解。”赵诗婷立即揭下那副淑女的面具。

“你就别乱动了，刚受过伤，需要静养，就让爸爸好好照顾你。”赵铭锋又把赵诗婷拽到床上，命令赵诗婷躺下。

赵诗婷按捺住体内的烦躁，眼睛眯缝着对父亲说：“我可以自由活动，您就回家歇息吧。这些天，您都没睡过一个安稳觉。您岁数不小了，这样下去身体吃不消的。”

“吃得消的，为了女儿，就是再苦再累也值得。你是我唯一的女儿，我不把你当作公主来宠，天底下还会有谁这么对你？”

父亲从病床旁的小柜子里，取出一只色泽饱满的甜橙。他用水果刀把甜橙削成一瓣瓣，拿起一瓣塞进赵诗婷的嘴巴。

“我不把你当作公主来宠，天底下还会有谁这么对你？”这句话触动到赵诗婷的泪腺。原以为陈博宇是那个把赵诗婷当作公主宠的男生，不承想人心会改变，只是一件意料之外的事，就让他松开了扣住赵诗婷的十指。只有父亲，不计回报、不顾自己的身体，毫无保留地奉献他全部的爱。

“你怎么情绪变化像个小孩子？刚才嘻嘻哈哈，现在又开始哭鼻子了。你是大人了，以后还要成家立业，可不能在你的孩子面前这样子。”赵铭锋用餐巾纸擦拭赵诗婷脸上、眼角处的泪珠。

赵诗婷笑着说：“不！我要做一个长不大的孩子。”

“傻孩子，你在爸的眼里，永远是长不大的孩子。”

5

出院这天，距离赵铭锋和莉静阿姨见面，只剩下不到一星期的时间。

赵铭锋去给赵诗婷办理出院手续，他不让赵诗婷跟着他楼上楼下地奔走，让她好好待着。

赵诗婷只好耐心地等待。等人的时间非常无聊，隔壁病床上躺着一位老妇人，正处在昏睡状态。当然即使她醒着，赵诗婷也不太可能与她攀谈。记得爷爷在离世前的那两年，念念叨叨地重复某些话，就连长年照顾他的姑姑，也不想和他多搭话。人老了，不再接受新鲜事物，他的思想都停留在过去。赵诗婷一阵惶恐：会不会这一幕在未来的某个时间点，在赵诗婷和父亲身上重演。那个时候，父亲老得哪儿也去不了，床，是他长期驻守的阵地。人都不甘寂寞，即便腿脚无法远行，思想却不能被束缚在这三尺的空间。他会拉着赵诗婷说话，不停地说，反复地说，讲述内容必然是他的往事。这些往事，初听起来新鲜有趣，但是“复读机”般地播送，就会让人产生烦躁心理。赵诗婷会不会不耐烦地走开、躲避父亲的絮叨？很有可能！这不正应了那句“久病床前无孝子”的古训？

嫌弃在可以容忍的范围内，赵诗婷曾看到一篇文章，讲述一位老人有六位子女，都不愿负担她的治疗费。当然，这六位子女并非无情的冷血动物，医生们给他们交了底：老人体内的癌细胞，现有的医疗技术无法治愈。继续治疗，无非是让老人多活几个月，但是要付出非常高昂的医疗费。老人的子女们经济条件都不好，各自的小家庭过得紧巴巴的，凑齐上百万元的医疗费，对他们来说是沉重的经济负担。他们开了一个家庭会议，最终做出决定：放弃治疗。

但是老人的眼神中，充满对生的渴望。人类都有求生的本能啊！即便是将死之人，也想在这个世界上多待一秒钟！子女们替老人做了这个决定，生死的决定权已经不掌握在她手中。医院规定：必须由患者家属拔掉氧气管，以免日后发生纠纷。氧气管被拔掉，里面的纯氧发出“嗞嗞”的声音，一条生命就这样流逝，无奈地流逝。

赵诗婷能想象这个充满震撼力的场景。面对相同的情境，可以这样吗？如此对得起父亲这么多年倾注的心血吗？她不敢触碰这些问题。

那个老人的家属来了，手中提着一个保温桶。保温桶的盖子拧开，是一股香喷喷的鸡汤味。能做到香飘四溢的程度，一定是熬制了很长时间。赵诗婷羡慕这位老人的福气，期待父亲也能享受到这种福气。

手机响了，是钟总打来的。

他居然要见赵诗婷，地点是他定的。这一个月的打压，一定让他饱尝复仇的快感。就在十天前，父亲去找过他。父亲自信满满的表情，赵诗婷却不敢轻言事态好转。钟总是什么人？一个在腥风血雨中滚过的人。凡是经历过如此考验，内心不会存有最后一点良知和怜悯。父亲的说辞，只怕他一听就能识破。既然他可以把父亲的话不当回事，为什么还要与赵诗婷面聊？他的时间非常宝贵，根本没必要浪费在赵诗婷这个无名小卒身上。他的目的已经达到了，赵诗婷被他整得工作找不到，如同孤魂野鬼在招聘会现场飘荡。他还想打出什么牌？难道这场无妄之灾对赵诗婷造成的伤害，不足以抵消他的心头之恨？

赵诗婷相信命运，是祸躲不过！既然对方要见她，即便电话里拒绝，他也会想着法子让人把赵诗婷“押”到身边。

面对这幢高耸入云的摩天大楼，赵诗婷深吸一口气，仿佛生死就在此刻注定。报上钟总的名号，大厦保安立刻联系上他的秘书。那位面容姣好的女秘书，随即把赵诗婷领到他位于30层的办公室门口。

这间宽敞的办公室，办公桌后的一侧墙壁上是一整排书架，上面整齐地摆放着经管类、人物传记类书籍。这张红木办公桌的右侧，矗立着一尊猛虎下山的木雕。眼前目光炯炯的钟总，就好比这只下山的猛虎。至于赵诗婷是不是他口中的猎物，要看今天的谈话内容而定。

“请坐！”钟总指了指办公桌对面的单人沙发。

赵诗婷气宇轩昂地走到沙发旁，一屁股坐下去，松软的沙发差点让她来一个倒栽葱。赵诗婷稳住重心，用不卑不亢的口吻问道："钟总今天叫我过来，有何贵干？"

"呵呵！"钟总憨笑一声，笑容似乎不带着恶意，接着用调侃的语气说："我不清楚自己为什么要这么做？明明这么恨你的老爸！"

"我爸和你说了什么？"

"别心急！既然来到我的办公室，那就是我的客人，我要尽到主人的本分。"钟总从老板转椅上起身，来到对侧的茶几旁。茶几上放着一整套紫砂茶具，他转头问赵诗婷："想喝红茶、绿茶，还是乌龙茶？"

"随便。"

钟总拿着电水壶，推开一扇门，进入办公室内的小房间。他把公司当成家，这个房间里是他工作之余休息的私人空间。

出来时，那个电水壶里几乎灌满了水。电热水壶开始"吱吱"叫，不一会儿冒出热气。他从一个绿色的茶罐中，倒出一点墨绿色的碧螺春，用刚开的热水清洗茶具和茶叶，动作非常娴熟、优雅，看得出以前学过茶道。

最终，一杯透着茶香的碧螺春端到赵诗婷面前。作为礼貌，赵诗婷站起来表示感谢。赵诗婷刚想提问，钟总来到窗子旁，凝望着不远处奔流不息的江水。

这条大江，奔腾了千百个春秋，滋养了一方水土，见证了这座城市从一个小渔村，华丽转身为国际化的都市。一个饱经沧桑的中年人，面对这条充满故事、见证过很多传奇的江河，自然是感慨万千。

许久，钟总转过身来，赵诗婷发现他的眼眶有些红。

“你有一个好父亲，我真羡慕你！”钟总的嘴里冒出这句稀奇古怪的话。

第十三章　这个男人朝赵诗婷走来，该如何面对？

1

也许每个站在人生巅峰的成功者，都有一个不幸的童年，过去如此，现在亦如此。钟总也不例外，他同样成长在一个环境糟糕的家庭。

钟总是长子，下面有一个弟弟、一个妹妹。他的父亲大字不识几个，脾气暴躁，一言不合就会骂人。至于他的母亲，就是钟父宣泄情绪的工具。每次钟父喝得醉醺醺的，钟母就难逃一顿毒打。钟父经常对钟母家暴，钟总和弟弟、妹妹也难逃他的魔爪。这个时候，钟母会拼死护住三个孩子，钟父的拳脚都落在这个女人身上。

等到钟父倒头大睡，发出震天响的鼾声，钟母擦干眼泪，收拾家里被砸坏的物品。年幼的钟总闪着大眼睛问母亲："妈妈，为什么爸爸老是打你？"

"你爸爸心情不好。"钟母嘴唇紧抿，勉强憋出这个解释。

"老师说不能随便打人，打人，不是好人。"

“你爸……”钟母一时哽咽。

仇恨父亲的种子，就这样在钟总的心中播下。

必须出人头地，帮助母亲和弟弟妹妹摆脱父亲这个魔鬼。普通人在这种氛围中长大，难免会自暴自弃，但是像钟总这类极少数人，会将此种境遇当作奋斗的动力。高中毕业后钟总离开家乡，独自来到这座城市打拼。他从一线的工人做起，慢慢调入培训部门，再到后来离开国企，自己创业成立公司，最终将公司一手打造成传媒界的巨头。这个过程中，他经历过常人难以忍受的磨难，每到这个时候，钟父这个魔鬼就像一条鞭子，不断在背后抽打他，逼迫他在通往成功的道路上勇往直前。

没有退路，只有攻城略地，前方才是希望。

后来，家乡传来钟父病危的消息。自从离开这个家，钟总不想再见到这个伤害妻子、残害子女心灵的魔头。但是钟母声泪俱下，他只好放下繁忙的公务，以一种完成任务的心态登上飞往家乡的航班。路途中，他想着羞辱父亲的说辞。这么多年来，他就等着这一天。他要活得这么成功，不就是给这个人看吗？

从飞机下来，钟总换了一趟高铁和长途汽车。这么多年过去，家乡落后闭塞的模样改变不多。

钟父没有了记忆中的凶神恶煞，岁月把他变成了哪里都去不了的糟老头。他说话非常吃力，仿佛一口气提不上来就会断气。面对这个恨死自己的儿子，钟父一开口就是道歉。

人心都是肉长的，父亲主动服软，钟总的心结有解开的迹象。

钟父道出当年性格乖张、酗酒成性的原因，一切皆因他的无能，让他在岳父、岳母面前抬不起头。即便他想尽办法讨两位长辈的欢心，也得不到他们的正眼相看。他们责怪女儿找了这么一个窝囊废，后半辈子吃苦受累自然是免不了的。钟父压抑着内心的怨愤，一个大男人的尊严，被别人践踏到这般地步，还不能当面反驳、抗争，无力感如同传染力极强的病毒，瞬间攻克他全身的细胞。

于是，他只能把无奈、苦闷、怨恨，用酒精去麻木、稀释。喝多了，情绪控制系统自然失灵。他开始动手打人，没想到母亲一点也不反抗。

钟总摔门而出，这个外厉内荏的男人彻底醒悟。不久后，岳父、岳母先后去世，料理完两位长辈的后事，他不断念叨着在外漂泊打拼的儿子。他想求得儿子的原谅，不料儿子根本不给他这个机会。

就是这次，这位风烛残年的老人也不抱希望。这么多年过去，他在儿子心中的恶魔形象丝毫不变。他难过地对钟母说："都是我作的孽，我活该。"

钟母握住他那双冰凉的手，用安抚孩子的口吻说："我一定让孩子回来，一定的。"

钟总终于荣归故里，他的父亲也在这个夜晚安详地闭上了眼睛。

钟总面对父亲的尸体，痛哭流涕。他再也没有机会喊出"父亲"二字，此前对父亲的误解如此之深，不承想他也是一个人承受着不该由他承受的责难。他活得太累了，无处宣泄，才变得如此暴虐。他在余生中背负了太多愧疚，总想着去弥补、偿还。

"你有一个好父亲，还有机会向他尽孝道。而我，已经没有任何机会了。"钟总唏嘘不已地说道。

这个忧伤的故事，被钟总这个意志如钢铁般坚强的男人讲出来，赵诗婷的心禁不住一颤。

2

钟总调整好悲伤压抑的情绪，又开始讲述十几天前赵诗婷的父亲来访时的情形。

在钟总的印象中，赵铭锋是个性情高傲的人，这个不肯低头的男人，怎么会来求自己？不过既然来了，正好让他尝尝被人羞辱的滋味。多年前受到的打压，钟总打算加倍奉还。

随着赵铭锋被秘书领进门，钟总嘴里简单“嗯”了一声，假装在手提电脑上做着自己的事，没有理会。

透过余光，钟总发现赵铭锋气定神闲地站立在办公室的中央，耐心地等待他忙完手头事务，没有一丝慌乱的迹象。

足足20分钟后，钟总才装模作样地伸个懒腰，抬起头，瞪大眼睛说:“哎呀，这是哪阵风把您老吹到我这里了。刚才不好意思，工作上的事，身不由己，让您这位贵客久等了。”

钟总叫来秘书，当着赵铭锋的面训斥她，说为什么不提醒他？小姑娘垂下头，接受着莫须有的指责。训完下属，钟总拽着赵铭锋的手走到黑色皮质沙发旁，一把将他摁下:“您是我的前辈，不该这么怠慢您。说吧，今天找我什么事？只要在我能力范围内，一定照办不误。”

钟总说话的态度大大出乎赵铭锋的意料，不过他说话阴阳怪气，还装作不知道此行的目的，刚才这些话不过是客套。那就按照出门时设想好的台词，继续演这出“苦肉计”。

“听说钟总最近和一个人过不去。”赵铭锋故意不说出这个人的名字。

钟总嘴里的茶水喷了出来，仿佛第一次听说这个事实："有吗？业务上的事忙不过来，哪还有心思去算计某个人？这不会是以讹传讹吧？"

"不会错的，"赵铭锋擦了擦脸上的水珠，并未流露出嫌弃的表情，"商场如战场，钟总难免会得罪人，也难免要去得罪人。您大人有大量，不值得花心思在一个小人物身上。"

钟总捋了捋头发，左手搭在脑门上，微闭双目做出沉思状。过了一会儿，睁开眼睛说道："真没有啊！难道是我变得老糊涂了？哎，人老了，不中用了，什么事情不写下来，一转身就会忘记。"

"那我就明人不说暗话了，我是为我女儿的事来的。"

"你女儿？"钟总继续装糊涂，"我和你女儿没有什么利害关系，为什么要和她过不去？"

"钟总以为我是替女儿来求情的？您搞错了。"赵铭锋站起来，撸起袖管，露出一道道伤疤。

"哎呀，您这么不小心，可要保重身体。只是，您为什么给我看这些伤疤？我可不是能治病的医生。"

"这就是女儿在我身上留下的'杰作'。看看，遇到这么'好'的女儿，你会做何感想？"

"啊？你女儿敢虐待你？天底下还有这样的不孝女？"钟总表情凝重。

"你说她这样虐待我，我的心情如何？你还会认为我是来替她求情的吗？"

钟总迟疑一会儿，叹口气说："真是家门不幸！我对您表示深切的同情。"

“谢谢您的同情！我只是想对您说，继续把她往死里整，把她整得越惨越好。我教育不了她，就让别人来替我教育。”赵铭锋说话时咬牙切齿，仿佛赵诗婷真有过虐待他的事实。

“对不起！这是你们父女之间的恩怨，她只能由你自己来教育，我这个外人不方便插手。”钟总的手机响了，接听完，颇显无奈地说，“本来还想留你用个便餐，在吃饭时和你叙叙旧。但是客户心急火燎地找我，你知道，生意场上客户最大，即便我这个董事长，也必须随叫随到，今天只好失陪了。”

赵铭锋不知道自己的“苦肉计”能否奏效，不过对方已经表示送客，自己也不好多逗留，只好起身告辞。

钟总是什么人？在商场上摸爬滚打许多年的人精，赵铭锋的小伎俩他其实看出来了，只是没有点破罢了。

赵铭锋离开后，钟总考虑要不要继续为难赵诗婷。

按说，他是不会这么轻易放过赵诗婷的，但是他内心深处新冒出来的想法却正好相反，当看到赵铭锋以一个父亲的身份来“变相求他”，做着看似拙劣的“表演”时，虽然有点尴尬和好笑，然而却触动了他深埋内心的一根弦：他想起了自己的父亲，苍老、惨白的面孔浮现眼前，他没有机会再喊一声父亲，也没有机会再尽孝。

独自坐了很久，钟总做出了决定，他拿起手机，拨通了赵诗婷的号码。

“我不会再为难你了，你有个好父亲，好好待你的父亲。”

……

3

与莉静阿姨见面的前一天，赵铭锋似乎有些坐立不安。

赵诗婷没有去打扰父亲，而一个电话同样让赵诗婷的心情不再宁静。

“你明天会陪你父亲去海边吗？”菲菲打来电话，直截了当地问道。

虽说菲菲是赵诗婷父亲和莉静之间的传话人，但是赵诗婷不想回答这个问题。赵诗婷去还是不去？没必要告诉与这次见面无关的菲菲吧。

没等到赵诗婷的回复，菲菲建议赵诗婷不要跟过去。因为明天的见面，可能会涉及很多意想不到的真相。这些真相，也许大大超出了赵诗婷的预期。赵诗婷追问都是些什么真相。

菲菲没有说是什么真相，而是又甩出一个消息：明天有一个很重要的人会过来，与赵诗婷有关。

客厅里传来一阵脚步声，赵铭锋原本在卧室中转悠，这时候将活动范围扩大到客厅。赵诗婷忍不住说道：“爸，您已经来回走了几十圈了。”

“我总觉得这么去见她，有点对不住你的母亲。”

“都过去这么多年了，妈不会在意的。”

“可是我在意。”赵铭锋说话的声音有些低沉。

“你这是怎么了？和莉静阿姨见面，与我妈有关系吗？”

赵铭锋停下脚步，皱着眉头说：“要不明天你就别跟着去了。”

想起刚才菲菲在电话里的提醒，赵诗婷预感明天会是一个不寻常的日子。难道父亲真有什么事一直瞒着自己？从那些反常的现象，赵诗婷能嗅到了一丝不同寻常的气息。

于是赵诗婷说自己也非常惦念莉静阿姨，他们见面时，她会当一个非常安分的跟班，不会给他们添麻烦的。

见赵诗婷坚持要跟去，赵铭锋只好同意。

……

四月头一天，天气却有着盛夏的炎热，这个时节出现高温，打破了 100 多年有气象记录以来四月上旬的历史纪录。为了避免被阳光灼伤，赵诗婷在身上涂了大量防晒霜，同时还戴了一顶遮阳帽。赵诗婷上身一件淡紫色的雪纺衫，下身一条白色弹力紧身裙，赵铭锋穿着一件蓝白条纹格子衬衫，淡咖啡色宽松裤。

从家里到公交车站这段不到 200 米的路程，赵诗婷和父亲额头上满是汗珠，汗液在衣物上留下一片片水渍。上了一辆空调车，才止住了汗水疯狂往外涌的势头。

这突如其来的炎热，让沉寂了一整个冬天的海边热闹起来。相比市中心，这里的气温低上五六度。人们纷纷脱下鞋袜，沐浴着扑面而来的海风，嗅着腥咸的气息，脚下感受着沙滩的绵软以及清凉的海水。

这里最开心的当数孩子们，这给了他们肆意奔跑的机会。只有在这个时候，他们才能摆脱繁重的学业，忘记考试成绩不佳的烦恼，在追逐嬉戏中留下一段珍贵的童年记忆。

赵诗婷仿佛望见有一个小女孩，不顾一切地向前奔跑，身后是步履稍有些沉重的父亲。

莉静阿姨在信里说的老地方，究竟是一个怎样的地方？赵诗婷跟在父亲身后，一步步接近答案。

赵铭锋走到一处矗立着灯塔的地方，停住了步子。他抬起头，仰望这座已经废弃许久的灯塔。灯塔底座的白墙上满是裂纹，灯罩的铁框上布满锈迹，也许到了夜晚，这座灯塔已无法给来往船只指引方向。如今它老了，不中用了，但是曾在一段时间内发挥过重要作用，关于它的记忆，留存在许许多多来往船只上的人的心中。

这座废弃的灯塔，仿佛就是赵诗婷身边的父亲。他在赵诗婷的人生中留下不可磨灭的印迹，但是现在他老了，再也无法左右赵诗婷对于未来人生的选择。他不再是黑夜中唯一的那盏灯，因为在赵诗婷的心里，早已有了想去的彼岸。

“就这里了，等等吧。”赵铭锋倚在灯塔的墙壁上，目光投向了远方。

赵诗婷到不远处的海滩走了走，欣赏起了风景。

“珊珊，你……”赵诗婷惊讶地发现死党居然也来这处海滩了，而且她的身旁还跟着两位年长的人，显然就是她曾发誓一辈子不想再见到的父母。此时，他们一家正笑盈盈地同行着。

“哈，缘分哪，在这也能遇见你！喂，我怎么听说你最近失业了？是来这儿散心的吗？”珊珊动作飞快地给了赵诗婷胸口一拳，当然这一拳看上去非常用力，实则在接触的瞬间会收力，这是她们两人独特的打招呼方式。

“可不是嘛！工作找了大半个月，至今还没有着落，把我愁坏了。”赵诗婷的脸上笼罩着忧愁的神情。

“那还犹豫什么？跟着我干呀！”珊珊非常豪迈地拍了拍胸脯。

“得了吧，你那是泥菩萨过江——自身难保。”

“孤陋寡闻了吧。那个武术馆老板被抓后，我的冤情大白于天下。人就是这样，以前对我避之不及，现如今又趋之若鹜了。短时间内报名的学员太多，我和小马都忙不过来了，现在就希望找到一两名教练。你的实力我最清楚，完全可以胜任教练。”珊珊双手在空中挥舞，颇有挥斥方遒的典范。

“不会又让我给你充当免费劳动力吧。”赵诗婷吐了吐舌头。

珊珊“切”了一声，伸出一个手指：“这个数够了吧。”

“1万元月薪？”

珊珊点点头说：“你是不是很讨厌我？那我变成你不讨厌的模样。”

“当然讨厌啦！你总是绑架我的人生，从认识一开始就逼着我练习空手道，到后来逼迫我参加比赛。不过如果你变成我不讨厌的模样，你，就不是你了。”

珊珊笑着露出两颗门牙：“不是我逼你，你其实不过是遵从你内心真实想法而已。”

赵诗婷指了指等候在不远处珊珊的父母：“你能有现在，最应该感谢他们。”

珊珊赞同赵诗婷的说法，然后对着自己的父母莞尔一笑。

赵诗婷颇有些感慨，也为好友高兴，他们一家现如今倒有些其乐融融的味道了。

4

他来了，没想到菲菲所说的重要人物就是他，陈博宇。灰色POLO短袖衫、深米色修身无褶长裤，一身休闲打扮，与曾经忧郁的艺术家气息有些格格不入。时光会改变一个人，几年不见，他变得让赵诗婷陌生。但是从他看赵诗婷的眼神中，赵诗婷清楚他和自己一样，同样放不下对方，在漫漫长夜中用思念和追忆折磨自己。

“上次是你救了我吗？为什么不等到我醒来？”赵诗婷的提问让他非常为难，他的头脑中在建构一些自认为合理的解释。当这些解释快要吐出来时，就连他自己也无法被说服。他只好缄默，依旧澄澈的目光中带着乞求原谅的意味。

可以原谅他吗？他可是狠心抛弃过自己将近四年，这幕撕心裂肺的场景，至今还会断断续续地在梦中演绎。他明明知道赵诗婷的心会很痛，为什么走得如此绝情？不就是接受了莉静阿姨的援助吗？有什么大不了的？哪个人没受过父母之恩？没有父母，你哪有机会来到这个世界？他这是自私、逃避、怯懦，这样的男人，还值得赵诗婷去爱吗？

可是，他又在不久前救过自己。赵诗婷拒绝他的心软了下来。谁不会犯错？我们每个人都是在不断犯错中成长。男生的心理成熟期，相比女孩晚了不少。尽管他比赵诗婷大三岁，赵诗婷感觉他的心理年龄比自己还小。然而，赵诗婷愿意等他从一个男孩成长为一个男人。那天，勇敢的他击退了歹徒。很难想象那个凶神恶煞的歹徒，会在赵诗婷失去知觉后干什么肮脏的勾当，现在想起来还后怕。不过有个疑问要向他确认，他明明不会功夫，凭什么让两个歹徒伏法？

陈博宇说，地上那个歹徒好办，已经被赵诗婷打伤，没有反抗能力。至于那个从背后袭击赵诗婷的人，他捡起一块砖头将其砸晕。他有晕血症，当鲜血从歹徒的头上流出来，他感觉一阵眩晕，强忍心中泛起的呕吐感，拨通了 110……

菲菲也来到约定见面的地点，她的身边有一个面色苍白、头发稀疏的女人。不用猜也知道，这一定是她的母亲。父亲的脸色顿时变了，身子不由自主地朝旁边侧过去。菲菲的母亲也张开了嘴，似乎有话要说，菲菲对她使了一个眼色，她只得保持沉默。

赵诗婷的心里咯噔一下，难道菲菲的母亲和父亲有关联？想起菲菲讲述的故事，难道她母亲的暗恋对象是？

莉静阿姨最后赶到，相比几年前的见面，她的精气神似乎好一些。

陈博宇没料到他母亲的出现，意欲起身，被赵诗婷强行拉住，训斥道："她毕竟是你的母亲，就不能听她多说几句吗？"

陈博宇"哼"了一声，一屁股坐下来。

赵诗婷和父亲、陈博宇、莉静阿姨、菲菲母女，六个人就这样围成一圈坐在灯塔旁的沙滩上。

"那就先从陈博宇的身世开始说起吧。陈博宇，他不是我的亲生儿子。"莉静此言一出，陈博宇脸上闪过一阵惶然：自己不是她的亲生骨肉，为什么她还要对自己倾注全部的心血？只能听她继续讲下去。

陈博宇是莉静朋友的儿子。二十多年前，这对夫妇带着不到一岁的陈博宇出游。不料他们乘坐的大巴车，在盘山公路上遭遇突如其来的泥石流。稠密的泥浆从车窗外漫进来，很快将一车子的人吞没……

两天后，救援人员从泥泞中刨出这辆大巴车。当医护人员以为无人生还时，一声微弱的婴儿啼哭声，让他们的神经重新紧张起来。还有人活着，就是这个被父母死命托举的婴儿。污泥几乎漫到车顶，却有两双手直直地伸着。这是一对年轻的夫妻，因为窒息而死亡，两双手却没有松懈下来。医护人员的泪水落下来，这是父母把生的希望留给了孩子。他们向这对死了也不肯松劲的父母，深深鞠了一躬。

父母死了，没有亲属愿意接纳陈博宇。当初陈博宇亲生父母走到一起，就遭到各自双亲的强烈反对。这个孩子出生后，不曾得到一句祝福。即便发生这么大的意外，两位老人无法放下心中的怨愤。在他们眼中，这个孩子就是带来厄运的扫把星，不配活在这个世界上。

他被送入孤儿院，不久后被莉静收养。得到这次意外事故的消息，莉静痛哭流涕。她和死去的那位年轻母亲是最好的朋友，他们用生命守护下来的儿子，不能沦落到没人疼没人爱的田地。她双手合十，仰望天空，对着他父母的在天之灵许愿：一定替他们好好抚养这个孩子，让他感受到最完整的爱。

为了不给陈博宇留下阴影，她隐瞒了这个事实。

莉静在那时候已经结婚。为了心无旁骛地照顾陈博宇，她和丈夫商量暂时不要孩子，她还要求丈夫把这个孩子当作亲生骨肉。

帮别人抚养孩子，对一个男人来说很难接受。莉静生性强势，收入水平远在丈夫之上，这个家本来就是她说了算。正因为如此，家里才没有掀起“惊涛骇浪”。

直到陈博宇十岁时，莉静觉得愧对丈夫，为他生了一个儿子。但是她给陈博宇的爱一分也没有减少。只是陈博宇非常有个性，对养母的爱根本不领情，母子俩的关系始终处在紧张状态。大学毕业的求职，成为压垮骆驼的最后一根稻草。当陈博宇提出断绝关系、负气离家后，莉静的心都碎了。她的全部心思，都放在陈博宇身上，甚至比亲生儿子都多。为什么陈博宇不肯认她这个妈？为什么？

就在几年前生命行将终结时，她觉得机会来了。再僵的亲子关系，也能在生离死别时冰释前嫌。可是陈博宇不肯现身，莉静只能孤独地面对生死。

之后，莉静经历了一次有惊无险的昏迷，苏醒后想的第一件事，就是自己对待陈博宇的态度。她开始反思过去的做法，如果有机会再来一次，她一定会尊重陈博宇的选择，不以爱的名义“绑架”他，不把自己的意志强加在他的身上。

说到这里，莉静走到陈博宇的身旁，深情地说了一声：“对不起，希望你能谅解我的苦衷。”

“妈！”陈博宇的泪水在脸上肆意横流。

莉静从未把他定位于领养的孩子，她付出了比亲生母亲更多的爱，甚至不惜隐瞒他的身世，只为给他一个明媚的成长空间。

这对没有任何血缘关系的母子，时隔多年终于拥抱在一起。

5

与陈博宇和解后，莉静转向赵铭锋，说她能挺过鬼门关，活过医生预言的生命大限，有赖于她和赵铭锋的约定。这份精神支持，如同一束光，照亮她惨淡灰暗的人生。随后，又开始讲述她和赵铭锋的情感故事。

当年赵铭锋和莉静相处多年，眼看到了谈婚论嫁的时候，一件事突然改变了莉静的主意。

一个刚生完孩子的闺密，对莉静说了她生孩子时惊心动魄的一幕：她在产房生产的时候，因为子宫收缩力差，不能关闭出血的血管，导致出现大出血的紧急事态。医生找来她的丈夫，问他是保大人还是保小孩？事后丈夫告诉她说他当时是坚称要保大人的。但是闺密认为丈夫在说谎，因为她看到的情况不一样，当孩子发出响亮的啼哭之时，丈夫和婆家人都只顾扑向孩子，根本没管她这个刚经历生死危险的女人。

听闺密说了亲身经历，莉静对即将到来的婚姻产生了莫名的恐惧。将来她要是生孩子了，她爱着的男人，会像婚前那样宠溺她吗？她陷入了无尽的惶恐中，下意识就想逃避，不仅变得恐婚，甚至连和赵铭锋的这段关系都不想要了。

莉静自己不敢直接拒绝，便让她的父母充当恶人，于是莉静的父母站出来“棒打鸳鸯”，在各种场合数落赵铭锋的无能，把他说得一文不值。生性温顺的赵铭锋面对这些无妄的指责，自是无力反驳，最终，只能黯然和莉静分手。

也许，当年他再勇敢一点，再抗争一下，结局就不会是今天这个模样。

此后，莉静的年龄一天天增长，父母不断催促她结婚，她在 35 岁的“高龄”步入了婚姻殿堂。婚后两年怀不上孩子，她认为这是上天对自己的惩罚。正巧朋友一家遭遇不测，她这才有机会领养陈博宇。她想对这个孩子加倍付出，通过“曲线救国”的方式，弥补对赵诗婷父亲的愧疚。但是这个孩子始终和她对着干，她只能把注意力更多地转移到事业上。她在 42 岁时终于有了怀孕迹象，经过一番思想挣扎，还是生下了这个孩子。

也就是说，如果莉静没有“恐婚”情绪，也许当年她就会和赵铭锋在一起，可能就不会有后来领养陈博宇的事发生，更不会与陈博宇交恶，也不会因为不被陈博宇理解，在工作上“走火入魔”，乃至触犯法律。

可以说，一个偶然的念头，完全改变了莉静的人生轨迹。

“命啊！”莉静对着刺眼的骄阳，仰天长叹。

赵诗婷感觉刚才嬉闹的人群，似乎逐渐远离灯塔附近。天空变得灰蒙蒙的，不时飘落细密的雨丝。

“我都讲完了，你呢？”莉静抬头望向赵铭锋，眼神中似乎命令他打开心扉，不要再掩盖过去的善与恶。

“从哪里讲起呢？”任何人说出心中最隐秘的部分，都需要很大的勇气，赵铭锋说话声音中带着颤抖。

“不要问我，问问你的内心。”

赵铭锋非常困难地扭过头，他觉得自己变成了一条鱼，一步步沦陷在一张看不见的大网中。这张网正在往上提，黑暗的水中浮现出光亮，然而这种光亮，带着死亡即将来临的恐怖。网线缠绕住他的颈项，越收越紧，他感觉呼吸有点困难。

“婷婷，如果爸爸都说出来，你能原谅爸爸吗？”

赵诗婷被父亲这句没来由的话搞蒙了，这么善良、本分的父亲，会做出对不起赵诗婷的事吗？

要不要让父亲说出来？想起菲菲那天说过的话，有些真相会大大出乎赵诗婷的意料。赵诗婷的理智在选择安逸还是痛楚之间做着钟摆运动。

最终，赵诗婷选择了后者。

赵铭锋开始讲述。

赵诗婷出生后不久，在夜里非常不安稳，她的母亲不得不半夜里多次起身喂奶。几个月内都睡不上一个安稳觉，怀孕“积攒”的兴奋几乎被消磨殆尽。

有时候赵铭锋想帮她分担，她总是说，你一个大老爷儿们粗手粗脚，会把孩子弄疼、弄哭的，这点儿事就交给我吧。因此，哺乳期的每个晚上都是这幅场景：父亲呼呼大睡，母亲强忍劳累起来照看赵诗婷。

"早知道就不该让她这么累！她的病，就是累出来的。"赵铭锋的声音中带着哽咽。

一天晚上下班，赵铭锋用钥匙开门，进来就闻到一股饭菜烧焦的味道。他刚走进厨房，发现赵诗婷的母亲倒在地上不省人事。他不停地摇晃她的身体，用手指掐她的人中，却没有一丁点反应。他顾不上关煤气，背着妻子下楼，在路边拦下一辆出租车。

经过急诊科医生的初步诊断，他的妻子是多发性脑梗死，命悬一线，需要尽快手术治疗。之后，赵诗婷的母亲被推进手术室。

经过一番抢救，赵诗婷的母亲总算捡回了一条命，但却失去了自理能力，终身需要别人照顾。而当时，她才 27 岁！

赵铭锋不是一个不负责任的男人，他扛下了作为丈夫的重担。赵诗婷母亲术后的康复期，医院里只有父亲一个人照顾她。她在床上大小便失禁，需要定时清理。如果不及时发现排泄物，她的身上就会长褥疮。赵铭锋搬了一把凳子放在床边，把手伸进被窝垫在她身下，即便睡觉，他的手也不抽出来。这样，她一排便就能感觉到，最多的一天晚上，他整整替赵诗婷母亲清理了 17 次。

扛过了危险期，赵诗婷母亲又在医院内治疗了一段时间，这才回到家中。不过，这不意味着轻松的日子即将到来。因为她不能从事任何劳动，顶多在房间内活动几步，大多数时间都得躺在床上，或者勉强坐在那张摇椅上。

赵铭锋不仅要上班挣钱、照料年幼的赵诗婷，还要时刻看着赵诗婷母亲的情况。这样的日子过了一年，赵铭锋健壮的身体消瘦了许多，眼睛总是一副睁不开的样子，白天时不时会打哈欠，脸上带着明显的倦意。他的体力几乎到了极限。

好几次赵诗婷母亲请缨，说让她来承担部分家务。但赵铭锋想起那天赵诗婷母亲在厨房休克的事，还有医生在出院时的千叮咛万嘱咐，于是说什么也不同意。此事也就作罢了。

……

6

平静的日子过了一段时间后，出现了新的情况。

赵铭锋办公室新来了一位女同志，比他小了好几岁。他们在平时工作中经常搭档，从她看自己的眼神中，赵铭锋感觉到了什么。特别是某天她回家后又出来给自己送伞，赵铭锋觉得她可能对自己动了心。

一个姑娘动了感情，轻易拒绝很可能会伤害她的心。赵铭锋不可能接受这份感情，即便赵诗婷母亲变成了什么都不能做的废人，身材变形，面容变得丑陋，他也不能做出对不起她的事。

如何用一种稳妥的方式婉拒她，不给她带来创伤？赵铭锋在心中苦苦思索。后来，那位姑娘的举动变得越来越出格。赵铭锋觉得得做点什么了，毕竟天底下没有不透风的墙，再不采取行动，传到赵诗婷母亲耳中就不好了。到时候如何解释？

一天下班的路上，赵铭锋又遇到了莉静。办公室那个姑娘就让他够心乱了，莉静突然出现，让情势变得更加复杂。当年莉静的父母那些伤害人的言语，即便过去了好几年，仿佛还在耳边游荡。赵铭锋想一走了之，但是和他对待那个痴恋自己的姑娘一样，他始终狠不下心。

他们找了一个茶室坐下。不再是恋人，也不同于普通朋友，他们用怪异的眼神扫视对方，想从对方身上找寻当年的感觉。但是感觉这东西非常主观，一旦错过某个时间点，也许再也无法寻回来。为了避免四目相对的尴尬，赵铭锋道出了眼下面临的苦恼。当年是恋人时，有些掏心窝子的话说不出口，现在解除了亲密关系，这样的倾诉反倒变得可行。

“你应该拒绝她！立即拒绝！既然这段感情没有可能，拖得越长，对双方的伤害越大。”莉静的回答没有任何犹豫。

“她会伤心的。”

“你这样拖着，她以后会更伤心。”莉静毫不留情地刺破赵铭锋找的借口。

赵铭锋心中早就有了答案，找莉静倾诉、询问对策，不过是确认这个答案。

之后，赵铭锋单独找到了那个姑娘，说出不能再狠的逐客令。那个姑娘哭着离开了。但是几天后她重整旗鼓，听她的口吻，似乎认为赵铭锋在考验她，以为赵铭锋说的都不是实话，只不过看她的爱究竟有多深。

赵铭锋无奈，只能继续拒绝这个为爱疯狂的女孩，她又挣扎了一个月，终于缴械投降。

工作时，她看赵铭锋的眼神，不再那么热辣，不再富有感情元素。

赵铭锋终于松了一口气。

然而赵诗婷母亲这边又出事了。她在回医院复查做B超时，发现右腹部有一个阴影。

癌症晚期！赵诗婷母亲的生命只剩下不到半年。

赵铭锋一夜间仿佛苍老了十多岁。他一刻不离地陪在赵诗婷母亲身边，把年幼的赵诗婷交给了她姑姑照料。

手术、放疗、化疗，赵诗婷母亲掉光了头发，皮肤失去了光泽，被癌细胞折磨得不成人样。赵铭锋不敢让她看到镜子，生怕她情绪失控，砸碎镜中那个丑陋的自己。

赵诗婷母亲却不以为然，在疼痛不那么厉害的时候，和赵铭锋谈论自己变得难看的面容，不带着沉重的情绪。

一天下午，赵诗婷母亲的精神头不错，赵铭锋的心一沉，难道这就是医生口中的回光返照吗？

“铭锋，这两年难为你了。我病成这个样子，拖累你了。”赵诗婷母亲心疼地瞅着身旁憔悴劳累的丈夫。

“你说这话就见外了，照顾你是我的职责。”

“听说有个年轻漂亮的小姑娘喜欢过你，是吗？”赵诗婷母亲不经意的一句话，顿时在赵铭锋的心中荡起一圈圈涟漪。

她还是知道了，是不是办公室那个女同事告诉她的？为什么她在知悉后不责难自己？自己的男人被异性盯上，尽管赵铭锋非常有定力，没有在诱惑面前突破底线，但是作为妻子，适度盘问情况难道不是显得非常自然吗？

但赵诗婷母亲没有这么做，她选择了信任丈夫，不曾提到关于那个姑娘的一个字。只有到了生命尽头，她才抛出这个疑问。

既然妻子已经知道了，赵铭锋只能不再隐瞒。他从那位姑娘来到办公室讲起，讲到工作中的一些交往，再到后来姑娘单方面痴恋他，自己一而再再而三的拒绝，到最后彻底斩断她接近自己的可能性。这段曲折的恋情，赵铭锋娓娓道来，仿佛讲述的不是他自己的故事。

“从一个女人的角度，我是对你有意见的，甚至还有愤怒、埋怨的成分；但是作为一个即将与你阴阳两隔的妻子，我倒不反对你在我死后，去追求你后半辈子的幸福。”

赵铭锋望着赵诗婷母亲一张一合的嘴唇，那张嘴唇苍白，没有一点血丝。癌细胞一点点蚕食她体内的生命能量，一步步将她带入死亡之河。他禁不住捂住了她的嘴，哽咽地说：“我不让你这么说。我不会去找她，不会的。”

“你这是何苦呢？我都要死了，不可能陪你走到生命的尽头。”

“不行！”

“你是在安慰我，这话听上去不像是真的。”

面对赵诗婷母亲的质疑，赵铭锋指天发誓，只差跪下来，用刀子剖开胸膛，掏出心脏给她看。

“你先出去吧，我想单独待一会儿。”赵诗婷母亲赶走赵铭锋。

赵铭锋这个时候只能无条件顺从她。然而等他返回病房时，母亲早已没有了呼吸。

她拔掉了身上的输液管以及其他仪器与她身体连接的管路。赵铭锋发疯般地叫来医生，医生简单做了检查，用白布蒙住了赵诗婷母亲的头。

赵诗婷的母亲就这样走了，给赵铭锋的心头留下了一个巨大的窟窿。他搞不明白：明明她对于丈夫这段未遂的出轨，报以非常平静、宽容的态度，为什么会选择这样极端的方式，宣泄无法用言语道出的情绪？

这些，都已经无法得知了。

因此在赵诗婷母亲的葬礼上，赵铭锋没有哭。他不敢面对妻子的遗像，那双看似柔和的眼睛，看穿了他体内最阴暗的部分。

从那以后，赵铭锋背负上了无尽的愧疚。他自责不该听赵诗婷母亲的话，要是他留在病床旁，即便无法改变她最终的不治身亡，也好过眼下的结局。但是世上没有时光机，无法回到过去，纠正曾经犯下的错误。

至于那本有他和菲菲母亲名字、联系方式的花名册，赵铭锋一狠心涂掉了菲菲母亲的那一栏。他恨自己，也恨这个女人。没有她，妻子不会迁怒于自己。

“对不起。碍于我的面子和自尊心，直到今天才说出这迟来的道歉。”菲菲的母亲对着赵铭锋跪下了。她说，在纠缠了赵铭锋一个月后，莉静找到了她，劝她放弃这样无谓的挣扎，因为这既害了赵铭锋，也坑了她自己。

经过莉静长时间的劝导，菲菲的母亲醒了，她这条迷失了方向的鱼儿，总算游出了痴恋的苦海。后来，得知了赵诗婷母亲的举动，她的内心受到了极大的触动。她的内心，也背上了愧疚。这么多年过去了，直到现在，她也背不动了。

赵铭锋选择原谅了她，正如当年他原谅了莉静和她的父母。

可是赵诗婷能接受这个有些陌生的父亲吗？

他为了赵诗婷，割断了欲望。此后又将对母亲的内疚之情，以父爱的形式全部倾注到了赵诗婷身上。他以为，这样做就能让良心上得到释然吗？

尽管赵诗婷对母亲的印象非常模糊，但是赵诗婷觉得她非常可怜。不仅仅是年纪轻轻就被病魔这样折磨，还有情感上遭遇到这样的事。赵诗婷甚至有些不敢相信父亲，他真的如他所说，没有突破最后的红线吗？

赵诗婷提着鞋子，离开了灯塔……

走了一段距离，她忽然在沙滩上看到一个可怜的身影。那是从天上或海面上采撷下来的一片蓝色，在奶白色沙粒的衬托下，显得如此扎眼。靠近以后才看清，那是一条离开水面在沙滩上挣扎的鱼。

一个浪花拍过来，水流到达距离这条鱼儿两三米远的地方。它的身体在不停扑腾，不过并未改变与水面的距离。

也许它折腾得累了，停止了与命运的抗争，看着赵诗婷，带着渴求的眼神……

它流泪了，以前晶莹的泪珠也曾从眼眶滑落。只因身边都是水，它不清楚自己会流泪。

这个不屈从于命运的灵魂，不该就此香消玉殒。赵诗婷带着怜惜，小心翼翼地捉住它的身子，把它放回到海水可以触及的范围内。

它带着感激朝赵诗婷的方向洄游，如此三番，重归往日家园的怀抱。

离开、归来，并不是简单地回到原点。它终于见过海水之外的世界，此生不会再有遗憾。

一条鱼儿尚且如此勇敢，赵诗婷呢？

尾　声

这是一个白色的世界，墙是白色的，床架是白色，床单是白色，就连那些人身上也穿着白色的外衣。

赵铭锋，像一只静静的小猫躺在这片白色的世界中。

赵诗婷的担心变成现实。厨房间弥漫的中药味，深夜无意间听到的呻吟声，病魔一次次宣示着对她父亲的主权。

为了见到莉静阿姨，他的意志力支撑他抵御难忍的疼痛。人是见到了，埋藏多年的隐秘也被扒开，他体内的防御机制瓦解。他，终于来到早该到来的地方。

赵诗婷不忍心吵醒父亲，走路的脚步声很轻。也许父女之心相通，他吃力地睁开眼睛："爸爸是这样一个人，你恨我吗？还会像以前那样吗？"

"这个问题你应该去问妈妈，只是她早已不在这个世界上。我只记得，你是我的爸爸，我的亲生父亲。"

赵铭锋望了一眼赵诗婷，眼神中带着不解："他没陪你来吗？"

一个小护士过来为赵铭锋更换输液吊瓶，赵诗婷赶紧让开身子。等那个小护士走了，才说道："他陪莉静阿姨出去旅行了……他陪我的时间，还有很多。”

阳光透过玻璃窗照进来，似乎被过滤掉金黄色和热量，只留下冷冷的光线。曾经那个伟岸的、说话声音洪亮的男人，此刻躺在床上，说话声音低沉，时不时暴发一阵咳嗽。

赵诗婷拿出了一张白纸，请求父亲不要乱动。

赵铭锋半躺在病床上，眼睛凝视前方，做出沉思状。

赵诗婷深吸一口气，拿起画笔，在白纸上“唰唰”地画起来。

一个多小时过去，赵铭锋几乎一动不动。他的额头上渗出细密的汗珠，身体的关节开始隐隐作痛。不过，他尽力压抑住了这种不适。

画到最后几笔，赵诗婷再也握不住手中的画笔，快步来到病房外的走廊，在父亲看不到的地方肆意挥洒泪水。

为了照顾父亲，赵诗婷经常出现浑身酸痛的现象。有时候给父亲按摩完，父亲会说：“我给你捶捶吧。”然后父亲几乎得用尽全力来按揉着她的肩颈部。

到了生命的最后阶段，很多东西父亲都吃不了了，但是只要感觉吃得下，他还是会张罗着和赵诗婷出去走走。医院里的饭菜并不可口，他想带女儿出去吃些东西。

再次凝视父亲，眼前的这个男人既熟悉又陌生。他陪伴了自己 20 多年，他的容貌几乎深深地刻在记忆中。但是饱受疾病折磨的父亲，又是如此陌生。他从 190 斤瘦到 110 斤的体形，他浮肿的脸庞，他忍受病痛微笑的表情，每一样都在不停地刺激着赵诗婷的神经。这个以前为自己遮风挡雨的男人，什么时候变得如此弱不禁风，甚至需要自己保护了呢？以前自己只是在享受父爱，对父亲这本大书根本不了解。好不容易明白这点，留给自己的时间却已然不多。

赵诗婷多么希望：那个时刻能晚一点到来，哪怕只是晚上几秒钟。

……